许你一世流年

唐华英 作品

UNITY PRESS 團結出版社

图书在版编目（CIP）数据

许你一世流年 / 唐华英著. -- 北京 : 团结出版社, 2017.11

ISBN 978-7-5126-5651-2

Ⅰ. ①许… Ⅱ. ①唐… Ⅲ. ①长篇小说－中国－当代 Ⅳ. ①I247.5

中国版本图书馆CIP数据核字(2017)第257853号

出　　版	团结出版社 （北京市东城区东皇城根南街84号 邮编：100006）
电　　话	（010）65228880 65244790
网　　址	http://www.tjpress.com
E-mail	65244790@163.com
经　　销	全国新华书店
印　　刷	北京佳信达欣艺术印刷有限公司
装帧设计	成都天恒仁文化传播有限责任公司
开　　本	165mm×230mm　　1/16
印　　张	18
字　　数	265千字
版　　次	2017年11月第1版
印　　次	2020年1月第2次印刷
书　　号	978-7-5126-5651-2
定　　价	62.80元

内容提要

当热血律政菜鸟PK金牌冷漠大律师，情感的碰撞，价值观的撞击，法庭上的交锋，好事连台，火花四溅。

主打：情感、律政恩怨、法庭风云

刚出茅庐的菜鸟米静好热血又冲动正义，接的第一个家暴离婚案，就跟律师界的金牌律师苏流年对上，苏流年清冷高傲，金钱至上的性格让米静好很看不惯，在法庭上两人火花四溅，针锋相对。下了法庭两个人又因为当事人家暴一事吵架，不欢而散。

米静好给闺蜜当伴娘，陪好友试婚纱，却在婚纱店遇上苏流年，惊讶地发现他是伴郎，两人冷嘲热讽，启动对呛模式，引得大家围观。

米静好的当事人被家暴，静好保存证据发到网上，引起轰动，舆论一面倒，静好以为胜券在握的时候，却被爆出当事人出轨的事实，情势逆转，米静好很生气。但面对外界的冷嘲热讽，她认为一桩归一桩，依旧坚持要帮当事人将官司打到底。她表现出来热诚和坚持，引起了苏流年的兴趣。

好友订的摆喜宴的酒店临时取消订单，静好和苏流年一起去酒店交涉，两个人配合默契，逼得酒店不得不让步，静好对苏流年有了些好感。在酒店的电梯遇上前男友沈默和他的未婚妻杨梦蝶，勾起往日的恩怨，面对杨梦蝶的咄咄相逼，苏流年护在静好面前，静好对他的感觉有所改观，两人互生好感。

米静好的当事人又一次被打得进了医院，她赶去医院时被苏流年的当事人发难，借机打了静好一巴掌，苏流年赶到阻止，事情最后闹得满城风雨。苏流年选择最佳的时机劝说双方坐下来和解，米静好一口拒绝，但苏流年的一番话使她改变了主意，最后协议离婚，为当事人和一双女儿争取到权益。

经此一战，米静好一战成名，成了法律界的后起之秀，声名鹊起。

好友结婚的当日，恰好是前男友沈默的订婚之日，而且在同一家酒店。静好想起许多往事，心里不好受，得到苏流年的安慰。面对各方的嘲讽，静好喝多了，一觉醒来，发现跟苏流年躺在一张床上，误以为发生一夜情，落荒而逃。

苏流年接了个复杂的遗产案子，让静好帮助，静好答应了，却发现几个当事人的关系复杂，跟自己都有千丝万缕的关系，很想退出，但最终被苏流年说服了。两个人在共同对敌时，越走越近，终于走到一起，确定关系，很是甜蜜，官司打赢了，两个人跑去海岛庆贺，感情升温，苏流年求婚了，静好开心地接受了。

两个人打算筹备婚礼的时候，不约而同地接了一个车祸案，静好的态度异常坚决，引起苏流年的关注，这才知道静好的父亲死于车祸，静好触景伤情，苏流年在她身边安慰，两个人的感情越来越好。

随着案子升级，静好母亲的出现让苏流年惊呆了，苏流年表现得很不安，静好察觉后追问，苏流年始终回避，前男友沈默将真相告诉静好，苏流年正是当年帮撞死静好父亲的车祸肇事人开脱的律师，两个人的感情出现裂缝，他们最终能走到一起吗？

目 录 CONTENTS

第一章

炙热的夏天，烈阳高照，无所不在的热气迎面扑来，让人喘不过气。

庄严肃穆的法院门口，无数媒体记者手持话筒摄像机各就各位，紧张地看着路口，时间一分一秒地过去，众人热得面红耳赤，满头大汗，却没有一个肯离开。

树上的知了叫个不停，一声又一声，密不透风的空气越发的烦闷，如一张大网，网住了无数人的心。

今天是冯家离婚案一审开庭的日子，冯清山是冯氏掌权人，冯妻吴月如不堪家暴提出离婚，并要求分割家庭财产。

冯氏市值几十个亿，是国内知名企业，冯清山是出了名的富豪，在业内影响力极大，离婚案一经爆出，立刻引起了全民讨论。

冯清山重金请来了司法界赫赫有名的金牌律师，苏流年，百战百胜所向披靡的辉煌战绩，让他成为当之无愧的传奇，只要他接手的案子，爱惜羽毛的律师们纷纷退避三尺。

人群一阵骚动，激动地叫起来，“来了，来了。”

一辆玛莎拉蒂徐徐驰来，在大门口停下，司机快步走到后面，打开车门。

一个年轻的女孩子钻出车子，亭亭玉立出现在众人面前，众人怔了怔，好漂亮，肌肤白皙光滑，如剥了壳的鸡蛋，巴掌大的脸小巧精致，樱唇水润，琼鼻挺翘，一双乌黑的眸子顾盼生辉，明艳动人。

黑色的裙子，配上朱红色的小西装，衬出婀娜多姿的身段，颇有几分明星相。

她微微侧着身子，另一个女人出现在众人的视线中，衣着华丽，三十几岁，戴着黑镜，浓妆掩不住那份憔悴之色，她正是本案的原告，吴月如。

众人一拥而上，镁光灯连闪，炮弹般的问话一个接着一个。

“冯太太，你确定要离婚吗？准备怎么分家产？一双女儿的抚养权如何处置？”

“请问你请了哪位大律师？有几成把握？”

记者们将路都堵住了，吴月如黯然神伤，一言不发，在人群里茫然四顾。

年轻女子挥了挥手，大声叫道：“不好意思，请让让，有什么疑问，等退庭后再说。”

一名记者好奇地问道：“你是谁？”

长得这么漂亮，既不像随从，又不像保镖，让人猜不出来。

年轻女子嘴角扬起，露出一抹灿烂的笑容，“我是冯太太的律师，米静好。”

笑容炙热，阳光，又透着一股自信，语气轻快，似乎有必胜的信念。

众人面面相视，眼神极为茫然，都没听说过这个名字。

“米律师，你面对的将是一个非常强大的对手，明知是输，为什么还要接这个案子？”

众人都不看好她，一个初出茅庐，乳臭未干的小丫头，对上业界的传奇人物，结果显而易见。

吴月如的脸色越发的难看，不是她想找这个无名小辈，而是她没有选择的余地，所有律师听到苏流年的名字，都不敢接啊。

米静好不在意地抬起下巴，毫不犹豫地说出自己的想法，“为了正义，为了良知，为了一个女人的后半生幸福。”

年轻美丽的脸庞在阳光下，闪烁着初生牛犊不怕虎的勇气和张扬，还有那股沸腾的热血。

一名记者忍不住吐槽，“是为了钱吧，说得那么好听，何必呢？”

米静好姣好的面容一片肃穆，“我不是苏流年，不是钱能收买的。”

这话如在人群里炸了锅，果然是年轻气盛，什么话敢说，连这种得罪前辈的话都敢当众说出来，就不怕被对方封杀吗？

一名女记者眼神闪烁，“你什么意思？是说苏大律师是钱能收买的？”

米静好撇了撇小嘴，毫不掩饰她的不屑，“苏流年的座右铭，大家应该都很清楚……”

这是业界公开的秘密，谁不知道？！

一道清朗的声音猛地响起，“看来有人很了解我嘛。”

所有人齐齐回头，只见两个男人并肩走过来，各有风采，吸引了无数人的目光。

一个四十岁左右的男子，五官端正，衣着华贵，颇有几分气势，正是冯清山。

而站在他身边的男人二十七八岁左右，眉眼清峻，长身玉立，俊美的长相，修长挺拔的身材，翩翩的风度，堪称造物者的宠儿，光是站着，绽放出耀眼的光芒，成为独一无二的风云人物。

他一出现，所有人成了他的陪衬，黯然无光，唯有他是天际最亮的那颗星，熠熠生辉。

他的名声很响亮，拥有众多粉丝，包括新闻界的，当下就有好几个女记者两眼放光，“哇塞，苏大律师。”

苏流年的目光清冷至极，气势逼人，“小律师，说下去。”

米静好有片刻的失神，他跟照片完全不一样，气势太强了，这样一个强大的对手，她能赢吗？

“钱是万能的，钱能买到全世界，老前辈，我说的对吗？”

她不卑不亢，极为风骨，让苏流年多看了一眼，“新毕业的？”

米静好微微一笑，“毕业一年了。”

冯清山闻言哈哈一笑，“月如，你居然请这种毫无经验的小丫头当律师，看来真的没人可请了，你早说嘛，我给你请一个。”

“你……”吴月如脸涨得通红，身体微微颤抖。

米静好轻轻按住她的肩膀，神情自若，“再请一个唯利是图的律师？冯太太，我们进去吧。”

看着她们离去的身影，苏流年的眼神越来越深沉。

冯清山深感有趣，居然有不买苏流年账的小律师，“苏大律师，你被当面鄙视了。”

苏流年嘴角勾了勾，笑意却没有直达眼底，这丫头有点意思，好久没人敢这么当面挑衅他了！

法庭希望两方协议离婚，但双方谈不拢，为了争孩子抚养权，为了争家产，在法庭上吵开了。

“离婚是你自己提出的，就净身出户，一毛钱都休想拿到，两个孩子的抚养权更是休想。”冯清山摆明了立场，条件苛刻至极，一点都不念及夫妻之情。

吴月如不甘示弱，“根据法律，夫妻离婚，财产对半分。”

“这是冯清山先生的婚前财产，不属于夫妻共同财产，所以，冯太太没有这个资格分。”苏流年拿出事先准备的各种资料，不愧是金牌律师，下足了功夫，每一样都是确凿证据。

吴月如怒极攻心，男人翻脸不认人的样子，太可怕了。

“你太没有良心了，这明明是我们婚后一起打拼的家业，你创业的时候，我出钱出力，为你生儿育女，为你照顾父母，如今你发达了，却对我拳打脚踢，逼我离婚，你还是人吗？”

当年创业时，感情深厚，根本没想到会有这么一天，什么都没留下，也没有防备，糊里糊涂地被蒙在鼓里，公司股份、不动产、车子、家中的存款，都被他改头换面处理掉了，她两手空空，什么都没有。

这也是其他律师不肯接手的原因之一，一场注定不可能赢的官司，不愿白费力气。

冯清山不慌不忙，胜券在握，“出钱出力？有证据吗？拳打脚踢？夫妻之间本来打打闹闹很正常，我也跟你认错了，你还不依不饶，非要闹的家丑外扬，我是一分钱都不会给你的。”

米静好微微蹙眉，对方做足的功课，每一句话都是经过精心设计的，无懈可击，果然是苏流年，要么不出手，一出手就击中。

吴月如情绪很激动，两眼通红，“你根本不爱女儿，为什么还要将她们留在身边？”

冯清山咄咄逼人，冷冷地反问，“我不爱？那你爱了？天天打麻将出去玩乐，不管孩子，交给你这样的母亲，我能放心吗？”

米静好怔了怔，疑惑地看向吴月如，难道是真的？她什么都没说呀。

吴月如垂下脑袋，避开她的视线。

米静好很是郁闷，却没有气馁，直接打出王牌，“法官先生，我手头有一份证据，请大家看一下，冯清山先生跟一名女人公然姘居，已经有三年之久，并生下一子，在邻居们眼里，他们是夫妻，这两点已经构成了重婚罪，我当事人提出起诉……”

这是唯一翻身的机会，能争得更多的补偿。

法官看着几十张照片，还有四周邻居们的录音供词，微微沉吟。

苏流年猛地发难，“这些证据是哪里来的？”

吴月如脑袋发热，不假思索地冲口而出，“当然是私人侦探……”

米静好阻止不及，面露懊恼之色。

苏流年淡淡一笑，从容不迫地开口，“法官先生，他们已经侵害到我当事人的隐私权，我请求不采纳这种毒树之果，并追究其行为责任。”

米静好抿了抿嘴，“法官先生，根据法律最新规定，视听资料作为证据也不再要求‘经对方同意’，也就是说，私人侦探的手段是合法的，无侵害他人的合法权益，无违反社会公序良俗，所以可以作为有效证据。”

她针锋相对，据理力争，毫不害怕，乌黑的眼睛闪闪发亮。

苏流年有些意外地看过来，米静好挺起胸膛，丝毫不退缩，两个人的视线在空中交会，如一道火花闪过，噼里啪啦作响。

苏流年优雅地一扬手，气场全开，压得在场的人喘不过气，“不错，前提是无侵害他人的合法权益，但现实是，我当事人的隐私权已经被侵害，请求法官大人作出公正的审判。”

静好从洗手间出来，站在镜子面前，掬起冷水往脸上拍去，水龙头的水哗啦啦的流淌，看着镜子的自己，小嘴倔强地紧抿。

暂时休庭，等下一轮的开战，这是她早就料到的，所以并不沮丧。

牵扯到家产的离婚案注定烦琐而复杂，耗时长，她做好了长期抗战的准备。

一道华丽清冷的声音响起，“小律师，你输了。”

静好下意识地挺直后背，自信满满，斗志昂然，“只是个开始，岂能轻言输赢？等着吧，我不会输的。”

苏流年一步步走过来，修长白皙的双手伸到水龙头下，水花微微溅起，发出清脆的响声，手掌如上好的羊脂玉，在灯光的照射下，泛着淡淡的光泽，说不出的好看。

静好有些看呆了，这双手如上帝的杰作，太完美了。

苏流年扯下卷纸，擦干净双手，淡淡地道，“看在同行的份儿上，我劝你一句，死心吧，别浪费时间和精力了，与其白折腾，不如多接几个有前途的案子。”

静好一听这话，不禁唤回迷失的神智，皱起眉头，“前途？还是钱途？你眼里除了钱，还有什么？老前辈，你不会是怕了？”

她年轻气盛，天不怕地不怕，敢向全世界挑战的劲头锐不可当。

苏流年看着跃跃欲试的女孩子，微微摇头，“夏虫不可以语冰。”

扔下这句话，他转身就走，宽厚的后背洒脱至极。

切，静好冲他的后背直翻白眼，气乎乎地吼了一句，“装逼是一种病，得治。”

苏流年的脚步一滑，停了一秒，继续坚定的前行。

静好陪着当事人回家，一路上，气氛极为压抑，两个人都没有开口，吴月如的脸色很糟糕。

天气炎热，路上几乎没有什么行人，车子行到一半，面色阴沉的吴月如忽然开口，“张司机，麻烦你在路口停一会儿，我们有几句话要说。”

车子徐徐停下，静好拉开车门率先走下去，吴月如跟了过来，走到安静的人行道，她忍不住发作了，语气很暴躁。

“米律师，你答应过我，一定帮我打赢这场官司的，可你的表现让我很失望。”

离婚不是她想要的，但她被打怕了，生怕再有下次，命都没有了。

可是枕边人的冷酷超出了她的想象，她的情绪在崩溃的边缘，压力太大，快把她压垮了。

静好微微皱眉头，毫不示弱。“我也挺失望的，想要赢，就麻烦配合点，凡事不要隐瞒你的律师，否则只会功亏一篑。”

在法庭上被将了一军，当事人的隐瞒不信任，让她非常的窝火。

冒着前途尽毁的风险接这个案子，她并不是冲着钱而来的。

她签的是事后根据标的拿律师代理费的协议，换句话说，如果输了，一分钱都拿不到。其他律师看到对手是苏流年，纷纷拒绝，那是因为会输，而且没有利益可言。

可她不信邪，看着吴月如心死如灰的模样，心有不忍，就算拼着浪费时间精力，也要为她讨回一个公道。

结果呢？当事人并不相信她，对她隐瞒了许多信息，这背后插刀的滋味，真不好受。

现实给她上了冰冷的一课！光有热血是远远不够的！

吴月如受了极大的打击，心情坏透了，“你只是一个新出道的律师，不要这么跟我说话。”

炙热的阳光照下来，脸颊绯红，隐隐有丝疼痛，静好瞪大眼睛，气势汹汹，“实话实说而已，想赢就得听我的。”

别看她年纪小，但朝气蓬勃，初生牛犊不怕虎，坚持己见。

吴月如心中不快，咬着嘴唇发狠，“我要换律师。”

静好凉凉地反问，“你请得到别的律师吗？”否则她也不会站在这里！

她扔下这句话，扭头就走，看到一辆空车经过，连忙冲过去，坐上出租车扬长而去，把吴月如气得面红耳赤，直捶胸口。

吴江路，著名的婚纱一条街，各国的婚纱品牌云集，琳琅满目，任人挑选。每一家玻璃大门纤尘不染，明亮干净，橱窗内摆放着几款精美的婚纱，行人忍不住驻足观看。

夜巴黎是来自法国的一家品牌婚纱，生意爆好，需要提前两个月预定。

一辆出租车在门口停下，米静好推开车门，一股热气迎面扑来，她深吸口气，一股作声冲进婚纱店，“碰。”撞上一个人。

米静好撞得头晕眼花，还没看清对方，就一迭声的道歉，“对不起，对不起。”

微凉的声音在头顶响起，“身为一个律师，太莽撞不是好品质。”

米静好猛地抬头，果然是那个可恶的苏流年，当场就呛声顶回去，“我这是活力四射，有热情有梦想，像你这种暮气沉沉的老头子，羡慕也没用。”

苏流年长身玉立，面如冠玉，身着铁灰色手工定制西服，服帖而又流畅，衬的他气势不凡，一双黑眸如暗夜的星空，深邃璀璨。

“热情意味着冲动，有些人的梦想意味着脑残。”

米静好噎住了，小脸涨得通红，骂她是脑残？“哟，苏大律师要结婚了？谁那么大胆子敢嫁给一个支持家暴的老公呢？我真替她感到可怜。”

苏流年神情慵懒而又自在，嘴角挂着一抹写意的笑容，“我是伴郎。”

米静好正在气头上，毫不留情的刺了一句，“啧啧，找你这种支持家暴的人当伴郎，也不嫌晦气，当心被诅咒，婚姻不会长久。”

不等苏流年开口，米静好抢在他面前，哗啦啦地冲上二楼。

苏流年看着她的背影，不禁摇头失笑，冲动的小丫头。

会客厅，布置得很温馨，很有家的氛围，浅浅深深的紫色，唯美而又浪漫，空气中弥漫着淡淡的香气，让人一进来就不自自主的放松下来。

一对出色的男女坐在米黄色的沙发上，头碰着头，面带笑容，商量着婚纱照的背景和姿势，听到动静，不约而同地转送向楼梯处。

米静好蹦了进来，笑容满面地挥手打招呼，“阿岚，江师兄。”

陈岚起来迎接，主动挽着静好的胳膊，亲亲热热地笑道，“小米，你来了。”

她们是最好的闺蜜，说好要成为彼此的守护天使，陈岚的婚礼，静好是当仁不让的伴娘人选。

陈岚和江霁云是大学同学，一路走来，几度分分合合，终于修成正果，实属不容易。

静好是这段感情的见证人，由衷的欢喜，“恭喜两位，真心替你们感到高兴，祝你们恩恩爱爱，白头到老。”

陈岚和江霁云相视一笑，眼中的深情慕煞旁人。

室内的一整面墙都摆放着各色婚纱，都是由国外空运过来的最新款，供新人们选择。

静好是女生，美丽的婚纱是每个女孩子心中最美好的渴望，一看到婚纱就两眼放光，情不自禁地翻看欣赏，每一件都好漂亮呀。

“阿岚，你的婚纱挑好了吗？”

陈岚嘴角扬起，露出灿烂如烈阳的笑容，“好了，我们挑了半天呢……”

一件件的试过来，总算过了一把婚纱瘾。

一个清朗的声音猛地响起，“不好意思，我迟到了。”

熟悉的声音让静好的心口一跳，转过头看过去，呃？怎么是他？他来干吗？

江霁云热情地迎上去，勾着苏流年的肩膀，一副哥俩好的模样。“时间刚刚好，不愧是金牌律师，卡的一分不差，来来，我来介绍一下，这是我的未婚妻，陈岚，这是她的好朋友，米静好。这是我的好兄弟，苏流年，你们是同行，应该都听说过他的名字吧。”

陈岚也是律师，江霁云是法官，都属于司法系统。

米静好的脑袋嗡嗡作响，不敢置信地瞪大眼睛，“等一等，他……是伴郎？”

江霁云哈哈一笑，不会是看呆了吧？好友对小女生的杀伤力有多大，他比谁都清楚。

“是啊，很帅吧，跟小米很般配。”

米静好的脸色精彩至极，有如调色板，青红紫橙蓝白黑，轮流变换。

陈岚还是最了解她，见她脸色不对劲，不禁有些担心，“怎么了？有什么问题吗？”

苏流年见着呆若木鸡的小女生，想起刚才她嚣张的模样，不禁有了一丝恶趣味，“刚才有人在楼下，诅咒你们婚姻不长久。”

江霁云的脸黑了，晦气！陈岚也不高兴地叫了起来，“什么？是谁这么可恶？”

苏流年微微一笑，笑得意味深长，“一个小白痴，米律师，你说呢？”

米静好有口难言，郁闷坏了，“是白痴，啊呸。”童言无忌，不要当真哈！

哼，要怪都怪苏流年这个家伙，谁让他这么讨厌的。

陈岚看看这个，看看那个，深感奇怪，“你们搞什么？”

江霁云也同一时间追问，“你们俩认识？”

米静好深深吸了口气，强撑着笑道，“我成为律师的第一仗，就有苏律师这样的高高手当对手，不胜荣幸。”

“天啊，这么衰。”陈岚呆住了，偶的娘，静好一定是被虐惨了，可怜的娃。

出师不利，当上律师的第一仗就对上业界的金牌律师，这得多大的阴影啊！

江霁云很淡定的拍拍苏流年的肩膀，“流年，小米是我和陈岚的小师妹，你手下留情，别虐得太狠。”

静好气得嘟起小嘴，全都不看好她！哼哼，她一定会赢的！

苏流年面无表情地看了静好一眼，“没问题。”

一贯的言简意赅，惜字如金，却气场很强，有他在的地方，没法忽视他。

静好心中不服，气得直跺脚，高高仰起脑袋，有如骄傲的孔雀，“不用手下留情，让暴风雨来得更猛烈些吧。”

苏流年挑了挑眉，男性的成熟魅力一览无遗，“你不怕？”

他身上有一种高不可攀的清冷气质，让人不敢靠近。

静好心口一堵，小脸涨得通红，“该怕的人是你，你是成名的老前辈，要是输给我这个初出茅庐的新人，有何颜面再见江东父老，到时乌江自刎，我可不会同情你的。”

两个人之间火药味十足，对呛起来，却让围观的陈岚笑喷了，她捂着嘴笑得脸都红了，艾玛，太有趣了，“你们继续，当我不存在。”

苏流年神情不变，凉凉地吐出两个字，“幼稚。”

江雾云有些意外地看了好友一眼，难得见到他这么多话的时候，有一句呛一句，没有不理不睬。

他心思转了几转，笑吟吟地打圆场，“好啦，大家都去试礼服吧。”

陈岚事先挑好四人的礼服，婚纱挑的是蕾丝低胸蓬蓬裙，典雅高贵，浓浓的梦幻风。

而江雾云是黑色的礼服，领子和袖口金边刺绣，很是别致。

给静好挑的是淡绿色的纱裙，层层叠叠的裙摆摇曳生姿，清灵柔美的气质凸显，雪白的肌肤，美丽精致的五官，让人眼前一亮。

陈岚跷起大拇指，赞不绝口，“哇，超赞，我开始后悔请你当伴娘了，要是抢了我的风头，怎么破？”

当然是开玩笑，两个人的感情不会因为这些小事而生变。

静好笑得很开心，“哈哈，现在后悔还来得及。”

两个人笑闹之间，相互整理衣服，戴上配饰，闺蜜之间的感情羡煞旁人。

对面的门打开，走出两个出色的男子，静好的视线扫过江雾云，落在苏流年身上，只见他穿着黑色的正装，很普通款式，却穿出了不一样的味道，优雅自信，唇红齿白，风度翩翩，俊朗无俦，如童话故事里走出来的王子。

静好看呆了，第一次发现苏流年帅的天怒人怨，怪不得有那么多狂热的女粉丝，他确实有狂傲的本钱。

苏流年似乎察觉到她的视线，看了过来，静好的心一颤，小脸微红，慌乱的仰起尖尖的下巴，先下手为强，“怎么？发现本小姐貌美如花？想追求我？告诉你哦，你不是我的那盘菜。”

她的声音微微颤抖，破坏了原有的气势，怎么听都像心虚。她不禁暗恼，切，爱美色是天性，有啥好心虚的。

“照照镜子。”苏流年气定神闲，双手抱胸，沉稳如山，浑身散发着矜贵的气息。

短短四个字，没头没尾，静好却听懂了，气得直跺脚，“苏流年，你的脸皮才厚呢。”

两个人不约而两同地看向镜子，郎才女貌，一高大一娇小，一个俊朗优雅，一个清丽无双，站在一起极为般配，如两颗明珠交相辉映，室内的光线都亮了几分。

静好不禁看呆了，帅哥美女，果然很养眼，要不是这性子不好，她真想倒追了。

苏流年看着镜子中的一双璧人，心里一动，如被不知名的东西撞了一下，眼神沉幽了起来。

江霁云在旁边开玩笑般打趣道，“要不，你们配成一对吧。”

静好傲娇地仰起下巴，“才不要呢。”

这么讨厌的家伙，谁要啊，就知道成天气她，她都快气出毛病了。

苏流年清冷的声音响起，“不合适。”

静好不乐意是一回事，被嫌弃又是一回事，恶狠狠地瞪着他，“是你不合适？还是我不合适？”

“你说呢？”他嘴角微勾，似笑非笑，如一只成精的千年老狐狸。静好的心神一凛，打起精神刚想说话，电话铃声响起。

第二章

静好接起电话，片刻之后，脸色大变，“什么？我马上过去，你不要怕。”

她随手拿起包包，紧紧握着手机，难掩焦急之色。“不好意思，我有点急事先走一步，改天约。”

陈岚有些担心，“需要帮忙就说一声。”

“好。”静好应了一声，挥了挥小手，匆匆下楼，冲出婚纱店，站在路边等出租车。

但不知为何，一部出租车都没有经过，炙热的阳光打在身上，火辣辣的疼，静好东张西望，着急万分，怎么还不来？

一辆蓝色的兰博基尼停在她身边，车窗拉下来，露出一张俊美的脸，“米静好，上车。”

他怎么出来了？静好犹豫了几秒，拉开副驾驶座的车门，坐了进去，报了一个地址。

苏流年一怔，是吴月如的居所，心中浮起一丝猜测，“发生了什么事？”

米静好面沉似水，声音隐隐有一丝愤怒，“又被打了，似乎情况很严重。”

苏流年下颌一紧，重重踩下油门，车子迅速飞出去，一路上沉默的出奇。

医院人来人往，付款窗口排成了长龙，米静好穿过狭长的过道，直接到了住院部，一路坐电梯，找到房间号，敲了敲门。

“进来。”里面传来微弱的声音。

米静好推门而入，看到眼前的一幕，倒抽一口冷气，简直不敢相信自己的眼睛。

吴月如的脸红肿不堪像猪头，额头，鼻子，下巴，脸颊，脖子到处都有清晰可见的伤口，右眼更是变成熊猫眼，看上去惨不忍睹。

米静好飞快地扑过去，撩起她的衣摆，浑身都是青青紫紫的伤痕，没一块没皮肤，太吓人了。

静好气得浑身发抖，怎么能把人打成这样？还没有人性？“可恶，怎么能这样？报警了吗？”

先前的不快在接到电话的那一刻，烟消云散，只有满满的愤怒。

真他妈不是人！

吴月如半躺在床上，眼神呆滞，像被打傻了，声音虚弱无力，透着浓浓的绝望，“以前我报过警，他们只会劝几句，什么都做不了，只会换来下一次更激烈的殴打，没人能帮得了我。”

只有死才能解脱吗？她真的好累好累，真想去死，可是放不下两个女儿，那个男人有了心心念念的儿子，怎么可能善待她们？

看着吴月如心死如灰的眼神，米静好气得眼眶都红了，胸口憋得难受，好想让那个贱男人也尝尝这种苦！

她紧紧握着拳头，心绪翻腾的厉害，忽然脑海中闪过一个念头，“我有办法能帮你，但是，你这一次必须全力配合我，全听我的，能做到吗？”

吴月如眼中燃起一丝微弱的火苗，“真的吗？你有办法？”

米静好微微颔首，凑到她耳边说了几句话，吴月如呆了呆，面露挣扎之色，但最后还是咬牙同意了。

折腾了半天，米静好收集好证据，安慰了吴月如半晌，才疲惫地走出病房，双脚深重的走不动路，倚在墙壁上，深深地叹了口气。

家暴，很可怕的罪行，却没有一条法律能严重制裁施害人，不知有多少女人受尽摧残，却叫天天不应，叫地地不灵，悲惨地活着。

从医生办公室走出来的苏流年一眼就看到那抹纤弱的身影，沉吟半晌，走到她身边，淡淡地看着她，向来活力飞扬的女孩子，如脱水的小白菜没精打采，心中莫名的一堵，到嘴的话莫名地咽了回去。

米静好猛地睁开眼睛，冷冰冰地瞪着他，“你还要帮那个人渣吗？”

苏流年神情不变，平淡的像什么事情都没发生过，“是，他是我的当事人，我会尽全力帮他打赢官司。”

米静好浑身血液都往脸上冲，义正词严地吼道，“法律的宗旨让坏人接受处罚，保护善良的好人，而律师的天职是维护法律的公平正义，可你身为一个律师，却帮着坏人逃避法律的制裁，你的良知呢？你的职业操守呢？全喂狗了？”

人面兽心的家伙，白长了一张好脸。

苏流年表情冷酷绝情，不为所动，“世界不是非黑即白，还有灰色地带，还有一点你错了，律师的职责是维护当事人利益，你的老师应该教过你这一点。”

是说过，而且反复强调过，但是，老师也说过要维护法律的公平正义！

米静好怔了怔，脑袋有点乱，但很快做出反击，“照你的意思，如果律法和这一准则相抵触时，你选择后者？”

她黑白分明的大眼睛如有两团火焰燃烧，亮得出奇，雪白的小脸染上一抹红晕，艳丽不可方物。

气氛一窒，苏流年眼中复杂的情绪翻滚，但说出来的话冷若冰霜，“我行事有自己的原则，无须向任何人交代。”

米静好被彻底激怒了，“哼，总有一天，我会让你明白，你错了，错的离谱。”

晚上七点，微博爆出一条爆炸性的新闻，以迅雷不及掩耳之势，迅速席卷全国，各大网站纷纷转载，五分钟之内就点击上亿，飞快登上各大搜索榜的榜首之位，引发全民大搜索，冯清山，家暴，殴妻，离婚案，全成了热闹搜索词。

一张张触目惊心的照片，一份份验伤单，深深地刺痛了无数人的心，冯清山成了人人喊打的社会公敌，斯文败类，人渣中的人渣。

冯氏公关部的反应很快，立马要求各大网站删除这一新闻，并且要求微博屏蔽，冯氏财大气粗，轻而易举压下了此事。

但是，在冯氏疲于奔命，四处公关的时候，在国外某知名社交网站发布同一新闻事件，而且圈了国外的几大电视台和媒体，转载量瞬间数万条，电视台追踪采访，闹的轰轰烈烈，世人皆知。

冯氏在国内一手遮天，但在国外没什么影响，只能干瞪眼了，冯清山亲自打电话跟国外的媒体沟通，那些洋鬼子不但不删除，还要求采访，把冯清山气得够呛。

一夜忙碌，却在早上得到了一个更不幸的消息，股市一开盘，冯氏的股价在二分钟内跌停，一片惨绿，投资者们纷纷抛售，股东们严厉的要求他给出一个说法。

冯清山几头失顾，焦头烂额，心力交瘁，烦不胜烦，却发现国外的社交网站又爆出新料，第三者啊，私生子啊，又一次抢占了新闻版面。

冯清山气得发疯，冲到医院找吴月如算账，却被告知吴月如出院了，不知去向。

有人欢喜有人忧，米静好也一晚没睡，却精神焕发，坐在自己办公室内，慢慢浏览网页，看着那些评论，开心地笑了，对待人渣就得狠狠揍。

相信要不了多久，冯清山就扛不住了，他能不在乎舆论攻击，但能不在乎股价的下跌？那些股东能放过他？

敲门声响起，助理美美神情古怪地走进来，“米律师，有人找。”

米静好的视线落在她背后，那抹高大的身影让她的心房一颤，下意识的关上电脑，“是你？请问有什么贵干？”

苏流年深深地看了她一眼，眼神晦暗不明，忽明忽暗，似有暗潮汹涌，“我请你喝杯咖啡。”

米静好的后背升起一丝冰冷的战栗，心中紧张不已，却挺起腰杆，毫不犹豫地迎接挑战。

两人一前一后走出律师事务所，同事们看着他们的背影窃窃私语，个个像打了鸡血般激动。

律师事务所对面有一家香港人开的西餐厅，环境很幽静，咖啡很醇正，静好平时很喜欢跟同事们跑来聚餐，可此时，面对苏流年咄咄逼人的盯视，浑身不自在。

“有话就直说，不要绕圈子。”

苏流年的目光带着逼人的压迫感，“这事是你干的？”

双方心知肚明，静好深吸了口气，强迫自己镇定下来，既然做了，还怕什么后果？“我有权保持沉默。”

苏流年眼神一沉，气场越发的强大，“别玩火自焚，我的当事人要求删除这条微薄，并且做出澄清，否则将收到我的律师信。”

他的警告字字掷地有声，不由自主地被他带入法庭的氛围，静好有种成了被告的错觉。

不得不说，苏流年累年在对阵中积累出来的气势很骇人，任何被告都会慌了手脚，破绽百出。

米静好的小脸一白，却仰起下巴，嘲讽的笑了笑，“哦，我倒是想知道，以什么罪名起诉呢？”

她虽然热血，但做事很有章法，做之前做足了万全的准备，国外的IP地址也不是她的，也不是她直接发布的，换句话说，没有确凿的证据指证她，没办法起诉。

悠扬的轻音乐在西餐厅静静流淌，营造出轻松写意的氛围。但这对男女剑拔弩张，充满了火药味。

苏流年薄唇微掀，吐出凉薄如秋水的字眼，“诽谤罪，侵害公民隐私罪和名誉权，以及侮辱罪。”

米静好的神情沉静似水，中气十足的反驳，“诽谤罪，是指故意捏造并散布虚构的事实，足以贬损他人人格，破坏他人名誉，情节严重的行为。我有吗？那些照片是真实的，医院出示的病历都是事实，何来的捏造？至于侵害公民隐私罪和名誉权，侮辱罪，都是建立在这个基础上的。”

越是生气，她越是头脑清醒，字字戳中要点，声音坚定有力，“苏老前辈，难道你只会昧着良心歪曲事实？只会为了钱一味地迎合那些禽兽？这么麻木不仁地活着，真的对得起你的师长和家人吗？”

苏流年心中五味俱杂，面上却丝毫不露，“太热血了，不是好事，话已经带到，尽早收手，否则……”

“否则什么？”米静好最受不了威胁，当场就跳起来，双手乱挥。

一名服务生的托盘被米静好撞翻，滚烫的咖啡往静好的脸上洒去，静好被突如其来的变故吓蒙了，呆呆的反应不过来。

“啊。”服务生发出一声惊慌失措的尖叫声。

苏流年忽然向她扑来，“小心。”

静好被他紧紧抱在怀里，小心脏扑突扑突乱跳，慌里慌张地推开他。“你没事吧？”

同一时间，苏流年低头看她，眼神充满了关切，“还好吗？”

咖啡杯掉在地上，砸得粉碎，咖啡洒得满地都是，一片狼藉，服务生站在一边，不知所措。

“我没事。”静好被保护得很好，没有受一点伤，但是，苏流年的半条袖子湿透了，她撩起他的衣袖，只见皮肤烫红了一大片，不禁心急如焚，“烫到了，我送你去医院。”

“只是小烫伤，不碍事的。”苏流年轻描淡写的一笔带过，神情优雅而又温柔，如一阵清风，拂过静好的心田，眼眶情不自禁地红了，既感动又难过。

“你等一下，我马上回来。”米静好像阵风般卷出去，不一会儿，又冲进来，一把拽住苏流年的手，将不知从哪拿来的冰块压在他烫伤处，动作特别小心翼翼，生怕弄疼他。

要不是他伸出援手，她的脸恐怕要完蛋了，一想到这，她就特别感激他。

冰块舒缓了痛楚，苏流年瞥了她一眼，她微微低头，露出一截雪白修长的脖子，肤若凝脂，莹润如玉，他忽然一阵口干舌燥，很想咬一口。

米静好长长的睫毛扑闪扑闪的，迷惑不解，“为什么要救我？”不是很讨厌她吗？

第一次觉得，她对他似乎有着极大的误解。她平时看到的他，是真正的他吗？全部的他吗？

苏流年咽了咽口水，强迫自己移开视线，“这是一种本能。”

正是因为本能，才更显得珍贵，静好怔怔地看着他，第一次靠这么近的观察他，他长的真好看，五官立体俊朗，斜眉入鬓，一双黑眸深邃如上古的深井，不由自主地被卷进去，清澈的眼睛倒映着她小小的身影，看着看着，不知不觉红了双颊……

第三章

米静好慢慢走回办公室，脑子里不停地回响着刚才的一幕，也不知吃错了什么药，居然看一个男人看的面红心跳，最后在对方暧昧的眼神中，落荒而逃。

有如一下情窦初开的小女生，方寸全失，乱了阵脚。

她忍不住狂拍脑袋，丢脸丢到姥姥家了，好想挖个坑自己跳进去，不要见人了！

助理美美高亢的声音叫住她，“米律师，苏大律师找你什么事？”

她的神情很是古怪，执意要挖出真相，因为她是苏流年的脑残粉，喜欢的一塌糊涂，每次提起偶像，就两眼放光，对他的丰功伟绩如数家珍。

她的声音太过响亮，把其他同事都吸引过来，皆露出八卦之色。

静好微微蹙眉，“还能有什么事？公事呗，你这是什么表情？不相信？”

事关偶像，美美好奇心特别重，“不是不信，而是太奇怪了，苏律师是出了名的孤芳自赏，不跟任何律师喝咖啡……”

那个男人太过出色，出色让男人羞惭，而女人们前仆后继喊着，老公，偶要给你生儿子！

明明有风流的资本，他却洁身自好，没有传出过什么绯闻，私生活捡点的令人发指。

静好又羞又窘，故意忽视心底的那抹异样，气呼呼的狂吐槽，“什么孤芳自赏？明明是自私自利，心胸狭窄，利欲熏心，不择手段……”

明明不是这样的，但这嘴就是不听使唤，口不对心，这到底是怎么了？

美美的脸色一变，冲她直使眼色，“咳咳。”

静好没有反应过来了，傻乎乎地关心道，“喉咙不舒服？感冒了？多喝点开水……”

她忽然意识到了什么，猛地回头，苏流年不知何时站在她后面，居高临下地看着她，表情高深莫测。

静好的小脸刷的红透了，让她死了吧！她真的不是故意的！！

“苏流年，你不是走了吗？怎么又回来了？”

苏流年忽然冲她一笑，笑得那么优雅，那么温柔，却让静好毛骨悚然，“周六的约会不要迟到，打扮得漂亮点。”

说完这句话，他帅气地转身离开。

静好如被雷劈过，傻傻地瞪大眼睛，看着他的背影消失在门口。

人群里炸开了锅，“约会？你和苏大律师要约会？这是真的吗？”

“天啊，你们什么时候开始交往的？快老实交代。”

“米静好，我们同事一场，你也太不厚道了，难道怕被我们抢走了？”

米静好急红了小脸，拼命摇头，“交往？怎么可能？大家误会了，我们是有公事要谈……”

她喜欢的男人是顶天立地，凛然正义的盖世英雄，而不是苏流年这种利益为先的势利之辈。但是，苏流年好像也没有那么差，是吧？

可惜谁都不相信，美美的语气酸溜溜的，“至于这么藏着噎着吗？真是的，解释就是狡辩。”

静好不停地解释，但同事们都不相信，她终于尝到了百口莫辩的滋味，气得想尖叫，在心里给苏流年又加了一个标签，腹黑小人！

一天后，冯清山发起了反攻，有组织有计划的爆料，怒斥妻子在家什么事情都不做，不带小孩子，只知道吃喝玩乐，还和有妇之夫双双出轨，背叛家庭和婚姻，带给他无尽的痛苦和羞辱，这才是他忍不住家暴的真正原因。

而且有图有真相，不容抵赖。

一石激起千层浪，网上炸锅了，纷纷改变立场，痛斥吴月如的所作所为，有激进的网友甚至说道，这种女人被打死也活该！

静好也受了牵连。成了众人的出气筒，纷纷跑到她微薄下百般辱骂，什么难听话都有。

静好看着那一条条评论，心情跌到了谷底，她做好对方反击的准备，但没想到会爆出这样的猛料。

她想了想，拨出一个电话，“他说的那些都是真的吗？”

“……”对方一声不吭，只闻轻轻的呼吸声。

静好的心一沉，有了不好的预感，“我只想知道真相。”

“我……”吴月如沉默了许久，情绪激荡不已，大声尖叫起来，“是为了报复，他在外面左拥右抱风流快活，我为什么不可以？他对不起我，对不起我！”

一声又一声的指责，浸透着一个女人的心酸和痛楚，看不到未来的绝望。

静好满腹的指责全堵的喉咙口，轻轻叹息，“那你快活了？”

那是最傻的报复手段，伤人伤己，可惜当局者迷，但是，旁观者永远也没法体会当事人毁天灭地的痛苦。

如被她戳中了痛处，吴月如一下子崩溃了，泪如泉涌，泣不成声。

“更痛苦了，也很后悔，可是……来不及了，我知道错了，米律师，求你帮帮我，我不能没有女儿，不能没有钱。”

她撕心裂肺地号啕大哭，如一个被全世界抛弃的人，绝望的想死。

静好的心隐隐刺痛，走到窗口看向外面，天边染上一层淡淡的亮光，天要亮了！

“好好睡一觉，什么都不要想，我说过，会帮你争取到最大利益，承诺不会变。”

吴月如的哭声戛然而止，不敢置信的声音透过电波传过来，“你还肯帮我？你不怪我？不鄙视我？”

一夜未睡的容颜透出一丝淡淡的疲倦，静好仰起脑袋，看向遥远的天际，“只有你的家人，才有这个资格，而我只是一个律师，会尽最大的努力维护当事人的权益，你只要保持沉默，不要跟任何人联系，听我的安排。”

吴月如如濒临死亡的溺水者被人发现救起，精神大振，“好好，全听你的，谢谢你，米律师。”

一个未署名的帖子在网上流传，讨论男女在婚姻中的责任和义务，在婚姻中地位是否平等，并拿当前最热的冯清山案子当范例，帖子直接指出吴月如是错了，但是，并不需要负主要责任，更该指责的人是冯清山，他的风流成性是导致婚姻失败的真正原因。

忠诚是婚姻关系的底线，一旦踩了底线，就会伤害身边的所有人，包括自己。

爱和忠诚是婚姻的基石，如果相爱，好好珍惜，相互包容，相互尊重。如果不再爱，就决然放手，放彼此一条生路。

文章最后尖锐的提问，同样是人，为什么男人出轨的成本这么低？没有人指责他的不忠？没人怪他在外面养小三生私生子，而女人就要受尽折辱呢？这就是所谓的男女平等？

帖子迅速在网上走红，一夜之间被无数家媒体转载，文中尖锐的社会问题引发全民讨论，两派不同意见天天掐架，一时之间纷纷扰扰，谁也无法置身事外，骂吴月如的人和骂冯清山的人几乎持平，改变了一面倒的局面。

周六，静好睡到十点多才起来，这些日子把她累的够呛，要做的事情太多太多了。

毕竟年轻，睡一觉就恢复过来了，静好吃了一碗亲手煮的白粥，整个人神清气爽。

接到陈岚电话时，她正在喝茶追美剧，这是她的放松方式，静下心情什么都不想。

挂断电话，她换下睡衣，随手换上蓝色牛仔裤和白色 T 恤，将头发扎成马辫，擦了点水和防晒霜，抓起包包走出家门。

她走下楼梯，一辆白色宝马停在她身边，车门打开，“上车。”

静好一怔，“怎么是你？你是大忙人，怎么有空？”

苏流年穿着简单的休闲服，但难掩那份高不可攀的凛然傲气。“别磨蹭，速战速决。”

有种人不管穿什么衣服，都像尊贵的王子，苏流年就是这种人。

静好耸了耸肩膀，坐进副驾驶座，扣上安全带，从包包翻出PAD，随手浏览网页。

她习惯性的去看事情进展，关注两方的掐架点，都三天了还没有消停，还多出了几个流行名词，她看着看着嘴角微扬，任谁都不会想到，这是她的手笔，哈哈。

苏流年看了她好几眼，她都无所觉，有时候引导舆论，不失是一种好办法，但是，一切以建立在法律的基础之上。

想要赢，光靠这些远远不够。

苏流年第一次看到静好这样的打扮，如邻家女孩般的清纯，不施脂粉的脸有一丝稚气。

难怪平时都要穿严肃的套装，化成熟的妆，生生地老了好几岁。

“你确定还要帮她？”

静好抬起头，目光坚定，“是，你的当事人还是不想和解？”

苏流年嘴角微勾，露出一丝嘲讽，“和解？你觉得可能吗？没有一个男人能容忍妻子出轨。”

尤其是那种功成名就的男人，很要面子，这种伤自尊的丑事，说什么也不能容忍。

静好在知道此事后，才恍然大悟，怪不得那个男人绝情如斯。

但是，她不敢苟同，“一样是人，凭什么男人可以？女人却不可以？男人在外面拈花惹草的时候，有没有想过家中妻子的感受？凭什么让女人委曲求全，逆来顺受？女人不是男人的附庸品，有自尊有自我。”

苏流年眼神一闪，似笑非笑，“男人和女人能比吗？女人那叫失足，男人只是风流。”

静好撇了撇小嘴，不得不说，这样的想法占了主流。“呵呵，苏律师，你应该没有女朋友吧。”

苏流年淡淡地瞥了她一眼，不置可否。

静好不知为何，无名火蹭蹭地往上冒，“看来我猜对了，像你这样冷冰冰的男人，没有情趣，又很闷，而且极度不尊重女性，没女人喜欢哒。”

她不遗余力的冷嘲热讽，真心不喜欢这个男人的做派。

她以为苏流年会勃然大怒，但是，她料错了，苏流年凉凉地反问，“你这么贬低我，想毛遂自荐？”

静好嘴角抽了抽，没好气地白了他一眼，想太多了，亲。

“我的眼光没有那么差，绝对不会喜欢上你，不会自找虐的。”

苏流年心口隐隐有一丝郁闷，极力忽视，不动声色地顶回去，“我也不喜欢你这种天真幼稚一根筋的热血小白痴。”

静好怒了，她有那么差吗？“你才是没心没肝，冷血无情的鸟蛋。”

“鸟蛋？”苏流年有些反应不过来，什么意思？但看到静好贼兮兮的笑脸时，后悔了。

静好比了个一眯眯的手势，笑颜如花，“蛋很小。”

“米静好！”苏流年的脸色彻底黑了。

静好才不怕呢，使劲地掐回去，一路上热闹得快将车顶掀翻了。

推开金鼎五星级大酒店的大门，一名服务员热情地迎过来，米静好二话不说，直接要求面见酒店负责人。

服务员的脸色一僵，询问来意后，将他们带到大堂经理面前。

大堂经理是个四十几岁的男人，白白胖胖，笑得像弥勒佛。

“两位，有何贵干？”

服务生在他耳边低语了几句，他始终是一张笑脸。

米静好看了身边的苏流年一眼，苏流年面无表情，目光落在左前方的壁画上，一副置身事处的模样。

静好在心里吐槽，怪不得陈岚要将事情托付给她呢，敢情是知道这家伙不靠谱啊。他到底是干什么来呢？

她清了清嗓子，面带笑容，“是这样的，江霁云先生订的酒席出了点问题，我们受他之托，赶过来协商此事。”

江霁云去外地培训，陈岚去米国出差了，两个人都分身乏术，只能让她来交涉。

大堂经理听完她的话，打了几通电话，不一会儿，从口袋里掏出五千块。“这是预定款，一分不少的退给你们。”

静好的眉头蹙了起来，“什么意思？”

大堂经理还在笑，但态度很坚决，“我们酒店临时接到通知，18 号那天被包场了，所有预定的酒席都必须取消，不好意思，我们也是没办法。”

静好气得直瞪眼，“我是不是听错了？取消？半年前订的酒席要取消？就退回一点订金，一声不好意思，就算完事了？”

再过半个月就是婚礼，十月份是办喜事的旺季，每一家酒店都爆满，这个时间说取消，根本来不及订其他酒店，也订不上了。

酒店的所做所为太过分，不由得让人生气。

大堂经理收起笑容，只有两个冷冰冰的字眼，“抱歉。”

不过是个小丫头，说不定还在读大学呢，有什么好怕的？

静好右手紧握成拳，但语气不慌不忙，“当时签过合同，白纸黑字写得很清楚，违反合同，双倍返还定金，若是婚礼前一个月反悔，就要负责帮我们找到婚宴场所。”

大堂经理目中无人，没将他们放在眼里。“这是公司规定，我们只是员工，没有决策权，你们多体谅吧。”

冰冷的公式化的语气，静好还有什么不懂的？心火蹭的上来了。“让你们酒店经理出来。”

大堂经理直接拒绝，“不好意思，他出差了。”

静好气得面红耳赤，这分明是推诿责任，避不见面。“打电话给他啊，不要告诉我，他手机被偷了，没办法联络上他。”

“很抱歉。”说来说去，大堂经理就这么几句话，五千块扔在桌上，谁都没有拿。

静好气得胸口都疼了，可恶，怎么办？

一道微凉的声音猛地响起，“米静好，遇到合同纠纷，你老师教过你怎么做吗？”

是一直袖手旁观的苏流年，他面色清冷，看不出半点情绪。

静好的眼睛一亮，怒气压了下去，变得平静而自信，“有三个途径，一协商或调解，二仲裁，三诉讼，金鼎酒店不是国企，合同中没有订立仲裁条款，那么只适用于最后一条，诉讼。”

随着她的话，大堂经理的脸色变了，惊疑不定。

苏流年微微一笑，颇有赞许之意，“如何诉讼？”

静好心中如明镜般，熟悉的法律条文信手拈来。“金鼎酒店和江霁云先生的居住地同属一个区域，没有任何争议，这种民事案子只需交给基层法院审判，我回去后就写一个合同纠纷的民事起诉状，明天一早交到静安区法院，按照流程，半个月后就能开庭，这种小 CASE 我一个人就能搞定。陈先生，通知你的老板做好应诉的准备，对了，记得要请一个好律师。苏大律师，我说的对吗？”

她自信满满，侃侃而谈，美丽的小脸容光焕发，纯净的黑瞳如一汪清澈见底的泉水，不自觉地吸引别人的目光。

苏流年眼中闪过一丝激赏，“孺子可教，走吧。”

他转身就走，利落干脆，静好怔了怔，迅速反应过来，二话不说跟了上去，一前一后，颇有默契。

大堂经理的脸色忽白忽青，变幻莫测，眼见这两个人就要出大门口，不禁急了，“等一下，两位，留步。”

两人齐齐停下脚步，相视一眼，眼中俱浮起一丝笑意。静好扶着门框，回头盈盈一笑，“还有什么事吗？”

大堂经理思前想后，心中转过无数个念头，“两位都是律师？”

虽是问话，但心中有了答案，女孩子很年轻，没有什么社会经验，但说起法律条文张口就来。

而男子虽然只说了几个字，但每一句都打在实处，掌控人心的能力很强大。

静好微微侧头，像个天真不解世事的少女，但一双黑亮的双眸狡黠如狐。“怎么？看上去不像吗？”

大堂经理暗暗叫苦，拼命摆手，“不不，请两位休息一会儿，我打个电话。”

他的态度明显有了明显的变化，不再冰冷倨傲，反而有了一丝畏惧。

静好眼珠一转，态度强势起来，“我们只等五分钟，过时不候。”

大堂经理苦笑一声，这才发现小看了这两个人，真是让人头疼。“还没请教，两位的姓名。”

米静好笑眯眯地递出名片，“以后有什么官司，尽管来找我。”

大堂经理的笑容僵住了，这是咒他吗？好好的人谁想招惹官司？米静好律师？咦，这不是打冯氏离婚案的那个原告律师吗？

妈呀，原来是她，怪不得这么难缠。

静好根本不知道自己的名字被刷到了一定高度，只要关心时事的人，都记住了她的名字。

“苏流年，你的名片呢？”

苏流年惊讶地挑了挑眉，“名片？我不需要那玩意，别人捧着钱找上门求我接案子，我都拒绝不过来。”

狂拽酷炫吊炸天！

米静好觉得不能跟他一起愉快地玩耍了。

大堂经理的脸色更难看了，苏流年？就是冯清山的代理律师？他们怎么会走在一起？

他来不及细想，匆匆走到门外打电话，不一会儿，他满面笑容地走进来，“不好意思，我们老板说了，照合同双倍赔偿，为表歉意，我们酒店可以帮你们安排另一家酒店，也是五星级大酒店，还能拿员工价八五折。”

别提有多殷勤了！

静好心里很不是滋味，先倨后恭的家伙，太讨厌了。“八五折？不……”

苏流年走到她身边，打断她的话，“行，可以商量一下。”

“苏流年。”静好心里憋屈着呢。

苏流年的声音冷冷的，“闭嘴，大事要紧。”

静好刚想顶回去，但想到婚礼迫在眉睫，要是订不到酒宴就悲剧了，硬是忍了下来。

接下来，苏流年全程掌控事情进程，在大堂经理亲自陪伴下开车去推荐的五星级酒店，看过场地，试过菜式，谈妥价格，直接将事情敲定了。

静好全程围观，一言不发，出奇地沉默。

大堂经理如释重负地离开，静好双手插在牛仔裤，打不起精神。

苏流年按下电梯，“做人要懂得知进退，识时务，学会适时的妥协，一味的坚持原则，反而会误了大事，过刚易折。”

静好不是不识好歹的人，这些都是金玉良言，是为了她，但是，出自他嘴里，怎么就这么奇怪呢？

“为什么跟我说这些？你不是很讨厌我吗？”

“好玩。”苏流年薄唇微勾，似乎心情很不错。

什么意思？说她好玩？静好越发的迷糊了。

电梯的门开了，走出一对年轻男女，静好心事重重，没注意到别人，跟在苏流年后面正准备走进电梯，忽然一股大力袭来，胳膊被人拽住不放。

“好好，真的是你？你一点都没变，还是这么漂亮，你……过得好吗？”

这对男女很年轻，二十岁出头，长相不俗，衣着光鲜亮丽。男孩子身材高大，气质很阳光，此时震惊万分地看着静好，歉疚，痛苦，不舍，深情全都写在脸上。

熟悉的声音传入耳内，静好如被雷劈中，身体一颤，条件反射般抬头，三年不见，他成熟了，变化很大，不再是她记忆中的青涩少年。

胸口沸腾，有无数话要说，但目光落在他身边的女孩子，如一盆冷水从头浇下，千言万语只化为两个字，“很好。”

苏流年在电梯内按住按钮，视线正好落在她苍白的脸上，微微蹙眉。

沈默痴痴地看着午夜梦回时经常想起的容颜，舍不得眨眼，“好好，我很担心你……”

一别三年，再相见物是人非，巨大的冲击排山倒海般涌来，一时情绪失控。

他身边的女孩子微微侧身，有意无意挡住他们的视线，“米静好，没想到会在这里看到你，你毕业工作了？好像混得很惨嘛，看在同学一场的份上，要不要我帮帮你？”

话里的不屑、鄙视、冷漠是那么明显，根本没想过掩饰。静好的脸色越来越白，死死咬着嘴唇。

沈默不悦地喝道，“梦蝶。”

杨梦蝶委屈地红了眼眶，“我哪里说错了？我可是一番好意。”

一声轻笑响起，静好的脸色惨白如纸，却笑颜如花，“好啊，帮我成为金牌大律师，于大小姐那么有本事，应该不难吧。”

一对男女齐齐愣住了，这么犀利的米静好前所未见，“……”

杨梦蝶眼中闪过一丝怒意，“我们刚从国外回来，今天是我们两家父母见面的日子，我和阿默要订婚了，不说声恭喜吗？”

沈默脸色一白，狠狠瞪了她一眼，“够了，不要再说了。”

杨梦蝶有些受伤，不但不收敛，反而变本加厉，“我们本月 18 号订婚，就在这家酒店举办仪式，你一定要来见证我们的幸福哦，我们俩很需要你的祝福。”

也是 18 号？订婚？静好心底浮起一丝淡淡的苦涩，早就料到会有这么一天，只是真正到来之时，她的心还是很难过。

沈默心疼万分，伤害她是他最不愿意做的事，但是，每次都伤她那么深，他还有什么资格站在她身边？

如果可以，他希望能回到三年前，什么事情都没发生过的三年前，和她相恋，是他一生中最幸福的时候，可惜，幸福总是那么短！

杨梦蝶很得意地看着她落寞的神情，心中快意极了，忽然一道微冷的声音猛地响起。“没空。”

大家的视线都看向苏流年，杨梦蝶怔了怔，就算她一心痴恋着沈默，也不得不承认，这个男人很出色，不比沈默差。

“呃？你是什么人？跟她是什么关系？”

苏流年高傲的不可一世，居高临下地问道，“你是她妈？还是她爸？”

不是她的家人，有什么资格说这种话？

杨梦蝶怔住了，“什么？”

苏流年冷哼一声，很是不屑，“真蠢，小米，你以后少跟智商不足的人来往，会被传染变笨的。”他亲昵温柔的语气，彰显着不一样的情谊。

沈默的脸色一变，心中惊疑不定，这人是什么身份？居然为静好出头！

杨梦蝶茫然的神色，把静好逗乐了，“扑哧。”

被骂了，还搞不清状况，确实是智商欠费。

杨梦蝶终于反应过来，小脸刷的红透了，恼羞成怒，“混蛋，你知道我是谁吗？我爸妈是谁吗？我让你吃不了兜着走。”

她娇纵惯了，就算要天上的星星，父母也会给她弄来，养成了唯我独尊的任性脾气。

静好一点面子都不给，“呵呵，你爸是李刚，好拽啊。”

当着心上人的面，被这么挤对，杨梦蝶快要气疯了，“给我等着，我家有钱，请最好的律师告死你。”

苏流年云淡风轻，就像看了一个笑话，奇怪地反问，“有比我更好的律师？”

他向来这么自信，眼高于顶，没人能入他的眼，放在以前，静好嫌他太过狂傲，但此时却觉得大快人心。

“苏流年，你明知道人家智商不够，就不要绕圈子说话，人家听不懂。”

被他们联手挤对，杨梦蝶气得浑身直哆嗦，恶狠狠地大吼一声，“米静好。”

米静好深吸了口气，露出最甜美的笑容，主动拽着苏流年的胳膊，“我给你们介绍一下，这位是苏流年大律师，国内最知名最牛的律师，入行以来共打了255场官司，从无败绩，人称常胜将军，只要他接的案子，业内都不敢接，对了，你要告他之前，最好先确认一下，有没有律师肯接下？”

随着她的话，杨梦蝶的脸色越来越难看，恨不得抓花那张得意的脸，“别吓唬我，我不信。”

米静好出了口恶气，重重按下电梯的按钮，“爱信不信，随便。”

电梯门徐徐合上，沈默极度隐忍痛楚地叫了一声，“好好。”

米静好的身体一颤，“沈默，麻烦你叫我全名，好好只有家人才能叫。”

沈默如被人打了一拳，表情惨不忍睹，静好别开眼，脑袋一片空白。

一路电梯直下，开了电梯门，静好蹭蹭蹭地往外走，走得飞快，想迅速离开这个见鬼的地方。

“你拉我去哪里？”苏流年微微蹙眉，她的脸色太差了，心事重重，一副受了刺激的模样，不知为何，他心中闪过一丝淡淡的不悦。

“呃？”静好这才发现一路紧握住他的手，连忙松手，闪到一边，尴尬的面色绯红，低头看着自己的脚尖，感觉很丢人。

苏流年看着骤然失去温暖的右手，怅然若失。

他心思一转，“没想到我在你心里这么牛。”

“我……”静好的脸更红了，支支吾吾地解释，“就是想吓唬她，免得她不知天高地厚，又不停地折腾。”

杨家家大业大，不是她能惹得起的。

又？苏流年玩味地挑了挑眉，“你的情敌？眼光太差。”

静好沉默了半晌，黯然神伤地叹了口气，“以前他对我挺好的，只是……”抵不过冰冷的现实。

苏流年越发的不舒服，冷冷地嘲讽，“连个屁都不敢放的男人，好在哪里？懦弱没用，还装什么深情，这是想左拥右抱的节奏？”

这话太刺耳了，静好抿了抿嘴，“不要这么说他，他不是那种人。”

他是她曾经喜欢过的人，否定他，就是否定年少时的她。

苏流年眼神一凝，“你还喜欢他？”

气氛一下子僵滞起来，静好又羞又恼，小脸涨得通红，“这是我的私事，苏老前辈是不是管得太多了？”

干吗老是问？有什么好问的？跟他一点关系都木有！

苏流年面无表情地看着她，隐隐有一丝不明的情绪翻腾，“只是提醒你一句，不要把私人情绪带到公事上。”

“我向来公私分明！”静好很不高兴地嘟起小嘴，但很快就气消了，“不过，刚才的事情……谢谢你。”

他帮了她一把，而不是选择袖手旁观，才让她没有落荒而逃，其实，他也有可取之处。

她转得太快，脾气来得快，去得也快，跟个小孩子似的。苏流年很意外，随后有些释然，有种被领情的淡淡喜悦在心底流淌。“你是我的晚辈，只有我能教训。”

霸道的话宣告着所有权，静好怔了怔，这话怎么怪怪的？她想了几秒，没想出什么，干脆将之扔到一边。“前辈，我饿了，请你吃饭吧。”

她落落大方地发出邀请，不扭扭捏捏，平静而又淡然。

苏流年第一次见到她心平气和的模样，还蛮顺眼的，“算是道谢？”

静好不愿欠人情，尤其是他的人情。“就算是吧，你想吃什么尽管点。”

她夸下海口，很是直爽，但是，很快就后悔了。

看着金碧辉煌的招牌，她想哭了，这是城中出名的西餐厅，价格贵得离谱，一顿下去估计能吃掉她一个月的工资。

“前辈，你确定要吃这一家吗？好贵啊，菜又难吃，分量少。还吃不饱。”

“啰唆。”

眼见越来越靠近西餐厅，静好仿佛看到粉红票子一张张地飞走，她的脸绿了，慌乱地拼命摇头，“前辈，我们去吃烤鱼吧，这个……”打死也不能进这个门啊啊啊！

米静好绞尽脑汁想说服他，车子却在隔壁的味都拉面馆停下。

“下车。”

静好如死里逃生，顿时喜笑颜开，生怕他后悔似的，抢先冲进去，“拉面好啊，健康又营养，还养生美容，前辈的品位就是高。”

苏流年嘴角直抽，真没看出来，她工作时那么热血认真，生活中是个大逗逼。

两个人点了两碗面，几碟小食，一边吃，一边有一搭没一搭的聊天。

静好发现这家伙没有想象中的难相处，虽然冷了点，但关键时刻还是很给力的。

她眼珠一转，好奇心爆棚，“苏前辈，你前女友是什么人？为什么分手？”

她特别想知道他的事情，尤其是私生活方面。

苏流年拿筷子的手一顿，“没前女友。”

静好呆了呆，怀疑地瞪大眼睛，“呃，你是说没交过女朋友？前辈，你贵庚？”

怎么可能？以他的条件，不可能交不到女友。

苏流年没好气地白了她一眼，“闭嘴，吃饭。”

静好的好奇心越来越旺，笑眯眯地追问，“如果我记错的话，你今年28岁，怎么会没交过女朋友呢？”

苏流年挑了挑眉，嘴角扬起一抹似笑非笑的弧度，“看来你对我很了解，也很好奇，难道你暗恋我……”

静好的脸刷的红透了，拼命摆手，“我才没有暗恋你，只是关心一下前辈的身心健康。”

苏流年足足愣了两秒，等反应过来，又气又恼。“米静好，你是个女人。”

一起经历了同仇敌忾，静好一点都不怕他，嬉皮笑脸，全然没有以前的戒备，“嘻嘻，我只是担心你越来越变态，对付变态，我没有心得啊。”

苏流年哭笑不得，赖皮又可爱，笑起来眉眼弯弯，灵动异常，“你……”他的电话忽然响起。

同一时间，米静好的手机也响了，两个人接完电话，不约而同地沉下脸，相视一眼，在对方眼底看到了凝重之色。

静好不等车子停稳，就迫不及待地下车，直接冲进医院，一路跌跌撞撞，冲到住院部的三楼，几个高壮的男人站在一间病房门口，不让任何人靠近。

静好还没走近，就听到吴月如凄厉的惨叫声从里面传出来，不禁后背一凛。

她想冲进去，却被那几个保镖拦住，听着里面噼里啪啦的动静，吴月如越来越凄厉的叫声，她再也淡定不了，大声怒喝，“冯清山你听着，敢再打一下，我立马全程直播，让全世界都谴责你的罪行。”

为了逼出离家的妻子，居然将年幼的孩子打伤送进医院，天底下怎么会有这么恶心的男人？

里面的声音一静，门被重重打开，一个满身戾气的男人站在门口，恶狠狠地瞪着她，“死丫头，全是你这个害人精出的馊主意，我记住你了。”

病房内一片狼藉，吴月如痛得满地打滚，浑身是伤，头破血流，可怜极了。

第一次近距离直击家暴现场，静好整个人惊呆了，怒不可遏，“除了欺凌弱小，你还会什么？你还是个男人吗？她是你的妻子，给你生孩子的人，你怎么下得了手？”

她无法理解世界上怎么会有这么丑陋的男人？

冯清山已经从吴月如嘴里打探到很多消息，知道静好是害得他狼狈不堪的人，心中记恨。

“她已经答应取消诉讼，你这个代理律师也没有存在的必要了，给我滚，不要让我再看到你。”

他特别嚣张，也特别得意，没有暴力和钱解决不了的问题。

静好顾不得跟他吵架，紧张地看着流血的女人，也不知伤在哪里？“先给她医治，你把她伤成这样，会死的。”

她不怪吴月如供出她，在这种情况下，自保是人的本能！

冯清山发泄了一通，余怒未消，脸色阴沉得可怕，“死不了，你不要多管闲事。”

静好急得直跳脚，“我报警了，你构成了故意伤害罪，升级为刑事犯案，将由检察院提出公诉……”

冯清山脸色大变，对她的恨意再也压不住，一巴掌甩过去，“啪。”

一巴掌还嫌不够，又是挥起胳膊。苏流年从外面走进来，正好看到这一幕，猛地冲过来，紧紧拽住他的胳膊，挡在静好面前，面沉似水，“你疯了？你居然打女人？”

静好被打的头晕眼花，下意识地扯住苏流年的衣服，苏流年回过头看她一眼，只见她的脸迅速肿起来，鲜红的印子浮现在雪白的脸庞，触目惊心。

苏流年的眼神一沉，有一簇怒焰在燃烧，心口微微一疼。

冯清山的手被拽疼了，有些生气，“快放开我，我还要揍她。”

苏流年眼神冰冷如寒冬，挟带着强大的气势，“殴打对方律师，会被判一年以上三年以下有期徒刑，这种案子就算是我也没办法帮你打赢，你还要揍么？”

他如从天而降的盖世英雄，就这样站在静好面前护着她，让她感受到了别样的温暖，第一次发现他是这么伟岸，这么强大，这么绅士，好帅呀。心底隐隐一阵骚动，似乎有什么蠢蠢欲动。

冯清山又气又恼又尴尬，却不敢再动手了，但面子上过不去，故意嚣张的喝道，“不过是个小律师，打就打了，我有的是钱，苏律师，给我告她。”

他有头有脸，怎么能被两个律师压在头上？

静好的三观又一次被刷新了，打了人还要告？这到底哪里来的极品？

苏流年的下颌猛地收紧，压抑的情绪一闪而过，“什么理由？”

冯清山微微蹙眉，想了半天都找不到合适的罪名，“……随便找个理由，你总有办法的，我要让她坐一辈子牢。”

静好双目圆睁，气得浑身发颤，真是个疯子！

苏流年的眼睛渐渐眯成一条线，危险的气息迎面扑来，“你是说，随便给她按个罪名，诬陷她？”

冯清山嚣张惯了，顺者昌，逆者亡，区区一个小律师，根本没放在心上。“对，我有钱，你要多少，你尽管开口，只要给我办成事情，一切都好商量。”

苏流年冷冷一笑，一把甩开他，“我是一个维护当事人利益的律师，而不是随意诬陷无辜者的卑鄙小人，维护法律的尊严，是每一个律师的职责。”

静好的眼睛刷的点亮，如天上的星辰，耀眼夺目，好喜欢这样的苏大律师，有原则，有底线，愿意维护法律的尊严，哇哇，好棒。

原来自己真的错怪他了，外界也误解他了，哎，不能人云亦云，用有色眼镜看人啊。

冯清山气得浑身哆嗦，这是骂他卑鄙小人吗？还要不要钱了？还威胁他？他将怒气全记在静好头上，“不要再帮那个女人打官司，否则……”

静好一个激灵，激愤的质问，“夫妻一场，一起生育了两个孩子，为什么不肯放过你的妻子？”

冯清山正在气头上，浑身散发着浓浓的戾气，“我要让她过的生不如死，一辈子都不得安宁。”

他的残暴，他的眦睚必报，他的凶残，让人心惊肉跳。

静好倒抽一口冷气，明显被吓到了，“那你的两个女儿呢？为什么把她们打伤？她们还是孩子，有什么错？”

见她花容失色，冯清山似乎得到了乐趣，“她们最大的错，就是有一个红杏出墙的母亲。”

静好的心口隐隐作痛，为吴月如，为那两个无辜的孩子，也为所有遭受家暴的女人们。“不，有你这样一个六亲不认的父亲才是她们最大的悲哀。”

警察赶来了，看到吴月如的惨状，倒抽一口冷气，不敢相信自己的眼睛，这哪是夫妻？分明是宿世仇敌！

冯清山当然是将事情推的一干二净，诅咒发誓不是他干的，将一名保镖推出来当替罪羊。

警察们明知有问题，但没有证据，无可奈何。

一道清脆如铃的声音响起，“警察先生，我要控告他故意伤害罪。”

静好纤细白皙的手指向冯清山，满脸的愤怒。

所有人的目光都聚焦在她身上，她不闪不避，昂首挺胸，坦然无畏。

警察看到她红肿的脸，微微蹙眉，还没有开口说话，就被冯清山抢过话头。“是一时失手，我愿意道歉，不过那是因为你故意挑衅，在场的人都能作证。”

说是道歉，更像是指控，推卸责任，倒是一把好手。

保镖立马站出来附和，“对啊，是这个小律师故意的，她太讨厌了，还威胁老板，不给她钱就要害老板身败名裂，整一个吸血鬼，真不是东西。”

静好被气笑了，黑白颠倒，指鹿为马，这年头到底是怎么了？“有证据吗？没证据乱说话，就是诽谤罪，要坐几年牢的，做好进去的准备了吗？”

保镖愣住了，别看她娇娇软软的，性子够强悍，当下没人敢再找她的麻烦。

苏流年处理完这些事，转身就走，米静好追了上去，在医院门口追上他，拦住他的去路。

一双黑白分明的大眼睛清澈似水，如黑宝石般熠熠生辉，“谢谢。”

昏暗的灯光打在她雪白的脸上，左脸红肿，看着不忍。

苏流年微微蹙眉，忽然拉着她的手上车，开了一段路停下，进了一家药店，不一会儿就出来了。

静好有些好奇，却没有说什么，苏流年凑了过来，她下意识地朝后一缩，“干什么？”

温热的气息在敏感的耳畔拂过，身体情不自禁地微微战栗。

苏流年拿出一管白色的药膏，“擦药。”

静好眼中闪过一丝迷惑，为什么忽然对她这么好？

一只大手抚上她的脸。清清凉凉的药膏涂在滚烫的伤口处，说不出的舒服。

轻柔的手劲，生怕弄疼她似的，专注的眼神，温柔的表情，让静好有些招架不住。

大手轻抚着她的脸颊，一股电流在后背猛地窜过，小脸悄悄红了，身体轻轻一抖。

苏流年的动作一顿，“很疼吗？忍一忍。”

静好慌了手脚，一颗心跳的飞快，不敢细看他的脸。心中暗骂自己，擦个药而已，至于这么紧张吗？没出息！

不过他温柔的模样，太有魅力了，好帅！

她故作不经意的退后，抢过他手中的药膏，绞尽脑汁想打破迷离的气氛，“真疼，我不会让他好过的。”

她胡乱给自己擦了点药，动作有些粗鲁，没有控制好力道，疼的龇牙咧嘴。

苏流年的眼神一闪，声音低沉，“暂时不要动他。”

静好的身体一僵，不敢置信的抬头，“你说什么？你还要帮着那个混蛋？哼，亏我还以为你是好人呢。”

她特别失望，气得直翻白眼，心情一下子跌到谷底。

“听我的。”苏流年没有多解释。

静好火冒三丈，“凭什么听你的？”

当律师的人，怎么能没有是非观念呢？明知那是个良心被狗吃掉的混账东西，还要帮他？这到底是为什么？

相比她的激动，苏流年平静的出奇，“眼光放的长远点，不要在乎一城一地的得失。”

静好气乐了，太会忽悠人了，但是，她不会上当的。“呵呵，什么叫长远点？说来说去，你就是要帮他逃避罪责，我绝不答应。”

她气得火冒三丈，哼，他就是个大混蛋，差点被骗了！

第四章

下午的阳光照进室内，明亮的光线打在米静好身上，染上一层闪闪的金边。她托着腮看着电脑，心事重重。

冯氏是国内知名企业，要钱有钱，要人有人，一时之间，冯清山的气势如日中天，不可一世。这样下去，还有打赢的可能性吗？

美美忽然欣喜若狂的冲进来，“哇，大新闻，米律师，你快看。”

忽然有新闻爆出冯清山目无王法，无视法纪的种种劣迹，引得公检法三部门齐齐发力，情势瞬间逆转，风云变幻，热闹非凡。

而冯清山焦头烂额，众叛亲离，内交外困，情绪几近崩溃。

静好喜形于色，太好了，天助我也。

电话铃声响了，是陈岚闻得风声，特意打电话过来表扬了一番，把静好乐得眉开眼笑。第一次接案子，就赚得了极高的知名度，圈内圈外都知道了她的名字，这算是意外惊喜了。

一个月前，她寂寂无名。可此时人尽皆知，人生的际遇起伏不定，神秘莫测。

陈岚心情特别好，声音也明快爽朗，“小米，你真牛，居然连这样的猛料都被你挖到了。”

那些劣迹的曝光才是压倒骆驼的最后一根稻草，给了冯清山最后一击。

静好直接否认，“不是我。”

说句实话，那些料好给力，帮了她大忙，她也很想知道是谁这么牛！

时间点卡的一分不差，早一点或晚一点，都不会有这样的轰动效果，这才是真正的大手啊。

陈岚奇怪地反问，“不是你？那是谁？”

静好也查过这件事，但一无所获，她就没有太在意了，要做的事情太多，顾不上其他了。“那家伙做过太多亏心事，仇家那么多，谁都有可能炮轰他。”

陈岚百思不得其解，“可是，这也太巧了。”

几乎所有人都以为这是米静好的手笔，暗地里还夸她能干呢。

静好比较想得开，“管他呢，反正这样的局势对我的当事人最有利。”

陈岚很为她感到高兴，终于走出第一步了，“赢了要请客哦。”

“没问题。”静好挂断电话，脸上流淌着快乐的笑容。如果没意外，这场官司赢定了，再拖几天，拖到对方崩溃，再请求法官开庭，到时冯清山不仅要拱手让出女儿们的抚养权，还能拿到大半的家产，想想就很美好。

突如其来的电话铃声打断她美好的幻想，拿起手机一看，眉头蹙了起来，苏流年？他也坐不住了？哼，这次他输在她手里，看他以后还怎么横？！

她犹豫了一下，将手机挂断，却不时地看向手机，心神不宁，但手机一直没有再响起，她不禁发起呆。

敲门声响起，她强自收敛心神，“进来。”

办公室的门被推开，一个高大的身影走进来。“米静好。”

米静好惊的弹跳起来，苏流年这家伙怎么跑进来的？怎么没人通报？

“你又来干吗？想帮他当说客？想都别想……”

她情绪很激动，小脸涨得通红。身着西服的苏流年一手提着黑色的公文包，一手轻轻按住她的肩膀。

静好的心一跳，慌乱地甩开他，“喂，干吗呀？男女有别，别动手动脚的，我要告你非礼……”

苏流年揉了揉眉心，咋咋呼呼的，好吵！“冯清山答应法庭调解了。”

静好的声音戛然而止，惊喜万分，“什么？真的吗？太好了。”

忽然她的脸色一变，“不对，我才不答应调解呢，这一次你们输定了。”

本来是想调解的，但今时不同往日，她们占尽天时地利人和，为什么不能凯歌高进？

苏流年微微摇头，像看着一个不懂事的孩子，“你除了想赢，能不能多动动脑子想想别的？”

他的语气太过古怪，静好怔了怔，“什么意思？”

苏流年面色微凉，似有责备之色，“你有想过孩子们的将来？有想过吴月如的将来吗？玉石俱焚，从来都不是最好的选择。”

静好如挨了一道重击，一道灵光闪过，整个人都傻掉了。

他的顾忌很有道理，如果真的走到最后一步，两个孩子注定要上庭，目睹父母撕逼的场景，被逼着问选择哪一方，对她们来说，太残酷了，会给她们带来一生都无法磨灭的阴影。

而吴月如身心都受到了巨大的创伤，根本承受不了针锋相对的压力，到时只会倒在法庭上。

最让人担心的是，如果不能达成和解，硬判下去，冯清山咽不下这口气，继续纠缠，那吴月如母女三人这辈子都无法摆脱那个男人的折磨。

天啊，她居然没有想到这些，只想着打赢，一味地盯着眼前，却忘了将来才是最重要的。

她差一点犯下大错！

她猛然警醒，看苏流年的眼神都变了，“可是，他都这样了，还有机会翻盘吗？”

苏流年淡淡一笑，她倒是聪明，一点拨就通了，是可造之才。“他能走到今天，靠的不仅仅是机遇和能耐。”背后还有靠山！

他话里有话，说一半藏一半，但静好居然一听就懂了，暗自心惊，当场就变了脸色，“这种场面能维持多久？”

苏流年有些惊讶，他说的话，她能秒懂，这是默契吗？好神奇的感觉！“顶多一周，舆论导向会适时的调整。”

换句话说，过了这个最佳的时间点，未必会赢。静好不禁急了，“什么条件？”

苏流年从公文包翻出一份合同，静好接过来坐在一边细细研读，“这里不行，再多加一点。”

她手指着其中一条，据理力争，苏流年凑过来，少女淡淡的体香在鼻端萦绕，他不动声色地扫了她一眼，“太多不行，但我会尽力帮着争取。”

一个漫天开价，一个就地还钱，两个人争了半天，激烈的时候差点打起来，才拟出双方都认可的条约，达成共识。

静好累得气喘吁吁，软倒在沙发上，谈判什么的好累！累死她了！

相比之下，苏流年云淡风轻，仿若无事人般，极为洒脱自在。

静好休息了半晌，精神才恢复过来，睁着一双澄净的黑瞳，“你为什么要帮我们？”

她不是不识好歹的人，他的用心，她能体会一二。

苏流年淡淡地瞥了她一眼，“你想多了，我全是为我当事人着想，让他早日脱困。”

静好耸耸肩膀，好吧，人家不承认，那就当是这样吧！

有一点她不得不承认，他有大局观，比她看得更远，手段更高明。

两个女儿的抚养权给了母亲，一人一套一百平方的房子，和一人一个商铺，地段不错，有稳定的租金。而吴月如得到二千万，算是补偿。

虽然这个结果不尽人意，但米静如尽了最大的努力，最起码保障了母女三人后半生衣食无忧。

冯清山的脸色不好，但表现的极为克制，还和妻子，不，前妻合影，第一时间发上微博宣布，跟前妻和解，正式离婚！

他立马将二千万划到吴月如账上，交易流水号直接截图，公布于众，这一手作秀倒是博得无数人的喝彩，拉回了许多同情分。

因为社会影响极大，法院方面为了照顾到社会各方人士，在官博进行了全程直播，轰动一时的家暴案终于落下帷幕。

一处理完，冯清山没有多看前妻一眼，带着自己的手下，头也不回地离开。

全程紧绷的吴月如跌坐在椅子上，汗如雨下，如河里捞出来的，终于结束了，太好，终于摆脱噩梦了！

一张面纸递过来，吴月如接过来，擦去额头的汗珠，一脸的感激，“谢谢你，米律师。”

能有这样的结局，已经远远超出她的想象。什么一半的家财，她只是虚张声势，没有任何证据证明那是夫妻共同财产。

静好坐在她身边，长长舒了一口气，大战过后只剩下浓浓的疲倦，累，好累好累！

“这是我的职责，不用客气，你以后有什么打算？”

吴月如早就想好了，“我想陪两个孩子去国外读书，避一避风头，过个几年再回来。”

静好想了想，微微点头，“这样也好。”

远离伤心地，重新开始，未尝不是一件好事。

两个人不约而同地沉默下来，等这一天等了好久，大家都耗尽了心力，什么都不想多说了。

过了半晌，吴月如拿出手机，“把账号给我，我把律师费打在你账上。”

这么急？这是不想再见面的意思吗？也对，如果有个人看尽自己最不堪的一面，自然不想再继续相处下去。

静好干脆的报上账号，不一会儿，手机传来叮咚声，她打开手机一看，愣住了，比说好的价格多出十万块。

“怎么这么多？说好是2%。”

吴月如满满的歉意，“为了早日达成协议，让你放弃自身的权益，我心里很过意不去，这是一点补偿。”

达到协议的条件是，让受害人放弃追究法律责任，包括米静好挨的那一巴掌。

静好坚决拒绝，“不该我得的，我一分都不要。”

她不顾吴月如的阻拦，当场就将钱划过去，吴月如摇头叹息，却越发的敬佩她，年纪虽小，却有着难得的风骨。“你太固执了。”

静好心安了，笑眯眯地道，“我是有原则的律师。”

“是蠢笨。”一道微凉的声音在门口响起。

两个人不约而同地抬头，只见苏流年倚在门口，长身玉立，神态轻松，端的是浊世翩翩佳公子。

静好奇怪的挑了挑眉，他怎么回来了？“不是每个人都像你那样，事事向钱看。”

其他人都走了，室内只有他们三人，苏流年淡淡地说了一句，“吴月如女士，尽快出国吧。”

吴月如的脸色大变，“这是什么意思？”

苏流年已经转身走了，吴月如追了两步停下来，惊疑不定地看着静好，她本能的相信这个比她小很多的女孩子。

静好想了想，压低声音提醒道，“可能会有什么变故，你抓紧点，房子和商铺的过户问题，我也会加紧催的。”

吴月如的表情一凛，重重点了点头。

接下来的日子，静好将所有的精力都放在催促履行协议上，她的紧迫盯人，把法院的人都烦死了，但收获满满，终于赶在周五前处置妥当。

吴月如一拿到房产证，直接就订了周五的飞机票，一刻都等不了，静好没有去送机，只是在心底默默地祝福。

她一走，静好整个人松懈下来，请假回去睡了一天一夜，才算是缓过来，这段时间耗尽心力脑力和体力，像绷紧的皮绳，疲惫不堪，得好好养养了。

接到陈岚婚前要聚一聚的电话，静好二话不说一口答应下来，打起精神换了衣服，打车赶到欢歌 KTV。

推开 KTV 包厢的大门，静好怔了怔，一抹熟悉的身影映入眼帘，他怎么也在？

苏流年看了过来，一双眼睛黑如墨玉，在昏暗的灯光下，熠熠生辉，流光溢彩。

静好垂下脑袋，不敢再多看一眼，生怕沉溺于那双黑眸中。

陈岚冲过来拉住静好的小手乱晃，真心为她感到高兴，“恭喜你，小米，一战成名，听说好多案子都指名让你当辩护律师呢。”

江霁云笑着看向坐在身边的好友，“了不起，你是这些年第一个跟苏大律师打成平手的律师，大家都夸你后生可畏。”

米静好很快恢复如常，笑眯眯地找了个座位，俏皮地眨了眨眼睛，“这要多谢苏大律师的成全。”

只是运气好，老天爷都在帮她们，但是，她的心情蛮酸爽的。

偌大的电视屏幕居然放着新闻联播，这些法律人的品位也蛮奇怪的，米静好随手拿起抱枕，小脑袋蹭了蹭，不自觉地寻找那抹熟悉的身影。

苏流年懒懒的倚在沙发上，神情闲适轻松，听到她的话，只是嘴角勾了勾。

陈岚故意闹他，“哈哈哈，苏大律师，说几句感言吧。”

米静好抬起下巴，挑衅地看着他，很是得瑟，像只可爱的小猫咪。

苏流眼中闪过一丝淡淡的笑意，语气却清冷无波。“再接再厉。”

切，米静好撇了撇小嘴，真没劲，想看到苏大律师露出挫败的表情，真的很难吗？

“虽然给当事人争取到最合理的利益，但最大的遗憾是让冯清山全身而退，像他那样的人渣就该受到法律的制裁。”

江霁云和陈岚相视一眼，沉默了几秒，“这世上没有十全十美的事，但求无愧于心。”

米静好微微点头，这已经是最好的结果，她忽然想起一事，“对了，也不知那料是谁放的？我真要谢谢人家。”

她一边说话，一双乌黑的大眼睛看着苏流年，似乎已经有了答案。

苏流年没有躲闪，直勾勾地看着她，看的米静好脸颊滚烫，不自在的转开视线。

江霁云看在眼里，若有所思，“小师妹啊，我给你上一课。”

“什么？”米静好精神一振，坐直身体接受学长的教诲。

江霁云对她的端正态度很满意，踏实肯干，懂事又有一颗善心，为朋友赴汤蹈火，这样的女孩子谁会不喜欢呢？

“一个有经验的律师肯定得提前做好准备，将整个案件的前龙去脉，各种细节都要了如指掌，包括跟案子相关的当事人隐私，以防万一。”

米静好歪着脑袋，似懂非懂，“万一？”

别的都懂，老师也教过，但最后一条，隐私？这个也可以吗？

江霁云笑吟吟的继续指点，“你想啊，万一对方手上握有他预料不到的证据，导致上庭对他不利，那他就必须想办法劝当事人庭外和解，但这个当事人油盐不进，行为过激，一意孤行，那他不得不用些必要的手段，促成早日和解，懂了吗？”

这么一解释，米静好秒懂，“懂了。谢谢师兄。”

金玉良言啊，让她收获良多。

“我什么都没做。”江霁云意有所指地看了苏流年一眼，笑着调侃，“某人对你真不错，这是在牺牲自己调教你啊！”

米静好顺着他的视线看过去，顿时了悟，小脸刷的红了，脸颊火辣辣的烫，一颗芳心颤栗，心底涌起一股狂喜，真的吗？

“啰唆。”苏流年的语气淡淡的，但表情很愉悦。

米静好心花怒放，盯着他直笑，笑得傻乎乎的，惨不忍睹，陈岚微微摇头，刚想说话，一则新闻吸引了大家的注意力。

冯氏将参加非洲某国的铁路建设，订单价值几百亿，合同在昨天正式签署，电视中意气风发的冯清山和某国部长签约握手，风光无限。

大家惊呆了，冯清山这是彻底翻身了，可以想象冯氏的股票明天一开盘就疯长。

苏流年的表情最为平静，静好下意识地看向他，心情说不出的复杂，他的预言真的实现了。

不早不晚，时间点太巧合了。

江霁云也很震惊，“流年，这事你知道吗？”

苏流年举起红酒喝了一口，神情淡然，波澜不兴，“嗯，昨天我也在现场。”

静好一阵心悸，这是绝密资料，他却冒着风险事先将信息传递给她，为什么？

这个男人的身上蒙着一层神秘的面纱，让人看不透，猜不着。

师兄的那番话，她反复的琢磨，越想越脸红，耳朵粉粉的，在灯光下，闪着迷人的光泽。

苏流年的视线忍不住瞟向她，一眼又一眼，不知看了多少眼。

江雾云震惊万分，“你的口风真紧，快给我们说说，见到了什么大人物？”

苏流年摆摆手，一如既往的淡漠，似乎世间没有什么事情能让他变了脸色，“不提公事，米静好，恭喜你开了个好头。”

静好亲自给他倒了一杯红酒，千言万语堵在喉咙口，全化为一句，“谢谢。”

谢谢他的提醒，谢谢他的暗中帮助，如果事情拖到今天，恐怕就没法那么顺利了结。

她举起酒杯，一口喝干，小脸红扑扑的，娇艳欲滴，长长的睫毛如蝶翼扑闪，很是惹人怜爱。

苏流年的视线一直盯着她看，二话不说拿起杯子一饮而尽，极为爽快，杯酒泯恩仇。

陈岚和江雾云相视一眼，齐齐松了口气，本来很担心因为这桩案子，这两人结下梁子，所以找借口聚一聚，想办法为他们消消嫌隙，如今看来是自己多想了。

公归公，私归私，这两个人也不是小气的人。

陈岚心情一松，兴高采烈地拿起麦，整晚上拉着未来老公跳来跳去，唱得很嗨。

静好不时地抬头看向对面的男子，昏暗的灯光打在那张俊朗的脸上，斑斓五彩，神情莫测，有一口没一口地啜着红酒。真好看啊，越看越迷人，让人心醉神迷。

似乎察觉到她的注视，苏流年的视线扫过来，静好躲闪不及，被逮了个正着，她小脸一红，干脆一鼓作声坐过去，靠得很近，声音压的低低的。

“我想问一个问题，你一定要告诉我答案。”憋死她了，再不问，她连饭都吃不下。

温热的气息在敏感的耳垂拂过，苏流年的后背起一丝战栗，声音沙哑了几分，“看我心情。”

静好被噎住了，最后还是没忍住，“师兄说的是真的吗？”

虽然没有指名道姓，但暗示得很明显，只是她的个性打破砂锅问到底，非要问个一清二楚。

嫣红的小嘴一开一启，诱人极了，苏流年的眼中闪过一丝复杂的神色，“真亦假，假亦真，随你怎么想。”

他虽然不承认，但静好却抿嘴偷笑，“苏流年，我发现你顺眼多了。”

心底如一道烟花炸开，满心的欢喜，恨不得高歌一曲。

又如发现大秘密的小屁孩，不敢让人知道，自己却偷着乐，那种喜悦的心情，让人飘飘然。

仅仅是顺眼？苏流年冷哼一声，难得的傲娇模样，静好越想越开心，眉眼全是笑意，咯咯笑个不停。

苏流年见她笑得那么傻，摇了摇头，却跟着微笑起来，心情不由自主的飞扬，跟她在一起，总让他感觉轻松自在，无拘无束，无须三思而行。

那对未婚夫妻一转头，见他们相谈甚欢，不禁很欣慰，“说什么呢？这么高兴？”

两个人不约而同地出声，“没什么。”

“没事。”

陈岚看看这个，看看那个，笑得贼兮兮的，“你们好有默契，不如合唱一首歌吧。”

她不遗余力的撮合他们，倒不是想让他们在一起，而是想让他们有所牵扯，攀上关系，多一个朋友总是好的。

米静好眼珠一转，落落大方地跳起来，“好啊，大神，你喜欢哪首歌？我可以配合你的。”

好大的口气，苏流年睥睨扫了她一眼，自然不会怯场，接过麦克风，直接点歌，“浮夸。”

静好惊咦一声，难掩惊讶，“哪个版本？”

“林志炫版。”

静好呆住了，半天回不过神，太巧合了。

陈岚咋咋呼呼叫了起来，“哇塞，这也是小米最喜欢的歌。”

苏流年有些意外，熟悉的音乐声响起，他深吸一口气，第一个字吐出来，声线清亮，四下皆静。

夜晚星空你只看见最亮的那颗人海中你崇拜话题最多最红的那个

谁不觊觎着要站在舞台中央光环只为我闪烁散场后落幕后谁关心你想什么谁在乎你做什么夸张不是罪过能满足空洞乏味的生活……

声音高亢有力，每一个字饱含感情，如唱出自己的心声，两眼微闭，俊美的五官如被一圈光芒笼罩，如梦如幻。

静好被震住了，后背窜过一波电流，一阵战栗，痴痴地看着那个男人。

第五章

苏流年猛地睁开眼睛，深邃的视线扫过来，静好的心神一震，连忙移开，但一颗心扑突扑突跳的飞快，浑身发热。

“小米，轮到你了。”陈岚见她没发声，忍不住催促。

“你喜欢我不喜欢我是你的自由……”小米对曲子非常熟悉，张口唱来，但不知为何，脸颊发烫，平时很普通的一句歌词，莫名地多了一丝暧昧，心底微微发颤，她甚至不敢抬头看他的眼。

苏流年看着微微垂头的女孩子，小脸嫣红，羞怯而又不自在，如静静盛开的含羞草，却透着一股别样的娇俏可人，他心里一动，歌词细细品味，别有一番滋味在心头。

“说是我着了魔也好疯了也罢若不能挥洒算什么歌唱的玩家看着我正在为你发光合不合胃口都请欣然接受吧下一刻要为你擦出火花……”

清亮有穿透力的男中音，灵动清澈的女声，两人的合唱珠联璧合，天衣无缝，有如天籁，两人相视一眼，眼中俱暗潮涌动，心底滚烫无比，感受到了前所未有的激荡。在这一刻，如灵魂和情感相互交融，震憾得无法言语。

一曲《浮夸》唱尽了坚持梦想的执着和癫狂，纵使别人的不理解不欣赏，依旧坚守自己当初的信念，为了梦想不放弃不抛弃，也唱出了别样的荡气回肠，也唱出一份似有似无的情愫。

一曲倾城，倾倒的是谁的心城？颠倒的是谁的魂？

这首曲子是米静好的最爱，是她的内心独白，可苏流年呢？他为什么喜欢这首曲子？她的脑子里不停地转动，所有的心思都在他身上，想问却不敢，有种近乡情怯的无措。

静好回去后一夜没睡好，合唱的场景不停地在脑海打转，各种念头此起彼伏，心彻底的乱了。

再见到苏流年是几天后，陈岚和江霁云的婚礼现场。

十月十八号，黄道吉日，诸事皆宜，金晶大酒店门口名车大汇展，一部比一部炫酷。

静好打扮得漂漂亮亮，寸步不离地跟在新娘子身边，新郎抱着新娘子上了最前面的花车，静好在门口看到一个熟悉的人影，她的心口一滞，脚下顿了顿。

苏流年身着伴郎的衣服，风度翩翩，站在人群里鹤立鸡群，卓尔不群，引的许多女人看过来。“怎么不走？你坐我的车子，一起过去。”

静好的心思百转千回，莫名地紧张，咽了咽口水，“好。”

一路沉默，跑车在门口停下，苏流年随手将钥匙扔给门童，门童两眼放光，跃跃欲试的打开车门，将车子开去停车场。

两个人并肩走进大酒店，一个身着薄荷色的纱裙，摇曳生姿，亭亭玉立，五官清丽，气质甜美，如一个美丽的小公主。

一个身着白色正式礼服，剑眉朗目，长身玉立，身姿挺拔，高贵而又优雅，清冷的气质越发让人移不开视线。

俊男美女走在一起，永远是一道亮丽的风景线，引的许多人纷纷看过来。

一道惊呼猛地响起，“米静好？真的是你？你好大方，居然跑来参加沈默的订婚宴。”

米静好听到声音看过来，只见几个打扮得很精心的年轻女子站在电梯口，等着电梯下来。

她看清那几个女人的脸色变了变，正是她大学的同学，而且是跟她不对付的那几个。

她停下脚步，有些纠结，苏流年清冷的声音在她耳边响起，“怕什么？走。”

看着他淡漠的侧脸，她却倍感温暖，重新鼓起了勇气，一步步走向电梯，电梯的门正好开了，她淡淡的打了个招呼走了进去，苏流年有意无意地挡在她和那几个女人中间。

那几个女人好奇地看着苏流年，却不敢接近，他太冷了，让人太有压力。

但她们不会放过奚落静好的好机会，你一句我一言，“你也真是的，还不许失败者跑来闹一闹吗？这也是她的权利！”

“也是，不过别闹的太难看了，毕竟是同学一场。”

大家的话都有些酸溜溜的，想当初，米静好和沈默是校园最有名的情侣，郎才女貌，让无数人嫉妒。

秀恩爱，分的快，不知有多少女人念叨着这句话，诅咒他们分手呢。

米静好像是没听到，自顾自地拿起手机发信息，心中暗暗叹息，太巧合了，今天是避无可避，但有什么办法呢？

她不是个选择逃避的人，再痛苦，也要直面人生！

当事人不配合，旁人说的再热闹也没用，一个女同学的视线粘在苏流年身上，口水直流，米静好就是长了一张好脸，才占尽便宜，身边都是出色的男人。

“这位先生是谁？不会是你请来冒充男朋友的道具人物吧？”

这世上总有些人见不得别人好，幸灾乐祸，“唉，真可怜。”

这就是静好不喜欢这几人的真正原因，三观不合，真的没办法好好相处。

电梯的门开了，几个女同学抢先走出去，整个楼面一南一北两个大厅，南是凤凰来仪厅，北是丹凤朝阳厅，两个进口都妆扮得喜气洋洋，鲜花，海报，新人的照片，布置的唯美又高雅。

凤凰来仪厅靠近电梯，一眼就能看到，只见一对男女身着华服，女子笑容满面的迎接各方来宾，浑身喜气洋洋。男人的表情僵硬，像是要进鬼门关般，满脸的不情愿。

两个人站在一起，怎么看都不搭。

一个女同学快步冲过去，大声叫道，“沈默，杨梦蝶，米静好带人来砸场子了。”

沈默的表情一僵，不敢置信地看向那个熟悉的身影，恍若在梦中，他用尽了全身的力气，不敢去找她，生怕再也放不下。

但没想到她会出现在这种场合，一颗心顿时疼痛不已。

杨梦蝶气不打一处来，她居然敢来？“米静好，今天是我的好日子，不要胡来，否则休怪我不客气。”

米静好还没有开口，沈默已经抢过话头，冷声喝止，“住嘴，不要胡说，静好，你真的来了。”

他贪婪地看着静好，好像下一秒就见不到似的，能看一眼是一眼，此生不知还能不能再见？！

只要米静好一出现，沈默的眼里就只看到她，再也看不到别人，杨梦蝶嫉妒的发疯，将所有的恨意全记在米静好头上，“沈默，你要是舍不得这个狐狸精，就马上退婚，但你敢吗？”

她有恃无恐的语气，格外嚣张，一双眼睛狠狠瞪着米静好。

沈默神情一黯，“不要闹了。”

杨梦蝶像打赢了一场大仗，得意地笑了，“看到了没有？他不肯，因为他只爱我一个人……”

静好默默地看着这一场闹剧，心口隐隐作痛，但再也没有以前的撕心裂肺，时间是治愈一切的良药。

一群自说自话的SB，苏流年鉴定完毕，主动低头看向静好，神情是难得一见的温柔，“小米，累了一早上，我带你先去吃点东西，否则扛不住。”

静好受宠若惊，但很快明白过来，心中既感激又失落，“还有许多事情要处理呢，哪有空吃东西？”

苏流年伸出修长的手臂，轻揽着静好的肩膀，摆出保护者的姿态，“天塌下来也得吃，身体是革命的本钱，听话。”

宠溺温柔而又霸道的话，熏人欲醉，在场的女人都红了脸，小鹿乱撞，好棒的男人。

而沈默眼中闪过一丝沉痛，那么深，那么浓，心如刀割，却没有了立场阻止。

挨得那么近，男人清洌的气息直冲鼻端，静好的小脸红透了，不自在地动了动肩膀，“好吧。”

两个人相拥朝里面走，杨梦蝶傻眼了，冲过去拦住他们的去路，“米静好，你去哪里？”

静好心中不耐烦极了，“今天是陈岚师姐的婚礼，我要她当伴娘，忙着呢，恕我不能满足你们无聊变态的恶趣味。”

杨梦蝶呆若木鸡，像个傻瓜，“什么？你不是专程赶来闹场的？”

苏流年嫌弃地皱了皱眉头，“这位小姐，你自我感觉也太好了，我劝你，别太把自己当回事，你把自己当公主，在别人眼里不过是个专抢烂东西的蠢货。”

他字字如刀，毫不留情地将对方的脸皮扯下来，往地上踩。

杨梦蝶又羞又窘，尴尬得满面通红。“苏大律师，你欺负一个女孩子，不亏心吗？”

苏流年才不分男女，只分碍不碍眼，“路见不平，总要管一管的，心眼太多，让人生厌，不要以为抢了别人的东西，就不可一世，抢来的总不能长久。”

这话说中了杨梦蝶最害怕的地方，不禁闻之色变，“你敢诅咒我？”

跟一个金牌律师掐架，不是一个明智的选择，苏流年言语尖锐。“只是教你做人的道理，不用太感激我。”

杨梦蝶一口气堵在喉咙口，差点喘不过气来。

米静好凉凉地补了一刀，“何必对牛弹琴呢，她听不懂的。”

两个人你一言我一语，打得杨梦蝶毫无反手之力，“你们联合起来欺负我，可恶，阿默，看着自己的女人受委屈，怎么不吭声，还是男人吗？”

米静好不管走到哪里都有人护，可她呢，沈默对她不冷不淡，不管多努力，都无法让他真正地爱上她。

她怒气冲天，恨得牙痒痒，沈默轻轻叹了口气，“还来得及反悔。”

杨梦蝶的心口一阵绞痛，“你休想。”

乱哄哄之时，北边大厅的人听到动静，走了过来，连陈岚和江霁云也惊动了，“你们在干吗呢？大家都等着你们。”

沈默也是认识他们的，也曾经走得很近，看着他们终于修成正果，心情复杂的无法用言语形容。“江师兄，陈师姐，恭喜你们。”

除了这句话，他什么都说不出来，那时年少，天真地以为相爱的人会永远在一起，但是，现实残酷得让他清醒过来。

陈岚看都不看他一眼，挽起米静好的胳膊，“小米，流年，跟这种没素质的人吵什么呢？白白浪费口舌，也辱没了我们的身份。”

想起当年好友的惨状，她就一肚子火。

江霁云在这个问题上跟新婚妻子立场一致，“是啊，流年，狗乱你一口，难道你要咬回去？”

苏流年面色清冷至极，“不，打死。”

冰寒彻骨的话，让所有人都打了个冷战，杨梦蝶恼羞成怒，说他们是狗？呸！

她心中窝火，但不知为何，看着男子冰冷的面容，就是不敢发作。“你……”

苏流年不屑的目光在那几个人脸上掠过，最后停在沈默脸上，“世事如棋局，起手不悔，我们走。”

沈默身体一震，呆呆地看着他们远去的身影，心口如被挖走了一块，生疼生疼的。

婚礼办得隆重热闹，因为新人的职业，几乎成了政律法线的大联欢，都是熟人，气氛很是热烈。

一整天，米静好面带笑容，跟在新娘子身边，随时处理各种突发情况，忙得团团转，所幸身边的苏流年很强大，天大的麻烦到了他手里，三下五除二，轻轻松松解决掉。

在新人宣誓的时候，米静好流下了感动的眼泪，真好，七年爱情长跑，终于修成正果！

一方天蓝色的手帕递过来，“擦擦，妆都花了。”

米静好没好气地瞪了他一眼，一把抢过手帕擦眼泪，真是的，太破坏气氛了。

苏流年看着她红红的眼睛，有一丝淡淡的心疼，“不用羡慕别人，你结婚的时候，比这更好。”

他的语气很肯定，米静好却不敢相信，只当是安慰之词，“你怎么知道？说不定我嫁给一个穷光蛋，摆不起酒宴呢。”

她不看重金钱和地位，只要爱她疼她，愿意给她一个安稳的家，她就很满足了。

“不会。”一如既往的坚定有力。

静好忍不住转头看向他，“这么肯定？”

苏流年嘴角弯了弯，似乎心情不错，“是，相信我，你会嫁给一个有钱有能力又爱你的男人。”

静好狐疑不已，“难道你要给我介绍男朋友？我要帅的。”

她忽视内心的骚动，不愿为难自己，也不愿为难他。

感情太伤人，不敢再轻易尝试。

苏流年嘴角抽了抽，扭头不理她，她总能激起他想掐住她脖子的冲动。

静好撇了撇小嘴，干吗不理人啊？她哪里说错了？

晚上安排了庆祝派对，新婚夫妻当众跳了一曲，招呼众人一起下舞池，水晶灯璀璨如星，点点滴滴洒下来，幻化成一个流光溢彩的世界。

每个人都笑着，跳着，唱着，气氛超级嗨，大家都玩疯了，平时一本正经的法官们褪下严肃的外衣，尽情地狂欢。

一对新人在人群里游走，谈笑风生，应酬客人，善尽主人之职，静好没有去跳舞，始终不离新人左右，尽心尽责，很累，却心甘情愿。

苏流年很受欢迎，不管走到哪里，女人们都会围上来，前仆后继，人气极高，不过他对谁都淡淡的，除了米静好外。

新郎新娘也累了，想找个地方休息一会儿，陈岚轻拍静好的肩膀，笑吟吟的开口，“小米，你也去玩吧，苏流年，请小米跳一曲呀。”

苏流年眼眸如墨，藏着轻浅的缝缱，绅士般伸出手，做了个邀舞的手势，动作优雅，如行云流水，赏心悦目，翩然如中世纪的骑士。

静好的脸颊滚烫，一颗心怦怦乱跳，纤白的小手不由自主的递过去，他眼中闪过一丝释然的笑意，气氛有些暧昧。

忽然手机铃声响起，打破了一室迷离，静好懊恼地咬了咬嘴唇，“不好意思，接个电话。”

盈盈的身影消失在眼前，苏流年的眉头微微蹙起。

“你好，哪位？”静好的态度客气礼貌，律师的电话都是24小时开着，以防错过重要的消息。

话筒静悄悄的，静好连续问了两遍都没有反应，正想挂断电话，话筒里传来一个熟悉的声音。“是我。”

静好的心情一下子跌到谷底，声音淡淡的，生疏而又冷漠，“有什么事吗？”

沈默的声音很轻，语气很低落，似乎心情很不好，“我在S大学的操场，你过来。”

静好的身体一僵，胸口闪过一丝轻微的钝疼，S大学的操场是他们定情的地方，也留下了无数美好的回忆，那是一个盛满青春和爱情的纪念地。

但是，三年来她再也没有去过，情已逝，人远去，何苦触景伤情？

“我不会去。”

沈默固执的声音透过电波传到她耳朵里，“我等着你，不管多久，我都等，不见不散。”

他挂断了电话，静好听着嘟嘟的声音，心情糟糕透了，如泄了气的皮球，浑身无力地倚在过道的墙壁上。

他订完婚不陪未婚妻，却约她这个前女友见面，到底想怎么样？

身后传来一个微冷的声音，“发什么呆？进去吧。”

静好没有回头，“陪我喝酒。”

“什么？”苏流年转到她面前，怔了怔，发生了什么事？

米静好在新人敬酒的时候，没有喝多少，酒都让苏流年抢过去喝了。“下面有个酒吧，听说很有情调，说不定还能来一场艳遇，你们男人都是在酒吧钓女人吗？”

“我怕得病。”苏流年很是不屑。

静好嘴角抽了抽，这么犀利，这么直接，真的好吗？

酒吧的灯光很暗，到处都是暧昧调情的男男女女，米静好直接穿过人群，找了个安静的角落，点了两瓶酒，一杯接着一杯喝。

她不知喝了多少杯，脑袋晕乎乎的，但是，没有让她忘掉一切烦恼，许多回忆涌上心头，越发的难受。

酒入愁肠愁更愁，她只是想痛痛快快喝一场，忘掉所有不开心的事情，怎么就这么难呢？

一只大手伸过来，抢走她手中的酒杯，她顿时生气了，眼睛瞪得大大的，“干吗抢我的酒？”

她以为很大声，很有气势，其实声音软绵绵的，小脸嫣红，眉眼生春，隐隐有一丝媚态，毫无气势可言。

苏流年微微皱眉，看来是不能让她跟别人一起喝酒！“少喝一点，对身体不好。”

米静好露出傻乎乎的笑容，口齿不清，“没事，我高兴，真的很高兴。”

苏流年喝了口酒，真难喝，“笑得真难看，别笑了。”

米静好的眼眶一红，像受了委屈的小朋友，可怜极了。“为什么就没有永远不变的感情？”

曾经的山盟海誓到最后，成了一个笑话。

苏流年把玩着酒杯，看不清他的表情，“所有人都在变，感情又怎么可能不变？不可能的事情就少想。”

“我什么都不想，真的。”米静好不禁苦笑，举起酒瓶猛灌，“来来，陪我喝一杯。”

苏流年伸手要抢酒瓶，但她这一回早有准备，及时避了过去，又灌了一口。苏流年不悦的轻斥，“别闹，米静好。”

他的话对米静好没用，一句话都听不进去，她喝的更急了，“很好喝，再来一口。”

苏流年看不下去了，忍不住嘲讽，“为了别人的男人，要死要活，还深夜买醉，真丢人。”

米静好的心口一痛，豆大的泪珠滑落雪白的脸颊，小小声的呜咽，“呜呜。”

苏流年心里烦躁，冷冷地喝道，“哭什么？舍不得就去抢回来。”

没出息的东西，真想一巴掌拍过去，将她拍醒，为了一个不值得的男人，至于这么难过吗？

就看不到眼前更出色的男人吗？什么烂眼光啊？

米静好哭得更伤心了，猛捶胸口，“才不要，我又不是捡破烂的，我就是憋屈，难受，心里堵得慌，你不懂，不懂。”

不懂？苏流年勾了勾嘴角，黑眸如暗夜的星空，泛着冷冷的光，自嘲地笑了笑，“我懂。”

米静好精神一振，像找到了知己，身体一歪，倒在他身上，“来，不醉不归。”

苏流年顺势将她拥入怀中，女孩子的体香，醇醇的酒香混在一起，说不出的好闻，熏人欲醉，星眸朦胧，面如三月的桃花，娇艳欲滴，娇躯柔弱无骨。

女孩子含糊不清的嘟囔，喷着酒气，全喷在苏流年敏感的锁骨，渐渐染上一层淡淡粉色。苏流年情不自禁地紧了紧胳膊，眼光流转，魅惑如狐……

夜越来越深，越发迷离，好一个良夜。

第六章

“啊啊啊。”一道高亢的尖叫声划破早晨的宁静。

大床上，俊朗的男子两眼紧闭，手捂着额头，似乎很疲倦。“闭嘴，吵得我头疼。”

米静好看着自己一丝不挂的身体，脑袋疼，浑身都疼，如被坦克辗过，又像是跟人打了一架，有些部位青青紫紫，床单上有一抹嫣红的颜色……

她猛地拉过被子盖住身体，脑袋一片空白，整个人吓蒙了，失控地尖叫，“你怎么在我床上？苏流年，你混蛋！”

苏流年猛地睁眼，抢先控诉，“你昨晚缠着我不放，不停地灌我酒，原来是打着灌醉我，霸王硬上弓的主意啊。”

霸王硬上弓？米静好如被雷劈中，风中凌乱了，下意识地拼命摇头。“我没有。”

苏流年躺着不动，却气势咄咄逼人，“那怎么解释？”

“我……”米静好努力回想昨晚的事情，可越想越头疼，脑袋如塞了乱麻，“都忘了，这分明是你编出来的鬼话。”

苏流年冷冷地看着她，“你昨晚哭着吵着要去抢回那个男人……”

米静好气极败坏地打断他，“胡说八道，我明明说过不是捡破烂的……”

声音戛然而止，小脸刷的红透了。

苏流年的语气怪怪的，“原来你都记得啊。”鬼丫头，越来越对付了。

米静好心乱如麻，双手抱着涨疼的小脑袋，慌乱不已，“不不，我只记得前面的，后来喝醉了，一点印象都没有。”

记忆七零八落，她都分不清哪是真，哪是假。

苏流年冷哼一声，脸色很不豫，“那我告诉你，昨晚上你对我又抱又摸又亲。”

米静好全身的血液直冲脑门，脑袋嗡嗡作响，差点吓晕过去，“不可能，你信口雌黄，我不是这样的人。”

她不是轻浮的女人，对待男女关系很严肃的，从来不玩感情游戏。

苏流年微微蹙眉，冷嘲热讽，“平时装的一本正经，喝醉后原形毕露的人，不止只有你一个。”

“你……”米静好快要疯了，生平第一次遇到这样的场景，根本不知道该怎么处理。脑袋也乱糟糟的，没办法静下心思考，“凡事要有证据，没有证据，就是诽谤，我可以告你的。”

她努力摆出义正词严的严肃模样，但光溜溜的跟一个男人躺在床上，怎么也不可能冷静啊。

她的衣服呢？房间里怎么没有她昨晚穿的衣服？到底跑哪里去了？昨晚到底发生了什么事？

苏流年眼中闪过一丝莫名的光亮，“要证据吗？可以。”

他翻身而起，雪白的被单滑落，露出结实有力的上半身，经常锻炼的缘故，身材很有看头，胸肌结实而有弹力，皮肤是健康的小麦色，让人忍不住流口水。

米静好被吓到了，眼神呆滞，反应慢了一拍，“你干吗？”

她本能的闭上眼睛，不敢多看，心口小鹿乱撞，羞涩窘迫，恨不得找个地洞钻进去。

“向你展示证据。”苏流年轻喝一声，气势紧迫逼人，“睁开眼睛看看清楚，这就是你昨晚抓的，铁证如山，你还怎么抵赖？”

米静好被逼着不得不睁眼，只见他身上有几条明显的抓痕，不禁呆若木鸡，这……是她抓的？她低头看了看自己的指甲，崩溃地捂脸。

天啊，她还做了什么？酒后乱性？主动勾引？还是强迫人家了？

完蛋了，她居然成了自己最讨厌的人，醉酒害人不浅啊。

“我……你想什么样？”

她紧张的满面通红，说话结结巴巴，都说不清楚。

苏流年不遮不掩，任由上半身裸着，却有一种让人不敢轻犯的凛然气质。“根据现有法律，这种情况该怎么处理？”

米静好的脑袋全成了糨糊，乱的一团糊涂。

……

米静好彻底崩溃了，想抽死自己的心都有了，“我不是故意的，喝醉了……脑子糊涂了！”

她一想到将被起诉告她强奸，将接受法官的质询和公众的责难，整个人都不好了，让她去死吧！

忽听到一道微凉的声音，“想公了？还是私了？”

米静好如闻天籁，不假思索地做出选择，“私了，你要多少钱？只要是我能承受范围内，都给你。”

她丢不起这个人，丢脸死了！

苏流年语气淡淡的，“我不要钱。”

“那你要什么？”静好一颗心绷得紧紧，愁眉苦脸，人家有的是钱，眼光高着呢，就算将她卖了，也值不了几个钱啊。

苏流年眼神一闪，“给我做三个月的家务，随叫随到。”

静好如释重负，重重吐出一口气，迫不及待地答应下来，“好，没问题，就这么说定了，不许反悔。”

苏流年眼中闪过一丝笑意，瞬间即逝，“不反悔。”

谈妥条件，静好一刻都待不下去了，东张西望，恨不得立马从这个房间消失，“我的衣服呢？”

“卫生间。”

静好一把卷起被单跳起来，一鼓作声冲进卫生间，始终没有勇气回头看一眼。

她拿起地上的小礼服，一股酸臭味迎面扑来，皱巴巴的，沾满了呕吐物，昨晚到底有多惨烈？怎么成了这般模样？

静好揉了揉眉心，这衣服不能穿了，怎么办？总不能穿着浴衣出门吧。

她一边洗澡，一边发愁，在浴室耗了半个多小时，直到响起敲门声，才唤回她的神智。

“我让人送来新衣服，你试试。”

静好暗暗吁了口气，开了小缝，怯生生地伸出右手。“谢谢。”

苏流年看着细细的胳膊，光滑白皙如一方暖玉，很是诱人，他默了默，将衣服递过去。

静好接过衣服，呯的拍上浴室的门，七脚八脚的穿起衣服，白色的蕾丝裙子，淑女而又优雅，这是他的喜好？

对着镜子中的自己照来照去，总觉得怪怪的，哪里不对劲，她磨蹭了好一会儿，撑不下去了，才不得不打开门走出去。

苏流年穿着白色的衬衫站在窗边，上面两颗扣子没扣上，露出一段锁骨，很是性感，袖子挽到臂弯处，慵懒中透着写意。

听到动静，他转过头打量了两眼，“不错，很合身。”

晨光打在他身上，金光闪闪，光芒万丈，仿若天神般让人不敢直视。

米静好小脸微红，不自在地拉拉裙摆，是太合身了，干巴巴地调侃道，“苏大律师经验丰富嘛。”

细听之下，有几分酸溜溜的味道。

苏流年微微一笑，眉眼清俊，笑意星星点点，在黑眸中轻跃，“错，只有一个，所以印象深刻。”

米静好的脸刷的红透了，全身上下如刚煮熟的虾子，迫不及待地往外奔去，“我走了。”

“我送你回去。”苏流年追了上去。

“不不，不用了。”米静好慌不择路，迎面撞上一个服务生，脚下一歪，身体朝后倒下去。

她吓得抱住脑袋，闭着眼睛等着疼痛感，等了一下，却感觉不到那股痛意，猛地睁眼，撞入一双深邃幽远如大海的黑眸中，不禁呆了。

一对男女相互凝视，男的俊女的美，情潮暗涌，迷离而又暧昧，自成一方小天地。

在彼此的眼中只看到小小的自己，那么清晰，那么明亮，舍不得眨眼，舍不得移开视线。

“怦怦”是谁的心跳声？

服务生担心的声音响起，打破两人之间的暧昧，“这位小姐没事吧。”

米静好这才发现自己倒在苏流年怀里，慌里慌张地推开他，小脸热的能煮鸡蛋了，“没事，不好意思，是我太不小心了。”

服务生好奇地看了他们一眼，这对男女怎么这么眼熟呢？

苏流年的注意力都在米静好身上，对别人并不关心，“小心点，别莽莽撞撞的。”

一个要送，一个不肯，纠缠了好久，最后米静好被苏流年一把拽住扔进车子里，气得她直翻白眼，粗鲁的男人！

一路上，她噘着嘴不理不睬，车内一片沉默，苏流年瞥了她几眼，嘴角微翘，傻妞。

车子在她所住的小区门口徐徐停下，米静好迫不及待的下车，“再见。”车门重重摔上，才不管他怎么想呢。

她快步走上台阶，一道身影从阴影处站出来，“好好。”

是沈默，身上还穿着昨天的西装，胡子拉碴，憔悴不堪，一双熊猫眼布满血红，看样子是一夜未睡。

米静好怔了怔，随即视而不见地走过去。

沈默身影一晃，拦住她的去路，一脸的黯然，“你为什么不来？”

他在操场等了一夜，她始终没来，打她电话又不接，一颗心受尽煎熬，不亲自见上一面，他说什么都不甘心。

这是他守在她家门口中的原因之一。

“为什么要来？”米静好面色平静，仿若什么事情都没发生过。

他和她在三年前就缘尽了，昨天正式画上句号，从此以后，她的喜怒哀乐，她的人生，统统跟他没关系。

沈默沉痛无比，一颗心生疼生疼的，他宁愿她大吵大闹，大哭大骂，也好过平静无波。

最起码那样代表着她在乎！

“我……的心里只有你……”

米静好震惊万分，心情复杂的无法用言语形容。

一道冷冰冰的声音在背后响起，“我如果没记错的话，昨天是沈先生的订婚大喜之日，怎么有空跑到别人家门口？”

沈默猛地回头，不敢置信地看着慢慢走过来的苏流年，眼中浮起一丝受伤和痛苦，“你……你们昨晚在一起？”

苏流年的脚步停在他面前，冷冷喝道，“关你什么事？”

沈默的心口如被捅了一刀，愤怒的大吼，“到底是不是？”

被心爱的人背叛，原来是这种滋味，撕心裂肺般的疼痛。

苏流年深感可笑，他有什么立场质问？“是，有什么问题吗？男未婚女未嫁，怎么着都行，不是吗？”

如淬了毒的箭刺进沈默的心脏，气血翻腾，当场就暴怒了。

“苏流年，米静好是个热情善良，甚至有点天真的女孩子，不是你的对手，你不要耍她玩。”

米静好的脸色一变，下意识地抬头看了苏流年一眼。

这惊疑不定的一眼让苏流年的心口发堵，声音越发的清冷，挟带着怒气，“把话说清楚。”

沈默咬着牙，面色青白交加，“没赢官司，你心里不舒服，大家能理解，但那不是静好的错，不要伤害她。”

静好如被人点醒，心神大震，脸色惨白如纸，她终于明白哪里古怪了。

喝醉酒的人怎么可能有行动力？又怎么可能强上一个大男人？

她被骗了，被耍了，啊啊啊！

苏流年见她神色不动，气得不轻，但越是这样，他越不露声色，“哈哈，这是前男友的警告？看来瘾症不轻啊，对了，你未婚妻的电话号码给我，我好好地跟她说说，让她管好自己的男人，不要放出去乱咬人。”

沈默如被打中要害，身体一震，外厉内荏的怒斥，“你怕了？做贼心虚！好好，你全听到了，他根本不怀好意。”

静好心中百转千回，惊痛交集，声音冰寒入骨，“这是我的私事，不劳外人关心。”

既然做出了选择，就不要后悔，她也不会当备胎。

扔下这句话，她越过这两个男人，头也不回地走进楼道内。

她的态度伤到了沈默，呆呆地看着她远去的背影，很想追上去，但双脚如钉在地上，动弹不得，只能眼睁睁地看着那道纤细的身影越走越远。

一道身影从他身边掠过，像阵风般冲过去，一把拽住米静好的胳膊，将人扛起来。

米静好猝不及防，吓了一大跳，气得直翻他的后背，“放开我。”

苏流年从她包包里翻出钥匙，开门扛着她走进去，一脚踢上大门。米静好气急败坏，双脚乱踢，一口咬在他肩膀上，咬得很用力，都闻到了血腥的味道。

死男人，太霸道了。

苏流年将她轻轻放在沙发上，一只手压住她，定定地看着她，“你真相信那个男人的话？”

米静好气得满面通红，愤怒地尖叫，“你对我真的没用过手段？昨晚的事，真的如你所说，你是全然无辜的？你是个大男人，而我只是一个手无缚鸡之力的女孩子。”

所以，不可能强迫他的，他是故意误导她。

在那种气氛下，她又宿醉头脑不清楚，不知不觉被他带着跑，他本身就是个气场很强大的人，有掌控全局的能力，在法庭上不知道有多少人被他绕了进去。

如今清醒过来，猛地发现好多漏洞。

苏流年闭了闭眼，似乎在克制着什么，“米静好，我们谈谈。”

米静好讨厌他居高临下的姿态，一阵火起，不知哪来的力气，将他一把推开，冲到门口，将大门打开，“请出去，我很累，什么都不想听，苏大律师，以后没事不要联络我。”

苏流年一双黑眸翻滚着复杂的情绪，“昨晚的事……”

米静好心里烦躁不安，冷冰冰的低吼，“我不想追究，但也不想再提起，就这样吧，各回各家，各找各妈。”

苏流年神情复杂地看了她半晌，她垂着脑袋，浑身充满了拒绝的气息，他幽幽叹了口气，默默地走了出去。

在他身后，大门被重重拍上，如某个人的心房，紧紧地关上了。

苏流年忍不住回头，眉头皱得死紧，似乎想走回去，犹豫了半晌，悄然离开了。

静好的心情很不好，干脆来了一场说走就走的旅行，纵情在如画的山水和美食中，她渐渐被治愈了。

回来后的第一天，她打开关了多日的手机，无数条短信哗啦啦地涌进来，一条条的翻看回复，当看到苏流年的短信时，她犹豫了一下，没有点开，直接跳到下一条。

陈岚打电话过来，约了晚上一起吃饭，米静好犹豫了一下，“只有我们吗？”

“还有我老公。”陈岚怔了怔，有些奇怪，“怎么了？有什么问题？”

米静好暗暗松了口气，“随便问问。”

静好一下班就赶去约会的地点，一家幽静的湘菜馆，推开包厢的门，一个美丽的女人猛地回头，冲她直招手。

静好打量了她几眼，只见陈岚娇艳如花，眉眼弯弯，小脸滋润，笑容满满，看得出来过得很幸福。

陈岚将蜜月旅行带回来的东东递给她，“小米，这是你的礼物。”

是一套品牌化妆品，口碑很好。

静好正想买这个牌子的东西呢，开心得直点头，东西是小事，难得的是好友这份心意。“谢谢，这是回礼。”

是一些工艺品，陈岚最喜欢这种东西，当场就爱不释手的翻看，“你怎么说走就走？没发生什么事吧？”

静好的神情一僵，但很快掩饰过去，“什么事？赚了钱当然要潇洒一下，否则没动力啊。”

陈岚正低头看着工艺品，没有注意到她的神色，“扑哧，所以买了新车？”

静好买车后第一时间就拍照分享给微信朋友圈，“对啊，奥迪 A3，不贵。”

身为一个律师，有部好车是必须的，应酬啊，调查取证啊，都能派上用场。

她倒是不在乎品牌，量力而行，车子只是代步工具，没必要买的太好。

两个女人说说笑笑，时间过得飞快，静好的肚子饿得咕咕叫，“你老公怎么还不来？”

吃饭皇帝大，天大的事情也要等吃饱再说，唔，她想吃剁椒鱼头，毛家红烧肉，想的口水都出来了。

陈岚忍俊不禁，“我打个电话催一催。”

刚拿起电话，包厢的门被推开了，两个男人并肩走进来，米静好呆住了，恨不得立马消失。

江霁云很自然地坐在新婚妻子身边，“不好意思，我们来晚了。”

苏流年不动声色地瞥了米静好一眼，自然而然地坐在她身边，静好的身体紧绷，下意识地挪到一边。

陈岚有些意外，“苏大律师怎么也来了？”

江霁云温柔地笑了笑，“今天找他谈些事情，顺便带他一起过来吃晚饭。”

都是熟人，所以也没有事先打个电话通知一声。

陈岚眼珠一转，笑吟吟的打趣，“苏大律师，听说你最近桃花朵朵花，那位海伦小姐追得很紧啊。说说，有什么感受？”

海伦？是谁？米静好不自觉的竖起耳朵细听。

苏流年懒懒地坐着，全身散发着成熟男人的魅力，难怪那么受欢迎。只是他的神情依旧冷冷淡淡，“只是同事，不要多想。”

简短的一句话，却似乎在解释着什么。

静好小嘴撇了撇，拿起茶杯喝了一口，苏流年挑了挑眉，眼中隐隐有一丝笑意。

陈岚啧啧出声，乐呵呵的调侃，“人家天天送花送饭，风雨无阻，这么痴情的女人倒追，真的不动心吗？”

这都成了S城法律界的一大新闻，闹的轰轰烈烈，引为笑谈。

苏流年的声音冷了几分，“我没有要求她这么做，我也没有那么随便。”

听他这么一说，静好的心情莫名地愉悦起来，嘴角翘了起来，犹未自知。

陈岚对他的态度有些不以为然，男人啊，就是被这些女人惯坏了。“真够绝情的，谁爱上你，就等着倒霉吧。”

苏流年的脸黑了，江霁云见状，连忙打圆场。“点菜点菜，大家的肚子都饿了。”

按照惯例每个人都点两道菜，轮了一圈，轮到苏流年的时候，“要一道剁椒鱼头，一道毛家红烧肉。”

静好震惊的瞪大眼睛，他怎么点了这两道？是巧合吗？那也太巧了。

难道是心意相通？

苏流年将菜单递过来，一双黑眸明亮有神，“轮到你了，米静好。”

静好张了张嘴，却将到嘴的疑问咽了回去，随意点了两道。

菜很快端上来，在座的人都能说会道，气氛很是热闹，只有静好安静地坐在一边吃饭，一声不吭。

她本是活泼话多的人，这么反常引起陈岚的注意，“咦？小米，怎么这么安静？”

“饿。”禀着多说多错的原则，米静好尽量少说话。

陈岚狐疑不已，却没有再多问，拿公筷挟了一筷子东安子鸡块，“那多吃点……”

一只碗递过来，半路将鸡块截下了，陈岚一呆，“喂，苏流年，干吗呢？”

又不是没菜了，至于抢吗？

“她不吃鸡。”苏流年神情不变，自顾自地吃东西。

“呃？”陈岚慢三拍地想起小米确有这个习惯，不对啊，苏流年怎么会知道？

她看看这个，看看那个，满心的疑问，却忍着没有问出来。

苏流年不动如山，平静无波，但米静好羞红了小脸，窘得要命，狠狠瞪了他好几眼，暗暗警告。

不过，他们好像没吃几顿饭吧，他怎么知道的这么清楚？

一顿饭下来，陈岚都在观察对面的男女，越看越觉得有猫腻，静好表情发僵，却还要装成若无其事，累的够呛。

江雾云陪陈岚出去上洗手间，两个人一走，静好猛地放松下来，重重吁了口气，好险。

耳边响起清冷的质问声，“米静好，为什么不接我的电话，不回我的短信？”

静好恨恨地瞪了他一眼，火气很旺，“没空。”

苏流年微微皱眉，却没有生气，“我很担心你，怎么说走就走？”

静好一点都不领情，“有什么好担心的？我又不是小孩子。”

可是，她的祭止却像个斗气的小孩子。

苏流年在心里轻轻叹了口气，“你非要这样吗？我们也不是外人。”

这话戳中米静好敏感的神经，当场就翻脸了，“谁跟你是内人了？我跟你一点关系都没有，听到没有？”

苏流年微凉而又华丽的声线微微上扬，“你确定一点关系都没有？”

他似笑非笑的表情，看着就可恶，静好握紧小拳头，小脸怒红了，她就是无法确定，才生气啊。

“苏流年，你是大律师，要点脸行不？”

两个人大眼瞪小眼，眼见就要打起来了，门被推开，江雾云呆了呆，这是什么情况？

陈岚连忙冲上去，挡在米静好面前，防备地看着苏流年，故作轻松地笑问，“你们聊什么呢？聊得这么起劲？”

难道是上次的恩怨还没有解决？真头疼，看来要给他们多创造点机会，化解恩怨啊。

米静好的心口一暖，不愿让好友担心，避重就轻地回答，“随便聊聊。”

她冲苏流年使了眼色，苏流年却没打算配合她，“我们探讨一下人生大事，比如你们大婚的晚上……”

第七章

米静好猛地扑过去，拉着苏流年坐下，热情似火的端茶送水，倒酒夹菜，“苏大律师，你不是说爱吃鸭子吗？快吃。”

她冲他讨好的笑，很是紧张，暗暗扔眼色过去。

陈岚看不懂了，这又是闹什么？“我们大婚的晚上怎么了？发生了什么事？”

苏流年张开嘴刚想说话，立马被米静好挟过来的菜堵住嘴，“这个鱼也不错，尝尝。”

“汤也不错，我给你盛一碗哈。”

她热情的招呼，别提有多殷勤了，像极了摇尾巴的哈巴狗。苏流年无奈地直摇头，百忙之中空出嘴吐槽，“米律师，你忽然这么热情，真让我招架不住啊。”

静好想抽他一顿的心都有了，得了便宜还卖乖。

陈岚看了半天，脑袋晕晕的，看不懂啊，“小米，难道你也喜欢上他？别傻了，他是千年大冰山。”

她一点都不看好，坚决反对，小米太过纯净，热血而又冲动，苏流年的性子冷冰冰的，高傲得不可一世，很难相处。

苏流年嘴角扯了扯，淡淡地笑道，“说不定哪天就融化了，米静好，看在我们是熟人的份上，我愿意给你这个机会，让你追我。”

静好嘴角直抽，被彻底打败了。

“呵呵，我对冰山不感兴趣，也没有兴趣倒追男人。”

苏流年嘴角噙着一抹浅笑，赏心悦目，“真没有？”

静好双手连摆，撇得干干净净，“是，你放一百个心。”

开什么玩笑，倒追他？下辈子吧！

苏流年的脸色一冷，“那不要做让人误会的举动。”

静好如被人打了一巴掌，脸火辣辣的，讨好他，不表示喜欢他啊，亲。也不对，这话怎么这么别扭呢？逻辑不对！

江霁云看了半天，越看越觉得古怪，好友的性子很了解，他对待米静好的态度明显跟别人不一样。

他又一次建议，“我觉得你们很合适啊，可以尝试交往……”

不等他说完，米静好毫不犹豫地拒绝，“不可能。”

苏流年的神情不变，意味深长地看了她一眼，“别这么激动，否则我又要误会了。”

米静好咬牙切齿，狠狠瞪了他一眼，挥舞着小拳头，“苏流年，再胡说，当心我揍你一顿。”

她努力让自己显得蛮横，但甜美的长相，气急败坏的模样，像炸毛的猫，怎么看都可爱，大家都笑喷了。

苏流年眼中闪过一丝笑意，柔化了严肃的脸部曲线，“打是亲，骂是爱，这么迂回的示爱，挺合我的胃口。”

他难得的开玩笑，引得江霁云震惊万分，真的不一样。

米静好却恼羞成怒，小脸涨得通红，眼睛瞪得又大又圆，“神经病，你不要我玩，会死啊，哼，我回去了，下次再聚，不过别再带上这个拖油瓶了。”

她打了声招呼，提着包包冲出去，感觉很丢人啦。

陈岚急着想去追，却见苏流年捞起外套，挥了挥手，迅速消失在门口。

江霁云和陈岚面面相觑，越发的疑惑了。

苏流年在门口追上米静好，一把拽住她的胳膊，“我送你回去。”

米静好没好气地拨开他的手，“谢谢好意，不过不需要，我开车过来的。”

她不想搭理他，气鼓鼓地瞪了他一眼，超过他走向大门，苏流年看着她的背影，挑了挑眉，“那晚……”

米静好的脚下一滑，小脸涨得通红，不知是气的，还是羞的，“不要再提那件事，行不行？”

苏流年眼神复杂难测，表情忽明忽暗，“我会负责。”

只是为了负责？米静好的鼻子一酸，声音闷闷的，“不必，我是成年人，会为自己做过的事情负责。苏大律师，以后请跟我保持距离，OK？”

苏流年微微蹙眉，怎么又不高兴了？“米静好，真的不考虑一下？我很有诚意的。”

米静好有些不懂他的心思，干吗缠着她？“我们不对盘，相互讨厌，不是吗？我不会追究，也不会纠缠你，这件事就到此为止。”

扔下这句话，她扬长而去，该说的都说了，不该说的也说了，管他怎么想呢。

米静好回来后接了个案子，酒吧驻场状告富家子杨军的案子，年轻的富家子坚持说是酒吧寻欢，你情我愿的一夜情，酒吧驻场坚称是迷奸，各说各的理，为此对簿公堂。

事情一波三折，最后调查出是银钱两讫的交易，一个赚钱少，想继续纠缠，一个年轻气盛不肯当冤大头，才闹出这场官司。

杨家是有名的富豪之家，有权有钱，提起杨家大家长杨震霆，全国都会发出一声惊叹，是个非常有争议的人物，能干精明，超级有钱，也是顶顶风流的人物，有一个正妻，二个外室，这个杨军就是三房的儿子，非常受宠。

米静好很懊恼，不该一时不察接下这个案子，但事已至此，只好想办法解决此事，在她和对方律师的努力下，两方达到了和解协议。

事情终于了结，米静好重重吁了口气，第二天刚踏进律师事务所，同事们纷纷跟她打招呼，眼神都有些奇怪，害的米静好低头猛打量自己，奇怪，没穿错衣服啊。

美美奔了过来，神情很激动，“米律师，米律师。”

米静好习惯了她一惊一乍的性子，“怎么了？发生什么大事了？”

美美小脸通红，两眼放光，“有人送你九千九百九十九朵红玫瑰，是国外空运过来的，好漂亮啊。”

“玫瑰？”静好奇怪地挑了挑眉，谁会送她玫瑰？

她走进办公室一看，好大一束，占了办公桌好大一块地方。她找遍四周都没找到卡片，越发的奇怪了，到底是谁送的？

美美跟了进来，八卦的不行，“好大的手笔啊，真让人羡慕，米律师，是谁送的？”

米静好想了想，将花束递给美美，“我也不知道，拿去分给大家。”

美美又惊又喜，却有些犹豫，“这不好吧？人家指明给你的。”

“快去。”静好根本没放在心上，开始投入忙碌的工作中。

第一天是玫瑰，第二天是郁金香，第三天是名牌化妆品，第四天是品牌包包，第五天是限量版首饰，出手之大方，让人咋舌，但只听楼梯响，不见人下楼，那个追求者始终不见踪影，一连五天，把众人的好奇心吊的高高的，议论纷纷。

静好的心态很健康，管别人怎么说她呢，只要不被她听到就行。

流言之所以有巨大的杀伤力，只因当事人在意。

如果当事人不在意，一切都是浮云，伤不了人的。

上班时间，米静好将车停在停车场，从大门口进入，却被眼前一幕惊住了。

大门口全是黑压压的人头，一群人里三层外三层，挤得水泄不通，也不知在看什么热闹。

门口被堵死了，静好只好站在一边，无奈的捂额，搞什么呀？

她拿出手机给美美打电话，想让她帮着打卡，美美猛地尖叫，“米律师，你来了？我也在楼下，快快，你的神秘追求者终于出现了。”

忽然人群齐刷刷的分开一条路，只见一个男人打扮的光鲜亮丽，手捧着鲜花，坐在一辆火红色保时捷的车头上，很是自得的模样。

米静好一眼就认出了对方，脸色变了变，“是你？”

杨军？他又想玩什么花样？

杨军一步步走过来，笑容无比灿烂，“是我，喜欢我送的礼物吗？”

米静好终于明白过来，脸一冷，“不喜欢，你的品味太差了，美美，将我办公桌底下的箱子拿过来。”

送的人不对，就算给她金山银山，她也不喜欢。

送的人对了，就算给她一根草，也会欣然接受。

美美呆在当场，看看这个，看看那个，很是犹豫。

“快去。”

杨军一点都不生气，笑得温柔多情，“不喜欢也没关系，直接扔了吧，喜欢这车吗？”

保时捷一直是米静好的心头爱，热烈的大红色也是她喜欢的颜色，但是，并不表示她会接受别人的馈赠。“还行。”

杨军沾沾自喜，颇为得意，“这是刚从国外空运过来的新车，性能和款式都非常好，我带你去兜风。”

米静好一口拒绝，“我很忙。”

一个还没有毕业的大学生，拿父母的钱挥霍，有什么好拽的？

真心不懂，他干吗玩这一出？想玩姐弟恋？她可不乐意配合。

杨军的脸皮很厚，听不懂拒绝，笑容满面的表示，“这也是送给你的礼物，你坐上去试试车子性能。”

人群里倒抽冷气声频频响起，“天啊，送百万豪车？太幸福了。”

让人羡慕嫉妒恨，怎么就这么壕呢？“土豪，我们做朋友吧。”

米静好一点都不动心，她深知，天底下没有白吃的午餐。“我不要。”

她想要什么东西，会靠自己的努力去买，不需要别人的施舍。只要自己挣的，才是属于自己的，踏踏实实，没人来抢。

杨军一怔，她是第一个拒绝豪车的女人，不管是不是装模作样，都引起了他强烈的兴趣。

“米静好，我真的很喜欢你，我保证会让你拥有全世界。”

他满口甜言蜜语，这些年在女人堆里不是白混的，泡妞的功力见长。以杨家的财势，这也不是难事。

人群里一阵喧哗，不知有多少女人被这句话打动。

米静好则彻底无语了，谁稀罕这种居高临下的施舍？她有长有脚有脑子，有正当的职业，不需要男人的恩赐。

她不稀罕，自然有人稀罕，她的几个女同事纷纷劝道，“静好，快答应人家吧，别错过这么好的机会。”

“对啊，别太矫情，得不偿失的。”这么好的事怎么就轮不到自己呢？

杨军笑得春光灿烂，“米静好，大家都支持我们在一起，你就顺应民意吧。”

米静好心湖平静，始终不为所动，“杨军，你又犯病了？赶紧去医院好好治。”

众人一怔，犯病？什么病？看上去挺正常，挺精神的一个人啊。

杨军的眉头皱了皱，但很快松开，宠溺地笑道，“你又调皮了，我有什么病？对对，我是有病，得了相思病，没有你，我活不了。”

他说的别提有多肉麻了，把米静好恶心的够呛。“那就去死。”

把肉麻当情趣，也要看人！

杨军的笑容僵住了，天底下怎么会有这么不识趣的女人？“你真的这么绝情？你只要说一句话，我立马死给你看。”

他表现的情深一片，一副没她活不了的痴情状，让围观的人羡慕嫉妒恨。“静好，做事不能太绝，人家只是喜欢你而已，至于这样欺负人吗？”

“米律师，矜持是好事，太过就讨人厌了。”

在场的人几乎一面倒的倒向杨军，谁让他是有钱人呢？有钱就了不起！

杨军越发的得意志满，一副志在必得的模样。

静好心里很不舒服，关他们什么事？吃饱了撑着！刚想说话，一道微冷的声音响起，“怎么回事？”

一名高大英俊的男子从人群里走过来，面色不豫，非常的不快。

众人一眼就认出他，这不是苏流年大律师吗？

静好呆呆地看着苏流年，莫名地欢喜，有半个月没见到他了，有一丝想念，一丝感慨，一丝伤感。

直到此时，她才不得不承认，她对这个男人的感情早就不一样，不知何时变了质。

从一开始的讨厌，到迷惑排斥，到如今的思念，不知不觉中，喜欢上了这个男人。

这个男人太过出色，喜欢上他是一件非常简单的事情。

她终于明白，为什么那一晚醉倒，醒来后发现是他，那一刻，她如劫后重生，满心的庆幸。

她终于明白，为什么每次看到他，都不由自主的心跳加快，眼神闪避？

她终于明白，为什么看到他和别的女人约会，心里发酸，莫名地想哭？

她终于明白，为什么他一出现，她的眼睛只看到他？

但是……不行啊，这样的男人，她要不起！

苏流年施施然地走过来，玉树临风，面如冠玉，优雅自信的气度让他无比惹眼。

“你就是杨军？静好的当事人被你祸害了？你又想祸害谁？”

静好呆呆地看着他，心中百味俱杂，接到苏流年递过来的眼色，她脑中灵光一闪，义正词严地大声怒斥，“我明白了，明着追求，其实想出口气啊，其实吧，你最后没判刑，只是赔了点钱，已经很幸运了，不要再妄图报复。”

两个人配合默契，颇有几分心灵相通的味道，静好的心越发的酸涩。

喜欢上一个人，本是一件开心的事，但要强迫自己放弃，这种感觉真的不好受。

众人震惊万分，搞了半天，这是前科累累的累犯，想找回场子啊。

妈呀，这都什么人呢，还装什么深情款款呢。

杨军慢三拍的反应过来，急着解释，“呃？不不，我是真心的。”

静好淡淡地瞥了他一眼，“迷奸犯的真心，呵呵。”

一声呵呵，尽是嘲讽鄙视之意，她毫无畏惧的表明立场，直言不讳，不怕被报复。

杨军如被当众打了一巴掌，恼羞成怒，“都说了我被那女人坑了，人家要的是钱，你不要用有色眼镜看我，给我一个机会嘛。我以后会收敛的，一心一意地对你，你尽管放心，我会让你成为公主的。”

这个案子由于种种原因，没有公开审理，好多人都不清楚此事，当场就被勾起了好奇心。

公主？靠人施舍的公主？不，她喜欢当自立自强的女王。静好哈哈一笑，“不稀罕。”

苏流年冷冷地打量了杨军几眼，“杨军，你居然在这个时候有心情追女人，令尊杨震霆先生在半个小时前刚刚去世。”

在场的人都怔了怔，商界大亨杨震霆死了？怎么可能？

杨军更是震惊得说不出话，“什么？你敢诅咒我父亲？”

他父亲是有名的富翁，一言一行都牵扯到无数人的生活，平时有个风吹草动早就新闻满天飞，家里人也不可能不给他打电话。

电话？从昨天就没有响过，不对，他连忙翻出来一看，没电了，他吓出一身冷汗，抢过身边之人的手机，拨出一个号码。说了几句，他的脸色难看到了极点，二话不说跳进跑车，疯狂地飞速离开。

围观的人没有了热闹可看，也纷纷散去。

苏流年没有多看米静好一眼，转身就走，静好的心紧了紧，情不自禁地追了上去，“苏流年，等一下。”

苏流年的神情淡漠如水，如看着一个陌生人，“有什么事吗？米律师。”

相比上次的热情，这一回冷淡的让人受不了，静好的心底划过一丝失落，微微垂眸，掩去那丝复杂的神色，“谢谢。”

苏流年脸上浮起淡淡的失望之色，微微摇头，转身离去。

米静好呆呆地看着他离去的身影，怅然若失，良久之后，一声幽幽的叹息响起，若有若无。

一进办公室坐好，米静好就接到陈岚的电话，“听说苏大律师英雄救美了？”

米静好撇了撇小嘴，心口闷闷的，“消息好灵通，这个圈子果然没有秘密。”

陈岚哈哈大笑，“对了，听说是杨震霆的小儿子？是不是真的？说说，到底怎么回事？”

米静好揉了揉眉心，将刚才发生的事情简单地说了一下，陈岚顿时气着了，“什么？这个杨军真不是东西，居然敢找你，他要是敢再来，就打断他的狗腿。”

这样的人怎么敢泡小米？真该抽他两巴掌。让他醒醒。

米静好对杨军很是嫌弃，真心看不上，“到时你给我当辩护律师吗？”

陈岚忍俊不禁，“扑哧，好啦，苏流年总算是做了一件好事，不错不错，你也不要再跟人家过不去，多一个像苏流年那样的朋友，总是一件好事。”

一提到苏流年，米静好心口堵得慌，那家伙到底是什么意思？

手机传来呼声，她借机收线，“有电话进来，先挂了，下次再聊。”

一听到熟悉的声音，静好的眉头微皱，走到窗边，“妈，有什么事吗？”

不冷不热，客气而又生疏，不像是最亲密的母女。

李淑娟早就习惯了她的态度，六年前的那场事故改变了所有人的人生轨迹。“你工作还顺利吗？”

静好倚在窗边，心情说不出的郁结，“还行。”

李淑娟沉默了几秒，犹豫不决，“我看到你前段时间在打个官司，对方律师是苏流年大律师？”

静好揉了揉眉心，跟她说话很累，是心累。“嗯，怎么了？”

都是上个月的事情了，现在才关心，是不是太晚了？

李淑娟不知为何，一句话说得断断续续，支支吾吾，“你……跟他不要走得太近……”

静好听出了些许不对劲，有些不安，“什么意思？”

话筒那边静悄悄的，在她的一再追问下，李淑娟才咬了咬牙，“看他照片像是无情凉薄的人，跟这种人走得太近没有好处，做朋友容易被出卖，如果是男女朋友，就更麻烦了，你听我说，女人挑错男人，会痛苦一辈子……”

什么乱七八糟的？静好很不高兴地打断她的话。

“你想的太多了，我跟他只是前辈晚辈的关系，还有，光看一张照片就断定一个人的品性，太过草率，并不可取，他不是个坏人。”

他虽然外表看着不近人情，但内心并非如此，否则也不会处处出手帮她了。

李淑娟如被针扎了般，声音高了几度。“听我的总没错，记住，跟他保持距离。”

她强烈的介意和固执，让静好有种很不好的感觉，“你认识他？”

李淑娟矢口否认，“不，不认识。”

她的声音有一丝慌乱，急急地转移话题，“对了，我……”她犹豫了一会儿，咬了咬牙，“我怀孕了，还有三个月就要生了。”

静好如被雷劈中，喉咙像塞了咸块，震惊得说不出话来，居然要生孩子，跟别的男人生孩子了，呵呵。

她的语气一冷，越发的疏离，如陌生人般淡淡地开口，“哦，多保重身体，祝一切顺利。”

直接挂断电话，手机一扔，她无力地趴在沙发上，两颗晶莹剔透的眼泪滚下来，迅速将沙发打湿。

杨震霆一死，杨家顿时乱了套，前妻现妻为了争抢遗产闹翻了天，一时之间，闹的全天下皆知。

这也让世人将商界奇才杨震霆的婚恋扒了个遍，不看不知道，一看吓一跳，杨震霆结过三次婚，离了又结，结了又离，每一段婚姻都有一个孩子。

因为杨震霆没有留下遗嘱，每一次离婚都没有切割财产，造成了理不清剪不断的关系。

每一任妻子都请了知名律师，组成庞大的律师团，为自身的利益开战，战火点燃，乱成一锅粥。

苏流年接受第一任妻子乔梅的聘请，但是，处境颇为困难，第一任妻子乔梅是跟杨震霆一起创业，白手起家，在成功后回归家庭，结果被喜新厌旧的老公嫌弃，离婚时考虑到公司即将要上市，所以没有切割财产，只留守了将来分割财产的权利。

不同于在公司手握重权的第二任妻子，如今得宠的第三任妻子，可谓势单力薄。

静好不禁暗暗为苏流年担心，凭一己之力对抗这么多知名律师，能赢吗？

手机震动，亮起的屏幕上浮起大坏蛋三个字，静好的心一跳，连忙接起来。

话筒里传来优雅自信的声音，“米静好，我需要一个助手，愿意跟我一起打这场官司吗？”

第八章

静好心乱如麻，沉默了许久，不可否认，对一个新人来说，这是一个千载难逢的机会。

不管输赢，都占足了话题，足以登上热门搜索榜。

但是，要经常面对这个男人，她就……

苏流年也不催，静静地等待，隔着一根长长的电线，仿佛能听到对方的呼吸声，暧昧而又迷离。

静好的心怦怦乱动，声音干干的，“为什么？”

以他在法律界的地位，只要他开口，小律师们前赴后继扑过来。

苏流年声音淡淡的，“你很有冲劲，热血激情，跟我的冷静互补，相信我们是最好搭档。”

“我……”静好很心动，但也很犹豫。

她很怕自己越来越沉沦，爱上他而不可自拔。

“我们见一面。”苏流年似乎听出了什么，迅速作出决断，“我在你们律师所对面的咖啡厅，快过来。”

他不给静好反应过来，直接挂断电话，一贯的强势，引领着身边的人。

静好呆呆地看着电话，脑袋一片空白，去？还是不去？

挣扎了许久，最后敌不过心中的渴望，静好走进咖啡厅，一眼就看到坐在窗边的男子，英俊的面容，优雅从容的气度，吸引了无数女子爱慕的眼神。

桌子上，一杯热气腾腾的咖啡，一叠文件，一台轻薄的笔记本电脑，俨然一个小小的工作台。

男子双手在键盘上飞舞，灵活敏捷，睿智的眼神，沉静的侧脸，让人怦然心动。

静好默默地坐在他对面，同一时间，苏流年的目光投过来，微微一笑，叫来服务生，给她点了一杯柠檬汁、一份栗子蛋糕。

静好呆呆看着食物，心中波涛汹涌，又点对了，她爱吃甜食点心，却不能太甜。

她压住内心的翻腾情绪，“我只是一个新人，你真的觉得我合适吗？”

苏流年深深地看了她一眼，“还记得我们跟酒店经理谈判的事吗？由此相信，我们合适。”

明明一句很平常的话语，却被他说出了别样的暧昧。

合适？什么地方合适？

静好的小脸一红，强迫自己不要多想，极力将注意力放在公事上。

不得不说，他是个了不起的律师，只用一句话就成功地说服了她，当时那种默契的感觉，只可意会，不可言传。

“好吧，希望你不会后悔。”

苏流年眼睛亮得出奇，嘴角噙着一抹优雅的淡笑，伸出右手，“我相信你的能力，合作愉快。”

静好不由自主地伸出手，双手一碰，一股电流窜过，后背起一阵战栗。

她飞快地缩回手，放在身后，小脸红扑扑的，却强自镇定，“合作愉快，我能先看一下案卷吗？”

她全然不知自己欲盖弥彰，暴露了不为人知的心事。

苏流年眼中闪过一丝温柔，“没问题，先签了合同。”

苏流年将一份事先准备好的协议递给她，静好仔细看了一遍，合同很严谨，是他和她两个人签的合同，她作为他的助手，有全力帮助他打赢官司的责任，当然，事后她将拿到一笔不菲的收入。

二八分，他八，她二，在合理的范围内，不多不少，是静好的心理价位。

她不但没觉得少，反而暗暗松了口气。

她甚至没有提出任何异议，爽快的签上自己的名字，看着两个人的名字排在一起，心中浮起一丝淡淡的异样。

苏流年收起属于自己的那一份合同，嘴角轻扬，心情轻松愉快。

他很期待两个人并肩作战的场景，一定很有意思。

他将自己收集好的资料全交给她，分明是有备而来。“尽快熟悉起来，有不明白的就问。”

静好一页页地翻看，不禁怔住了，“咦，这是……”

杨宇是杨家的独子，是第三任妻子所出，这一点她早就知道了。

但没想到第二任妻子的女儿是她，杨梦蝶，前男友的未婚妻！

这世界太小了！

苏流年微微摇头，抬起手腕看了一眼，“中午了，我请你吃饭，想吃什么？我们边吃边聊。”

“呃？”米静好呆了呆，这画风不动啊，太过清奇，讨论正事呢，怎么就转到吃吃喝喝上？她本能的跟他唱反调。“才不稀罕你请客。”

苏流年淡淡一笑，“那你请，前几天刚帮了你，你是不是该有所表示？”

米静好嘴角抽了抽，记得这么清楚，挟恩要回报，真是小气，你妈知道吗？

她天生不爱欠人情，自然想早点还掉这个人情，“我只请得起火锅。”

“那就吃火锅，走。”

苏流年率先离开，米静好跺了跺脚，不甘心地跟了上去。两人随便找了一家火锅店，生意很好，座位几乎坐满了，店员将她们带到角落里的位置。

静好点了个骨头锅，将菜单递给苏流年，苏流年却摇头拒绝，让她作主即可。

反正是微不足道的小事，静好没有多想，一边点菜一边询问对方的喜好，“你吃萝卜吗？”

“不吃。”

“香菜呢？”

“也不吃。”

静好一连问了几个，他都不吃，忍不住吐槽，“真挑食。”

她全然不知，在一问一答中，不自觉地了解到他的饮食习惯，而且印象深刻。

苏流年眼中闪过一丝若有若无的笑意，拿开水烫了烫碗碟和筷子，又拿纸巾擦干，拎起茶壶倒了两杯茶，一杯递给静好，“你想吃就点吧，不必顾忌我。”

他的手修长匀称，说不出的好看，动作优雅如行云流水，静好看着看着有些恍神，好不容易回过神来，“还人情，怎么着也得有点诚意。”

她的脸颊一阵滚烫，暗暗唾弃自己没定力，但是，这双手真的是她见过的最好看的。

苏流年嘴角翘了翘，“平时在家里开火吗？”

静好有些窘迫，不敢抬头看他，“开啊，我的手艺很不错，吃过的人都赞不绝口。”

不知为何，她忍不住在他面前显摆，至于真实的想法，她不想去深究。

苏流年微微颌首，声音很轻柔，“那下次做给我吃，让我也尝尝。”

“好啊。”静好很嗨皮的炫耀，一个人生活，自理能力还是很不错的。“我最拿手的是糖醋排骨，红烧狮子头……”

她的声音一顿，面上浮起一丝困惑，“不对啊，我干吗要做给你吃？我跟你之间的交情还没到登堂入室的程度吧。”

苏流年紧紧盯着她看，眼中闪过一丝笑意，“总有机会的。”

“切，不可能。”静好的脸一红，强作镇定，却不知嫣红的脸色出卖了一切。

晚上有聚餐活动，一下班，大家都开着车子前往预定的餐厅，一行人在门口汇合后，说说笑笑走进去。

大家对米静好的私生活特别感兴趣，不停地追问。别看律师在法庭上一本正经的模样，其实私底下都是八卦人士，一提起八卦，个个两眼放光。

米静好很是无奈，很有技巧的避重就轻，不愿提的私事，打死都不提。

一名女同事四十几岁，姓马，最最喜欢做媒，“米律师有没有男朋友？”

米静好脑海里闪过一张脸，她不禁苦笑，快疯了，“没有。”

随着两个人接触的机会越来越多，在不经意间，他渗入自己的生活中，如水，如空气，平时不显，却离不了，逃不了。

马律师立马精神大振，热情的要给她介绍男朋友，还提了好几个人备选人物，大有一个个相过来的架式。

米静好头皮一阵阵发麻，不动声色的避开，转过头看向别处，无意中看到一个熟悉的人影，不禁怔住了。

靠窗边的餐桌放着一个水晶盏，蜡烛摇曳生姿，朦胧而又浪漫。

一对出色的男女隔桌而坐，端的是帅哥美女组合，极为抢眼。

美美的视线顺着看过去，惊咦一声，“那不是苏大律师吗？要不要过去打个招呼？”

律师事务所的老板左诤言二话不说，率先走了过去，“苏大律师，真是巧，这是你的女朋友？”

“确实很巧……”苏流年落落大方的握手打招呼，深邃的视线落在他身后，眼睛一亮。

静好穿了一套米色的裙装，淡雅如菊，勾勒出完美的身影，精致的五官如画，小巧玲珑，水嫩娇艳。

她的心莫名的一酸，一股不知名的火蹭地被点燃了，狠狠瞪了他一眼，哼，花心大色狼。

苏流年怔了怔，随即轻笑起来。

那女子看在眼里，眼神一沉，笑意盈盈地站起来。“是呀，我叫海伦，很高兴认识大家，我家流年有些任性，大家不要介意哈。”

亲昵的语气彰显着不一样的情谊。

苏流年的脸色沉了下来，张了张嘴，却不知为何，闭嘴一言不发。

这是默认吗？米静好心口如压了块大石头，情绪低落，默默地跟在后面缩头当鸵鸟，希望谁都不要看到她。

众人恍然大悟，原来这就是传说中苏大律师的狂热爱慕者，为了追他，放弃国外的优渥生活，执意进入苏流年的律师事务所。

“原来你就是海伦？哈哈，终于搞到法律界的大才子，恭喜。”

海伦笑得很甜蜜，一副沉浸在爱情海中的幸福小女人模样，“谢谢。”

静好越发的不舒服，抬头看了她一眼，不得不承认这是一个美人，雪肤长发，腰细胸大，双腿修长笔挺，五官精致，真的很漂亮。

不对啊，好眼熟，好像见过她，什么时候呢？一时之间想不起来了。

她看得太过专注，海伦似乎发现了，转过头看向她，心中莫名地不喜，给她的感觉很不好。“这位小姐是？”

苏流年的目光看过来，深沉如一望无际的大海。

担忧？静好挥了挥头，挥去那些乱七八糟的念头，落落大方的颔首致意，“米静好，你好。”

海伦的脸色大变，声音都变了，“你就是米静好？”

她防备又恼怒的眼神，让米静好暗自心惊，“是，我们应该没见过面吧？”

素不相识，又怎么可能得罪她？但她的眼神明显很不对劲。

海伦下巴抬得高高的，高不可攀的模样，“怎么可能认识？又不是同一个层次。”

这话怎么听着，不对味呢，似乎很看不起静好。

静好听而不闻，只当没听到，没必要跟这种人一般计较，这年头公主病的人不多也不少，跟犯病的人争论，木有用滴。

她倒是想息事宁人，但人家不答应啊。“米律师，听说你跟我家流年打过官司？是对手？那些天会不会害怕的晚上睡不着呢？”

一口一声我家，霸道的昭告着她的所有权。

大家的脸色都变了，这分明是找茬！哪里得罪她了？

苏流年皱起眉头，隐隐有些不悦。

静好的心火蹭的上来了，没这么欺负人的。“天塌下来有高个子顶着，我有什么好怕，又没做亏心事。”

海伦眼睛一亮，像是抓到了什么把柄，“流年，她骂你做了亏心事呢。”

众人惊得下巴都掉地了，当面胡说八道，挑拨离间，真的好吗？

难道是为了男友出气？那也太小气了。

律师嘛，在法庭上见，很正常，谁都可能遇上。

气得静好直翻白眼，很想骂人，怎么会有这么离谱的女人？存心闹事吧，她到底哪里得罪人家了？

苏流年看着她生气的模样，嘴角翘了翘，多了一丝暖意，“米律师行事有原则有底线，挺好的。”

哇塞，一向冷淡自持，从不占评其他律师的苏流年，居然破例夸了米静好，看得出来，很真诚，完全出自内心。

律师们又一次震惊了，不帮女友说话，却偏向米静好，这是什么节奏？

米静好的心底浮起一丝甜意，眼睛眯了起来，眉眼弯弯。

她还不善于掩饰自己的情绪，想笑就笑，想哭就哭，想骂人就骂，率真的如刚出社会的新新人类。

海伦全看在眼里，嫉妒得抓狂，“米静好，在你眼里，谁是最好的律师？我家流年算是吗？”

她话里的挑衅意味十足，摆明了是刁难，让米静好很不喜欢，却轻轻笑了起来，“扑哧。”

海伦二丈摸不着头脑，“你笑什么？”

米静好从来都不是个忍气吞声的人，“我忽然想起一个笑话，狗狗撒尿占地盘，果然是畜生。”

在场的人都是人精中的人精，心思晶莹剔透，有什么听不懂的，不禁暗暗偷笑。

有些人就是欠虐，给她好脸色却不懂珍惜，那只能重重拍回去。

海伦也不笨，听出了其中的意思，当场就发作了，“你什么意思？”

米静好笑容甜美又可爱，像个无害的邻家女孩，但说出来的话暗藏锋芒，“我说畜生呢？你急什么？”

海伦的脸色黑如炭土，气乎乎地大叫，“流年，你看呀，一个小律师也要欺负我，还有没有天理？你说，我要是想告她，能用什么罪名起诉？”

苏流年慢条斯理地喝了口红酒，淡淡地开口，“那你先要承认自己是畜生才行。”

众人怔了两秒，随即笑喷了，“哈哈哈。”

笑声雷动，快要将屋顶都掀翻了。

米静好眉眼弯成一轮弯月，露出洁白的虎牙，可爱俏皮，心里的那丝不舒服早就烟消云散了。

海伦没想到他居然护着这个小妖精，心口剧痛，眼眶都红了，“流年，你是我的男朋友，怎么能胳膊往外拐呢？不行，我好难过，你要哄哄我。”

苏流年无动于衷，一脸的无所谓，“十指相扣才是男女朋友。”

米静好呆住了，是她认为的意思吗？否认？撇清关系？

美美忍不住叫了起来，“啊，苏律师，你是说，她不是你的女朋友？”

苏流年没有正面回答，低头看了看手机，“杨海伦小姐，你是我的客户，但另外咨询也要加钱的，你们杨家再有钱，也得等拿到遗产后再说。”

所有人呆若木鸡，这才是真相吗？

米静好顿时心花怒放，嘴角上扬，露出甜甜的笑容。

杨家？哇，她忽然想起来了，海伦就是杨家大房的那个女儿嘛，她看过照片的，跟真人有点区别，一时想不起来。

怪不得苏流年接了这个案子，感情是近水楼台先得月。

海伦彻底崩溃了，气愤的质问。“苏流年，我对你的真心，你就一点都不感动吗？”

苏流年的神情不变，丝毫不受影响，“追我的人那么多，我总不能见一个爱一个。”

“我不一样。”海伦不甘心的尖叫。“我是杨家的大小姐。”

苏流年优雅的微笑，但说出来的话犀利如刀，“是不一样，别人不会想办法进律师事务所上班。”

只差明说她不顾一切地倒贴，举止轻浮，没有指名道姓，却让所有人都听懂了。

海伦颜面全失，眼泪哗啦啦地流下来，“苏流年，你欺负人，我是你的当事人，你不怕我开除你吗？”

苏流年微微蹙眉，是她主动求上门的，开出了巨额酬金，他才接的案子。

“是你们母女需要我这个律师，而不是我非接这个案子不可，如果你想解除委托协议，随时都可以。”

他敢大胆地说一句，放眼整个国内，没几个人是他的对手。

只要他接的案子，没有输过！

“你……”海伦又气又急，慌乱又紧张，“苏流年，你就不能偶尔给我点面子吗？”

她的要求不高，换了别人早就前赴后继，大献殷勤，只求杨大小姐垂青。

娶到她，就等于娶到一个金矿。

但他就不，明知她的特殊身份，却从不讨好，整个律师界，只有他对她冷冷淡淡的，保持着一定的距离。

也正是因为如此，她才对他另眼相看，甚至不顾一切地倒追。

她甚至借着家事接近他，好不容易约到他出来单独吃饭，结果又搞砸了。

“杨小姐，请公事公办。”苏流年不苟言笑，淡然应对，忽然想起一事，手指向一边的女孩子，“对了，这位是米静好小姐，她是我的助手，将一起打这个官司，麻烦你对她客气点。”

大家都惊呆了，下意识地看向静好，“什么？不是吧。”

这事没有公开，只有大老板苏诤言一人知道。

更震惊的人是海伦，她暴跳如雷，失控地尖叫。

“她？你疯了？一个新人而已，有什么好的？我命令你，马上换掉她。”

她惊怒之下，情绪失控，大发雷霆，耍大小姐的脾气。

苏流年不慌不忙地开口，“这是我跟她签的合约，除了我，谁都没有资格换掉她，包括你。”

海伦如一盆冷水浇下来，清醒了几分，晕，那就是说，这是间接的受雇，跟她没有什么关系。

不愧是算无遗漏的金牌律师，脑子就是好使。

“我不相信她，万一她被人收买呢？”

本来不掺和此事的静好不乐意了，气冲冲的站出来，“杨小姐，我是个有操守的律师，这是对我最大的侮辱，道歉。”

也只有她这种愣头青跟人直接对上，还没学会迂回婉转。

海伦气得直翻白眼，连淑女形象都不要了。

“我就不道歉，你有本事辞了啊。”

静好皱着眉头，决定不受这个气，刚想开口请辞，苏流年就抢在前面开口，“杨海伦，你一定要这样吗？”

海伦嫉妒得眼睛都红了，“是，我是当事人，有权选择对自己最有利的局面。”

苏流年面色清冷，淡淡的颔首，“好，要么道歉，要么另请高明，违约金我会直接打到江女士的银行账号上。”

他断然做出这个决定，毫不犹豫，让大家都极为震惊。

尤其是静好，错愕的同时，涌起一股淡淡的甜意。

海伦目瞪口呆，简直不敢相信自己的耳朵，“你说什么？你要违约？”

苏流年非常的高冷，倨傲中透着一股悠然自得的风华，“选择权在你手里。”

海伦很不甘心，“为什么一定要护着她？她有什么好的？”

苏流年不解释，只是淡淡的逼问，“选什么？给你十秒钟考虑。”

海伦挣扎了半晌，难掩愤愤不平之色，“抱歉。”

说完这句话，她含泪往外奔，却不知有意还是无意，狠狠撞向米静好，静好没防备，被撞得往前冲。

眼见就要重重摔下去，一只大手及时抱住她的身体，“小心，没事吧？”

静好心有余悸地拍拍胸口，吓出一身冷汗，抬眼看他，感激地笑道，“没事，谢谢。”

两两相望，气息相闻，近在咫尺，静好的脸颊一阵发热，心扑突扑突的狂跳起来，却没想过要离开这个温暖的怀抱。

苏流年默默地抱着她，满眼的关切，两个人相拥的姿势太过亲昵，却浑然不自知。

这亲密的一幕，深深地扎痛了海伦的眼，理智全失，气得扑过来，伸出尖尖的长指甲，往米静好脸上招呼，“你们还要抱到什么时候？快放开他。”

苏流年眼明手快，迅速将静好拉到身后，海伦扑了个空，越发的生气了。“为什么这么对我？”

苏流年眉头紧锁，冷冷的喝止，“你失态了，杨海伦小姐。”

海伦看着相携的男女，妒火攻心，“我没错，是她挡了我的道，是她的错。”

太嚣张了，米静好气得直瞪眼，挡道？这世上的路都是她一个人的？哪来的道理？

苏流年的面色越发难看，将静好护的密不透风，“道歉。”

又是道歉，凭什么老让她道歉？海伦觉得自己没有错，委屈的眼泪直流，“苏流年，她没一样比得上我，可为什么你只喜欢她？”

在场的人齐齐一惊，不敢置信地瞪大眼睛。“什么？喜欢米静好？”

“真的？假的？”

米静好浑身一震，怀疑自己的耳朵出了毛病，这是幻听吗？为什么这么说？

似喜似酸，似甜似涩，百味俱在心头翻转，一时之间傻傻的呆立着，心潮起伏。

苏流年是最平静的人，神情始终淡然，不置可否，“喜欢需要理由吗？”

这等于是承认了，如一道惊雷在米静好头顶炸开，眼珠都快瞪出来了。

海伦受了极大的刺激，浑身发抖，狠狠瞪了米静好一眼，像阵风般冲出去。

米静好呆呆地看着那道背影消失在门口，一道清朗的声音在耳畔响起，“抱歉。”

苏流年诚恳地看着她，目光专注至极，米静好居然不敢直视他的眼，视线飘浮不定，“又不是你的错，没必要说抱歉。”

她也很想知道这话是不是真的？！是故意这么说的吗？

但是，她不敢问！

苏流年似乎看出了她的窘迫，没有多说什么，“不好意思，你们自便吧，我还约了人。”

第九章

一群人进了包厢，围着静好纷纷开口，“米律师，苏大律师向你表白了？你们之间到了哪一步？”

“快说说，不要瞒着我们嘛。”

他们像打了鸡血般，神情极为激动。

米静好想起许多事情，如今想想，千般滋味在心头，但当着众人的面，她极力收敛神色，不愿让人看出来。“别听那个海伦瞎说，没有的事，苏律师只是随便找了个借口，不要当真。”

马大姐盯着她猛打量，像看着珍稀动物似的，“可是，苏流年对你的态度确实不一样。”

居然挺身而出护着米静好，就冲这一点，就足以让人怀疑了。

要知道，苏大律师是出了名的不近人情，不近女色，眼里只有钱！

众人的眼神越发的热烈，米静好不自在地动了动身体，冷汗直流，忽然急中生智，笑吟吟地看向大老板，“老大，你忘了吗？一个多月前的婚礼？江霁云和陈岚的婚礼上，我跟他是伴郎伴娘，陈岚曾经拜托过，让他关照一二，他也答应了，要是我在他眼前出了事，他怎么好意思去见江法官呢？”

别的人都没有参加婚礼，但大老板参加了，而且玩得很嗨。

左诤言这才想起来，“确实有这么一回事，他和江法官交情不一般。”

这也能解释得通，朋友的面子还是要给的，毕竟这是个人情社会。

静好笑眯眯地道，“那当然，否则也不会是伴郎呀。”

美美眨巴着大眼睛，还不肯死心，“可是，我还是觉得怪怪的。”

静好一脸的无辜，“他看惯各色美女，会看上我这个普通的女孩子吗？”

在场的人哈哈大笑，静好可是公司的一枝花，真正的天然美女，没做过手术哟。

美美有些眼红地看着静好美丽的容颜，“你长得这么漂亮，哪里普通了？气质又好，哪里配不上他了？”

虽然苏流年是她的偶像，但不得不说，静好是个难得一见的好女孩，认真的生活，坚持着自己的原则，足以匹配任何人。

静好将美色看得很淡，再美也只是臭皮囊。“漂亮是最不靠谱的东西，他会缺美女投怀送抱吗？”

她不愿再提这个话题，心里别扭着呢。“来，我敬大家一杯，谢谢大家一直以来对我的关照。”

马大姐还想再问，左诤言干脆地站起来，“来，一起喝。”

夜色越来越深，苏流年耐心十足地签完协议，送走当事人，却没有马上离开，站在门口不慌不忙地看向里面。

几个人摇摇晃晃走过来，左诤言喝得满面通红，居然还有几分意识，“苏大律师。”

苏流年的目光落在他身后，米静好小脸红扑扑的，两眼微闭，被马大姐搀扶着，走路都跌跌撞撞。“怎么喝这么多？”

左诤言顺着他的视线看过去，眼神闪过一丝了悟，“苏律师，能不能麻烦你送她回家？她这样子不适合开车。”

“行。”苏流年答应得很爽快，上前几步将米静好接住，从容地跟大家告别。

米静好乖巧地伏在他怀里，一动不动，像是睡着了，浑身酒气，直冲鼻子。

苏流年想起上次的场景，不禁微微摇头，扶着她往外走。“不能喝就少喝点，一个女孩子喝成这样，成什么样子？”

他不停地数落，很是不高兴，忽然怀中的女孩子幽幽睁眼，似醒非醉，歪着脑袋看了半天，“苏流年？”

苏流年的心跳快了几秒，“是我。”

米静好像是放心了，重新趴回他怀里，软软地叫道，“苏流年，苏流年，苏流年……”

自己的名字从嫣红的嘴唇吐出来，说不出的悦耳。

苏流年的心如被一只不知名的小手拂过，柔柔的，酥酥的，忍不住摸摸她的脸，“你是谁？”

“我？”静好身体摇摇晃晃，努力睁大眼睛，猛拍胸口，“我是小米呀，米静好，苏流年，你不认识我了？”

傻丫头，苏流年的心软得一塌糊涂，想骂她的话全缩了回去，轻轻将她拥入怀中。

看着醉眼迷蒙的女孩子，他的心一动，冷不防问了一句，“米静好喜欢苏流年吗？”

话一说出口，他就后悔了，他什么时候变得这么无聊？问一个喝醉酒的人，他怎么也跟着糊涂了？

这是酒不醉人，人自醉吗？

出乎他的意料，米静好服帖地依偎在他怀里，像个乖巧的小孩子。“喜欢的。”

苏流年的心猝不及防地被一阵狂喜击中，声音都变了，“有多喜欢？”

这是醉后吐真言吗？天知道，他有多渴望听到这句话。

米静好眼睛半闭半合，迷迷糊糊的，醉得很厉害，紧紧拽着他的衣袖，苏流年的心绷得紧紧的，不气馁地连问数声。

静好微微蹙眉，忽然轻哼起歌，“你问我爱你有多深，我爱你有几分？你去想一想，你去看一看，月亮代表我的心。”

苏流年如被电流击中，整个人如打了鸡血般，亢奋莫名，欢喜的心口快炸了，“米静好，这是真心话吗？”

他第一次尝到了患得患失的滋味，一颗心吊在空中，七上八下。但是，他等了许久，没有等到答案，低头一看，居然睡着了。

他的心如过山车，一下子跌到谷底，“米静好。”

静好一夜睡得不安稳，不停地做梦，一早醒来，却将梦境忘得一干二净，脑袋疼得厉害，她懊恼的轻叹口气，不该喝这么多的。

但是当时的心情，只想喝酒，什么都不想说。

她困难地爬起来，摇摇晃晃走出卧室，却被眼前的一幕惊呆了。

一桌热气腾腾的美食，英俊的男子，温柔的晨光，美好得如一幅画。

静好揉了揉眼睛，看向四周，奇怪，这是她的家啊，小小的一室一厅，“怎么又是你？一定是做梦。”

苏流年微微一笑，露出雪白的牙齿，“原来你天天晚上梦到我，真让人意外。”

静好又羞又窘，又尴尬，“不是啦，我没有，你不要乱说。”

苏流年将碗筷麻利地摆好，“急什么？这样显得更心虚，快去漱洗准备吃早饭吧。”

静好飞快地冲进卫生间，看到镜子中的自己，发出一声挫败的尖叫。

头发乱糟糟的，睡衣松松垮垮，眼角还有眼屎，啊啊啊！

五分钟后，她一身清爽的走出来，仿若无事人般看向桌子，白粥，荷包蛋，肉松，酱牛肉，水果沙拉。

她闻了一口白粥，又稠又香，入口即化，一口粥吞进肚子里，浑身发热，一只煎的金黄色的荷包蛋挟进她碗里，她咬了一口，脸上顿时浮起一丝赞叹，“苏流年，这是你做的？”

她做了半天的心理建议，故意忽视一大早他出现在她家里的不科学性，也不去想昨晚发生了什么，更不想知道他昨晚睡在哪里。

家里只有一间卧室，客厅的沙发小的可怜根本施展不开身体，而他从来不是会委屈自己的人。

苏流年一直盯着她看，见她神情欢喜，不禁嘴角上翘。“有什么问题吗？”

静好有些意外，有些茫然，“原来你这么贤惠啊。”

苏流年嫌弃地皱了皱眉，“我更喜欢听到能干这个词。”

米静好的心很乱，她神经再大条，也不可能没察觉出暧昧的气息，“苏流年，你不会是……真的喜欢上我了吧？”

海伦的话犹然在耳，给她极大的冲击，如今他就在面前，给她做早饭，陪她一起吃，她不想歪都不可能。

苏流年的筷子一顿，神情微凝，“是又如何？不是又如何？”

气氛一下子紧张起来，米静好咽了咽口水，“千万不要喜欢我，因为我不喜欢……”

每挤出一个字，都困难无比，心口隐隐作痛，违心的话不仅伤人，而且也伤己。

不等她说完，苏流年拿筷子点点她的脸，“你的脸红了。”

米静好扔下筷子，慌乱地捂着小脸，只露出一双黑白分明的大眼睛。

苏流年想起昨晚的那句喜欢，又对比此时她的拒绝，一时之间心情很复杂，“你很紧张，为什么？”

为什么不敢承认喜欢他？就这么难吗？

米静好快要哭了，感觉很丢人，“我怕拒绝你后，你恼羞成怒，想掐我的脖子玩啊。”

这是什么鬼话？苏流年既好气又好笑，眼神闪了闪，“我对你是挺有好感的……”

米静好的脸色大变，惊跳起来，“不不，不要再说下去了，我不会接受你的。”

苏流年的眼神一黯，却非常自如的说下去，“只是普通朋友间的好感，就像对家中的宠物，看到别人欺负你，会忍不住出手，但仅止于此，至于你想听到的，为你放弃原则，无条件地帮助你，想都不要想。”

他的话转得太快，米静好的脑袋晕乎乎的，有些跟不上。“我才没有呢，你不要乱说。”

苏流年慢条斯理地喝了一口粥，“不过话说回来，我这么出色，追我的女人那么多，只要长眼睛的女人都会爱上我，为什么你就这么排斥我？太伤自尊心了。”

只是伤自尊心吗？米静好默了默，心中滑过一丝受伤，一丝痛楚，但很快挥去，这是她想要的结果，有什么好难过的？

“你太耀眼，争抢你的人太多，而我最不喜欢跟人抢东西。还有一点，你太有侵略性，跟你在一起会让我不安。”

心情不自觉的紧绷，所有的情绪不自觉地随他起伏，他的气场太过强大，总让她身不由己地受其影响。

她想要的是平静的，温暖的，安宁的，如溪水般的感情，而轰轰烈烈，焚尽一切的激烈感情，让人害怕。

失败过一次，她不想再失败第二次，被舍弃的滋味，这辈子都无法忘记，也不想再尝试。

苏流年眼中闪过一丝嘲讽，“原来太出色，也是一种罪。”

说到底，她喜欢他，却不看好他，不信任他！

米静好的鼻子一酸，眼眶悄悄的红了，“不不，是我的问题，我只是……不够自信。”

她始终没有走出被背叛的阴影，爱与恨早就逝去，但所受的伤害始终无法释怀。

苏流年的心口一刺，不敢再逼她，语气和缓下来，“没人怪你，做朋友吧。”

“好，朋友。”米静好放轻松的同时，心底浮起一丝怅然若失，给他夹了一挟子肉松，“多吃点，上班才有力气。”

“叮咚，叮咚。”两人相视一眼，一大早的谁会来？

“小米，快开门。”是陈岚的声音。

完蛋了！静好吓了一大跳，猛地跳起来，一把拖起苏流年的胳膊，将他拖进卧室，“千万别出声，拜托拜托。”

妈呀，要是被陈岚逮到，这日子没法过了。

苏流年的黑眸闪闪发亮，不知想到了什么美事，“那你要欠我一个人情，我倒是可以配合一下。”

静好气得直翻白眼，“苏流年，你这是趁火打劫，太不厚道了。”

“那行啊。”苏流年往外走去，“反正我没做亏心事，怕什么呢？”

米静好觉得这句话好耳熟，却没有时间细想，紧紧拽住他不放，低声下气地割地赔款，“行，成交。”

她将房门合上，又冲到餐厅，将苏流年的那份碗碟筷子扔到厨房，收拾妥当了，才冲到门口，长吸了口气，徐徐打开大门。

陈岚没有注意到她的脸色，捧着一个大包裹进来，“怎么这么慢？”

米静好有些紧张，笑容僵硬，“在厨房忙着呢，没听到，一大早的什么事？”

陈岚没有注意到异样，笑眯眯地将包裹放在桌上，是一个大容器，得意的显摆，“我给你带了排骨汤，排骨吃了，汤放冰箱里，冻成高汤慢慢吃，还有这个，我亲手做的四喜丸子，很赞哟。”

她完全是贤妻良母范，跟以前十指不沾阳春水的她判若两人。

米静好看不懂了，“好好的这是怎么了？”

好友最不爱下厨房，平时都在外面解决，吃腻了就来她这边蹭吃喝，好端端的怎么下厨房了？好诡异！

陈岚的心情很好，一直面带微笑，“我在学做菜呢，不小心做多了，给你一份。”

哪是做多了，而是一直吃小米的，回赠而已，顺便显摆一下自己的厨艺。

米静好虽然觉得事情有些古怪，但这种时候根本无心多问，只想迅速将人打发了，“那也不用一大早送过来吧。”

陈岚笑着解释，“我今天去法院，正好顺路……”她的声音一顿，走到沙发边，捞起一件西装外套，震惊的瞪大眼睛，“咦，这是什么？男人的外套？小米，老实交待，怎么回事？”

米静好已经吓傻了，妈呀，刚才没看到，咋办？

她脑子转的飞快，急中生智，“哦，我昨天聚餐喝多了，同事送我回家，怕我冷借给我披的，忘了还给他了，汗，喝酒容易误事。”

陈岚看着手中的西装，有些怀疑，“真的？”

这衣服应该是手工定制的，超级贵，一般小律师买不起吧。

米静好努力让自己的神情自然，“当然是真的？骗你干吗？”

她看似平静，其实手心全是冷汗，一颗心扑突扑突跳得飞快。

陈岚看了她一眼，微微一笑，将西装递给她。

“以后少喝点酒，你是女孩子，容易吃亏，这年头就算是同事，也要多留个心眼。”

米静好僵硬地接过西装，乖乖点头，“知道了，放心吧。”

陈岚不忍再看她为难的神情，拿起包包往外走，“这个东东先放你这边，到时再还给我，我先走了。”

再好的朋友，也要保持一定的距离，给大家一个隐私的空间。

米静好暗松口气，送她到门口，开了大门，陈岚犹豫了一下，“你……要是有喜欢的男人，就大胆地去追，我永远支持你。”

静好看似开朗活泼，走出了情伤，但只有她知道，那家伙的背弃带给静好巨大的伤害。让她不敢再大胆地去爱。

静好的身体一震，鼻子发酸，轻轻拥抱陈岚。“谢谢你一直陪在我身边。”

陈岚的眼眶也红了，“说什么傻话？说好要一起幸福的。”

关上大门，静好重重吁了口气，一抹额头，全是吓出来的冷汗。

也不知她有没有怀疑？不过，只要打死不认，谁都不能拿她咋样。

不对啊，本来就没有什么事！

她一转身就被一张放大的脸吓了一大跳，倒退几步，“干吗这种眼神看着我？我哪里不对劲吗？”

苏流年嘴角微勾，似笑非笑，调侃的意味十足。“你说谎都不打草稿，怪不得能当律师。”

嘲笑她？米静好毫不客气地顶回去，“在你面前，我这点能耐算什么呀？”

牙尖嘴利的丫头，苏流年却笑了，“你的脸皮真厚。”

米静好摸摸脸颊，掐了一把，明明很薄，“跟你学的呀。”

气氛轻松自在，不见火药味，却隐隐有一丝暧昧，苏流年很享受这种感觉，“那记得多交点学费，我挺喜欢吃糖醋排骨和红烧狮子头的。”

轰一声，米静好脸红了，强忍着羞意，不肯在他面前示弱，“大神，这算是条件吗？”

“苏流年。”

米静好呆呆地看着他，半天反应不过来，“啊？”

她一双乌黑的眼睛睁得大大的，配上迷惑的表情，很萌很可爱。

苏流年趁机摸摸她的脑袋，“不喜欢大神，也不喜欢苏大律师这样的称呼，直接叫我名字。”

米静好的心跳得更快了，咚咚咚，快要跳出胸膛，“苏……”

她张了张嘴，喉咙里如塞了东西，别别扭扭的，浑身不自在。

她太紧张了，直接忽视了在她头顶的那只大手。

丝滑的触感让苏流年爱不释手，笑吟吟地反问，“怎么？很困难吗？”

“不不。”米静好脸红心跳，深吸了口气，“苏流年。”

终于叫出口了，可是，为毛觉得怪怪的？

看着对方瞬间点亮的双眸，一时之间，她心跳如雷，居然不敢直视。

傍晚时分，夕阳西下，满天的霞光一层层晕染开，美丽到惊心动魄。

美美拿着资料往回走，听到开门的声音，转头一看，惊喜万分地挥手，“苏大律师，你怎么了？找谁？有什么要事吗？”

苏流年从容淡然地走过来，含蓄地颔首，“我找米静好。”

一起办案，来找她谈案情是天经地义的。

“找米律师？”美美眼睛闪闪发亮，闪烁着耀眼的八卦之光，“你们是不是真的在交往？偷偷告诉我嘛，我不会说出去的。”

苏流年默了默，刚想开口，一条纤细的身影从办公室冲出来，急急地否认，“不是，我们是有公事要讨论。”

她跑得很急，气喘吁吁，还不忘狠狠瞪了苏流年一眼，让他在外面等，他怎么就不听呢？

美美眼珠滴溜溜地转，摆明了不信，“上班时间不谈，偏要下班时间谈，怎么感觉有猫腻？”

米静好莫名地心虚，一把拽着苏流年的胳膊往外冲，“你想得太多了。”

不避嫌的亲昵态度，让美美的眼珠子都快掉地上，而米静好全然不知，一心想将苏流年带离这个地方。

苏流年没有反抗，顺从地跟着她，满脸笑意出卖了他此时的好心情。

一道火红色的跑车在他们身边停下，一个窈窕的身影跳下来，拦住他们的去路，“米静好。”

居然是许久不见的杨梦蝶，她怎么来了？

苏流年微微蹙眉，将静好拉到身后，防备地看着对方，“于小姐不知有何贵干？”

米静好看着他宽厚的后背，心头热乎乎的，如大冬天喝碗姜汤，从头暖到脚。

杨梦蝶脸色很憔悴，完全不像是刚订婚的幸福女人，抓出手要拉米静好，却被苏流年一把拍开。

杨梦蝶的眉头紧锁，一副深受困扰的模样，气势汹汹的下令，“跟我走一趟。”

没头没尾的话，又居高临下的语气，任谁都不会舒服。米静好直接拒绝，“不去。”

杨梦蝶愤愤地瞪了她半天，想用蛮力也不可能，有苏流年护着呢。

米静好毫不畏惧的对视，谁怕谁啊？

两人对峙半晌，杨梦蝶败下阵来，“沈默病得很厉害，却不肯住院，也不肯动手术，现在只有你能劝得了他。”

米静好的神情一僵，病了？什么病？“我？开什么玩笑，我是他的什么人？哪有这个本事？你是他的未婚妻……”

于情于理，她都不该牵扯进去。

杨梦蝶心急如焚，粗鲁得要硬拽静好，“闭嘴，你快跟我走。”

“住手。”苏流年轻轻一挡，就将她挡的进不了半步。

杨梦蝶左闪右避，都没法避过苏流年的阻碍，又气又急，“米静好，我求你了，帮帮我们吧，他不动手术会很危险，就看在过去的情分上救救他，你的话他会听的，你也不希望他年纪轻轻出事吧。”

她是真的吓坏了，也急坏了，不惜低声下气地恳求昔日的情敌。

米静好的心受到极大的冲击，这是真的？而且很严重？可上次订婚时，还好好的呀。“他和我早就形同陌路，他的生死与我何干？”

她嘴上说的绝情，但一颗心很是不安。再讨厌他，也没有想过让他死。

杨梦蝶气得直尖叫，“米静好，当初不是他故意背叛你，而是另有隐情，不是他的错。”

米静好的心一动，“什么隐情？”

当年分手时闹得很不堪，成了她心头的一根刺，偶尔想起，就堵得慌。

“是我……”杨梦蝶面色忽白忽青，挣扎的厉害，好半晌才支支吾吾地吐出一句话，“在他酒里下了药，生米煮成熟饭，也是我给你发信息让你过来捉奸……”

任何一个女孩子都不能忍受那样的不堪，更何况米静好心高气傲，无法接受男友背叛的事实，她就是用这个办法彻底绝了后患。

米静好惊呆了，这才是真相？！“杨梦蝶，你疯了。”

不择手段抢夺，只顾自己的幸福，无视别人的痛苦，自私到了极点。

杨梦蝶发出一声惨笑，“第一眼看到他，我就疯了，我始终不悔，为他做什么都值得。”

可悲可叹又可笑，米静好的心情复杂到了极点。

一双温暖的大手轻轻按住她的肩膀，“走吧，我陪你去。”

米静好身体一震，抬头看向他，他满眼的关切，不知怎么的，一股委屈涌上心头，鼻子发酸，“苏流年。”

苏流年默默地牵着她的手，送她到副驾驶座坐好，帮她系好安全带。

米静好任由他摆布，心神全都乱了套。

杨梦蝶看着这一幕，眼神一闪，暗暗松了口气。

沈家住在市中心内环，一套复式房，装修的极为精美。

米静好不是第一次来，但沈母的态度截然不同，三年前的鄙视不屑，三年后的泪眼哀求。

静好在心里轻轻叹了口气，早知今日，何必当初？

她推开房间，默默地站在门口，沈默双眼紧闭，面色苍白，瘦得不成人样，短短一个多月，变化之大让人不敢认了。

听到开门声，他也没有反应，不动不说话，要不是有呼吸，会误认为是一具尸体。

“沈默。”

沈默的身体一震，听着轻盈的脚步声一步步走过来，他猛地睁眼，“好好，你怎么来了？”

静好站在床边，轻轻叹息，“为什么不动手术？”

沈默强撑着坐起来，但浑身没力气，挣扎了半天，都爬不起来，他挫败的倒在床上，猛戳胸口，“这是老天爷对我的惩罚，我接受。”

静好皱了皱眉头，忽然挥起胳膊挥下去，“啪啪。”

两道巴掌声响彻底整个房间，沈默呆呆地看着她，反应不过来，就算在最难堪的时候，她也没有动过手，只是冷冷地看了他一眼，转身就走，从此再也不回头。

骄傲，又决绝，他深知她的性子，所以没有挽留，迅速去了国外，分隔千里，彻底断了联系。

但是，他高估了自己的承受能力，低估了他对她的感情，这三年来，他每一天都过得很痛苦。

杨梦蝶像阵风般冲进来，一把推开静好，紧紧抱住沈默，气得眼睛都红了，“米静好，你疯了，凭什么打他？他是个病人。”

沈默却不领情，挣扎着要推开她，“不关你的事，走开。”

杨梦蝶心如刀割，不管怎么努力，他的心还是在别人身上吗？

静好居高临下看着他们，神情淡漠，“沈默，这两巴掌是你欠我的，现在两清了，你没有借口逃避了，不要让我看不起你。”

沈默的鼻子一酸，眼眶悄悄地红了，“是我伤害了你，是我的错，失去你，是我一辈子的遗憾，好好，如果我接受治疗，你愿意再接受我吗？”

这么善良的女孩子，是他一生的至爱啊。

杨梦蝶不敢置信地睁大眼睛，为什么这么对她？

静好嘴唇紧抿，选择了闪避，“现在最重要的是，快些好起来，其他都是浮云。”

沈默眼神痴痴的，倔强的要一个确切的答案，“不，你才是最重要的，好好，答应我，好吗？”

杨梦蝶如万箭穿心，痛彻心扉，还是不行吗？抢来的东西，注定不能长久吗？

静好回头看了一眼，那个男人倚在门口，默默地注视着她，眼中波澜起伏，似有千言万语。

沈默看在眼里，痛在心里，更加的固执。“好好。”

静好收回视线，声音清冷无比，“……我会考虑。”

她始终不肯正面回答，那有违她的原则，这是她能做到的极限了。

沈默深知她的个性，心满意足地笑了，“这就够了，好好，我会好起来的。”

静好不多待，无视沈太太欲言又止的表情，直接走出沈家。苏流年默默地陪伴在她身边，却让人无法忽视。

杨梦蝶追了出来，怒气冲冲，“我不会把他让给你。”

在她身上全然找不到刚才的软弱无助，强势而又霸道。

这算是过河拆桥吗？静好冷冷的嘲讽道，“应该说，是我不要的，你捡起来用了，何来的让来让去？”

杨梦蝶恼羞成怒，气得脸红脖子粗，刚想发作，忽然眼睛一亮，“你是说，不会跟他在一起？”

静好冷笑一声，“我没有这么说。”

杨梦蝶做出那样的事情，她真的无法原谅，毫无芥蒂，有些伤害已经造成，只能淡忘，却不能当作没发生过。

她扭头就走，没有再看对方一眼，不屑，蔑视，全都表现得淋漓尽致。

杨梦蝶急得直跳脚，“站住，把话说清楚。”

跑车扬长而去，静好看着后视镜中的杨梦蝶越来越小，重重吁了口气，彻底冷静下来了，“抱歉，让你看笑话了，我请你吃晚饭。”

苏流年的声音淡淡的，“没胃口。”

静好猛地抬头，看了他好几眼，他跟往常般面无表情，但是，她敏感的察觉到不一样的，很是惶惶不安，“你生气了？”

苏流年表情一冷，似嘲非嘲，“我生不生气，你会在乎吗？”

在乎，很在乎啊，但这句话卡在喉咙，怎么也说不出口，唯有沉默。

车内的气氛越来越冷，静好越来越不安，手指下意识地画圈圈，偷偷看了他好几眼。

“那个……我是个永不回头的人。”

这话一出，空气冷凝的气氛一松，静好重重吁了口气。

苏流年嘴角微扯，还不满意。“所以呢？”

静好眼珠飞转，支支吾吾地解释，“我哄他的，不管发生什么事，我跟他都不可能重新开始了。”

所以不要生气啦！他板着脸的样子，让她压力好大，很不舒服！

“吱”车头一转，发出一道华丽的声响，稳稳地停在路边。苏流年目光灼灼，炙热无比，紧紧盯着她，“你对他还有感情吗？”

如被盯上的猎物，静好紧张得直咽口水，手心冒汗，慌乱不已，“这是我的私事，你问得太多了。”

她本能的防备，双手横在胸前，仿佛这样就能保护自己，一双乌黑的大眼睛盈满惊恐，隐隐有一丝哀求。

不能再继续下去了，否则会万劫不复，脑海里发出这样的警告，让她不得不躲闪。

苏流年眼中闪过一丝怒意，“米静好，你还要装糊涂，装到什么时候？”

“你在说什么？我怎么听不懂……”米静好打死都不认，脑袋摇得飞快，一道阴影压下来，炙热的嘴唇将她的话堵了回去，“唔。”

他的吻如龙卷风，席卷而来，淹没一切理智，辗转深吻，情火越来越热，迅速往全身蔓延，她的身体酥软，后背窜过一丝战栗。

不知过了多久，他抬起头，两眼晶亮，眼眸深处如烈焰焚烧，“我喜欢你，非常地喜欢，米静好。”

第十章

杨家的遗产案举世瞩目，引发了公众前所未有的热情，天天等着最新的报道。

第一次开庭如期而至，静好一大早就起来，将宗卷重新看了一遍，确定无误后才出门。

她走下楼梯，只见一辆熟悉的车子停在路边，不禁怔住了。

苏流年打开车门，下巴微微一抬，“上车。”

“你……”静好一看到他，就想起那个吻，心怦怦乱跳，小脸染上一丝浅浅的红晕，“什么时候来的？”

这几天她一直避而不见，有事都是电话联络，心慌啊。

那句我喜欢你，如魔咒般在耳边不停地回旋，她快疯了！

“刚来。”苏流年神情淡淡的，指了指副驾驶座上的一份早点，“吃吧。”

静好坐在车里，心如小鹿乱撞，胡乱地啃着早点，全然不知自己吃的是什么，不时地偷偷地打量身边的男人。

男子英俊的面庞在晨曦中闪耀夺目，轮廓线条刚硬深邃，平时稍显清冷的气质多了一丝暖色。

“看什么？”

清冷的声音猛地响起，静好吓得手一抖，被抓包了，小脸涨得通红，支支吾吾地问道，“那个……你吃了吗？”

刚说完，她就后悔得恨不得撞墙，好丢人，呜呜。

男子低低地笑，非常地愉快轻松，英俊的面容注入了一丝温柔，真是个呆丫头。

“吃了，赶紧吃完，我们谈论一下案情。”

“好哒。”静好如释重负，感激涕零，好人呀。

经过这么一打岔，气氛一下子好多了，谈起案情，米静好顿时忘了尴尬，很是投入专注。

苏流年不动声色地打量了她几眼，米黄色的小西服，黑色的短裙，很职业化的妆束，勾勒出完美的身段，精致甜美的小脸很严肃的板着，看着成熟了许多，别有一番风情。

他们是第一个赶到法院的，五分钟后，乔梅和杨海伦姗姗来迟。

乔梅打扮的雍容华贵，风韵犹存，年轻的时候应该是个大美人。

她非常的客气，“苏律师，这次麻烦你了。”

能请到苏律师不容易，她也相信以苏流年百战百胜的战绩，会帮助她争取到最大的权益。

苏流年言简意赅，“放心，我从来没输过。”

短短一句话，却气势十足，让人不由自主的信服。

杨大夫人母女齐齐松了口气，这样就好。

杨海伦的心踏实了，也开始折腾了。

“米静好，你有信心帮我们母女保住所有的家产吗？”

她是故意的，明知不可能，偏偏拿来欺负米静好。

米静好眼睛都没有眨一下，神情自若，“根据继承法，婚生子女和非婚子女同样享有继承权。”

法律这么规定，不管公不公平，都要遵守。

杨海伦一拳如打在棉花上，很不着劲，“我不管，爸爸活着的时候，我们只能忍着那些小三生的杂种耀武扬威，如今该轮到我们母女扬眉吐气的时候，你必须做到，否则，哼。”

她的语气非常的嚣张，透着一股居高临下的优越感。

苏流年的眉头微蹙，视线扫过来，米静好似有所感看过去，两个人的视线在空中交汇，静好微微一笑，自信而坚强，“在法律面前人人平等，谁都不能违背法律的意志。”

清脆的声音在室内回响，坚定，干脆，利落，更透着热血沸腾。

眉眼神采飞扬，如发着光，闪闪发亮，苏流年着迷地看着她，这样的她是最美的。

杨海伦看到他们眉眼传情，心里酸涩难言，越发的咄咄逼人，“那就是说，你没有这个本事？”

米静好很冷静，没有被激怒，“除非他们都不在人世，否则谁都帮不了你。”

杨海伦夸张地倒抽一口冷气，眼睛瞪得圆圆的，“米静好，你好可怕，居然暗示要杀了他们，好歹毒的心肠。”

米静好顿时恼了，欺人太甚，她从来都不是好脾气的人，当场顶回去，“杨海伦小姐，你的想象力很丰富，但想得太多了，人啊，不要老想些阴暗的，见不得光的东西。”

杨海伦不由气结，怒气冲冲，“什么意思？”

她越是生气，米静好笑得越甜，“淫人见淫，一个道理。”

吃饱撑了，居然跟一个律师吵架，吵得赢吗？

杨海伦虽然号称是律师，但所有的精力都放在追求男人上，哪是口齿伶俐的米静好的对手？

她当场恼羞成怒，“米静好，我给你律师费，不是让你羞辱我，你马上给我滚。”

苏流年的脸黑了，这种千金大小姐，谁都消受不了。

他刚想开口，米静好已经抢先一步，“我是拿苏流年的薪水，跟你一毛钱都没关系，杨小姐，你等会上了法庭，千万不要是这张嘴脸，太难看了，法官一定不会喜欢，要是输了，不能怪我们。”

杨海伦气得直哆嗦，风中凌乱，一个字都吐不出来。

乔梅见状，不禁暗暗摇头，她倒是很想要苏流年这个女婿，但如今看来，女儿的表现太逊了。

“好了，不要吵了，米律师，小女被我们宠坏了，她生性善良，太过天真，不知世事险恶，还请你包涵。”

她话里有话，绵里藏针，米静好很大气地表示，“江女士，要是真心为她好，就让她多接受一点挫折教育吧，这世上没人能一再的包容你，包括自己的父母，谁都没有这个义务。”

话太真了，也太刺耳了，没人喜欢听。

苏流年有些意外，深深地看了静好一眼，静好浑然不知，气势如虹，如初生的牛犊，什么都不怕。

“哟，好热闹呀，不介意让我们母女也掺一脚吧。”一个女声猛地响起，一群人哗啦啦地走进来，其中一对母女极为抢眼。

杨震霆第二任太太，于思思和杨梦蝶母女，于思思是商界有名的女强人，作风强势，是商界奇才，极有手段，也是杨震霆生前不可缺少的左右手，就算两人离婚后，也在公司继续担任要职。

杨震霆去世后，她迅速接管公司，把持着公司的经营权。

乔梅狠狠瞪了于思思一眼，要不是这女人插足自己的婚姻，她也不会落到这种地步。

“很介意，有些东西是永远抢不走的。”

于思思针锋相对，“是吗？那就等着瞧。”

还没上庭，就火药味十足，即将上演一场惨烈的撕逼战。

两方战阵，立场鲜明，各自为政，泾渭分明。

杨梦蝶不停地看向米静好，似乎有话要说，但米静好没心情搭理她，自顾自地翻看资料，严谨的态度让人称道。

又一拨人进来了，走在最前面的杨军四处张望，面色不好看。

忽然他眼睛一亮，冲米静好大力挥手，“米静好，你也在，太好了，总算看到一个熟人，我放心多了。”

静好嘴角直抽，亲，他们是对手哟。

他咋咋呼呼的，还扑过去要跟米静好握手，一副熟的不能再熟的样子。

苏流年第一时间将静好拉到身后，冷冷地看着杨军，杨军莫名地打了个冷战，气势被全然压住，不敢放肆。

杨海伦眼神一闪，“你们认识？什么关系？”

站在杨军身边的女子长相美丽妖娆，“这是你朋友？”

是个性感的尤物，让人眼前一亮，杨家的第三任妻子，也就是现在妻子，江明月，她育有杨家唯一的儿子，深得杨震霆的欢心。

杨军很热情地笑道，“妈咪，这就是我说的米律师，很漂亮吧。”

江明月表现得很友善，“米律师，很高兴见到你，我儿子的眼光一向不错，有空来家里玩。”

现场的人神情各异，看向静好的眼神都怪怪的。

米静好仿若不见，落落大方的颔首致意，“谢谢，不过应该没这个机会。”

江明月的“好意”被拍回来，脸色一沉，“我儿子是杨家唯一的男丁，是杨家的继承人，跟了他，不会让你吃苦的。”

一个跟字意味深长，透着一股浓浓的轻视，米静好气得不轻，这都什么人呀？太把自己当回事了，打死她也不想跟这种人扯上关系。

别说不明不白的当小三，就算光明正大的当杨军的老婆，她也不乐意。

一只大手轻轻按住她的肩膀，她怒气冲冲的抬头，双眼圆睁，谁？

苏流年冲她微微一笑，别有深意的开口，“不好意思，当着我的面挖我的墙角，是不是有些过了？”

杨军的脸色大变，“什么？你和她……”

苏流年的手下滑，将米静好揽进怀里，春风满面，眼中笑意浓浓，“是，我们在一起了。”

米静好的鼻端全是好闻的松木味道，熟悉的让她安心，一听这话，小脸刷的红透了，如熟透的小番茄，又羞又窘，他们什么时候在一起了？瞎说！

如一颗惊雷炸开，两个声音不约而同地响起。

“不可能。”杨军很震惊，很郁闷。

杨海伦彻底抓狂了，“我不相信，这不是真的，苏流年，你不要骗我了。”

静好的脸羞红了，肌肤白里透红，眼波流转，娇媚入骨，诱人极了。

苏流年微微低头，一个轻吻落在她额头，“抱也抱了，亲也抱了，睡也睡了，怎么还这么害羞？”

一对出色的男女相拥亲吻，如一幅画卷，美丽得不可思议。

“轰隆隆。”静好从头红到脚，像红通通的小龙虾，恨不得找个地洞钻进去，又羞又恼直跺脚，“苏流年，注意场合。”

一反刚才的沉静，小女儿的娇态暴露无遗，就算再呆板的套装也掩不去那份青春无敌的气息，羞涩又可爱。

此地无银三百两，等于是默认了相恋的事实，苏流年嘴角微扬，一丝笑意一闪而过。

严肃的法庭上，三方各坐一端，三方鼎立，第二第三任妻子都动用了庞大的律师团，显得人多势众。

尤其是作为被告的第二任妻子于思思，请来的律师就有六位，取自六六大顺之意。

世人皆知，杨震霆虽然跟于思思离婚了，但依旧藕断丝连，不仅一起共事，私底下更是说不清楚。

相比之下，苏流年和米静好只有两个人，显得单薄多了。

但三方律师陈述时，苏流年精彩的表现大出风头，有据有理的说辞，强势自信的态度，特有的语速，站在偌大的法庭上侃侃而谈，一人力敌多人，毫不逊色，压倒一切的霸气，先声夺人。

米静好痴迷地看着他，好帅，好专业，总能在他身上学到很多东西。

眼见苏流年在法庭上胜出，于思思忽然递交了一份东西，当众说出一番话。

“这是我前夫生前立的遗嘱，清楚地写明，将公司的主营权交给我，而且将他名下所有的公司股份统统转给我，由我继承，而其他动产不动产全由我的女儿杨梦蝶继承。”

换句话说，她们母女俩将整个杨家的家产承包了，没有别人的份。

全场炸开了锅，米静好震惊万分，要知道，遗嘱排在法定继承前面，是有法律依据的。

如果确定是真的，不管合不合理，都要照办。

遗嘱复印件在每个人手里传递，米静好看着白纸黑字，整个人都不好了，是今年三月立的遗嘱，简单明了，还有两个见证人，完全符合法律规定。

她的脑袋一片空白，慌了手脚，怎么这样？没料到会发生这样的变故，事先一点风声都没有。

手上一暖，一只大手伸过来，紧紧握住她，“不要担心。”

苏流年很冷静，仿佛一切尽在掌握中，不慌不忙，从容不迫，似乎没有什么难倒他。

米静好的心渐渐平静下来，这就是他和她的距离吗？

怪不得他能成为行业翘数，她还是小透明，不过假以时日，她会很快成长起来的。

乔梅气得满脸铁青，“不可能，震宇不会这么糊涂，他当年跟我签的协议还没有完成，哪有资格签这样的遗嘱？”

江明月也急坏了，“公司是阿军的，我老公生前不止一次这么说过，法官先生，我怀疑她出示的遗嘱是假的。”

很难得，两房的立场达成一致，乔梅毫不犹豫地叫道，“我也这么认为。”

于思思这一方不甘示弱，“我们申请做证据鉴定。”

因为新的证物，法庭宣布休庭，下午再开庭。

粤菜馆的VIP包厢内，江明月和乔梅抛弃成见，第一次坐下来商量，共同对付最强大的对手。

杨军呆呆地看着窗外，眼神呆滞，第一次有了恐惧感，没有了钱，他还算什么呢？谁还会在乎他？

杨海伦紧张不已，眼巴巴地看着身边的男人。

“苏流年，你一定有办法的，对吗？”

她不想变成穷光蛋！

“我会尽力。”苏流年神情淡淡的，召来服务生，要来菜单，“吃饭吧，静好，你想吃什么？”

“随便吃点吧。”米静好心里七上八下的，哪有心情吃饭？

苏流年作主点了几道清淡的菜，菜上得很快，不一会儿就摆满了一桌。

米静好食不知味，味如嚼蜡，眉头始终紧锁，只要一想到遗嘱，就心塞。谁都没有想到于思思手中有撒手锏！

一块排骨放到她碗里，沉稳的声音在耳边响起，“车到山前必有路，放轻松点。”

苏流年镇定地吃吃喝喝，态度悠然自得，米静好深深看了他几眼，浮躁不安的心情渐渐平复，什么都没有问。

他们是共肩作战的战友，她相信他！

相比之下，其他人烦躁紧张，不停地打电话，四处求援手，软硬兼施，闹哄哄的。

再开庭时，结果出来了，根据鉴定，这是杨震霆亲笔所书的遗嘱，具有法律效力。

所有人的脸色都变了，震惊、错愕、不可思议、愤怒，什么都有。

于思思第一时间提出要求，“我请求按先夫遗嘱执行。”

“不行，我不答应。”杨海伦母女齐齐站起来，态度坚决。

江明月的眼眶都红了，情绪激动至极。

“他怎么能这么对我们母子？他明明答应过我，会将家产全都留给儿子。”

于思思嘴角带笑，胜券在握的样子，杨梦蝶也满脸的兴奋，下巴仰得高高的，志得意满。

只要有钱，能买下整个世界！

吴兵是于思思律师团队的首席律师，跟苏流年有宿怨，不止一次败在他手里，早就积了一肚子的怨气，在这种情况下，放肆地讥笑。

“苏律师，没想到你也有惨败的一天，这是历史性的日子，等会一定要拍照留作纪念。”

米静好非常生气，胸口气血翻腾，“胜败未分，就这样落井下石，是不是太难看了？”

吴兵眼神一闪，“米静好，你年纪虽轻，却是难得一见的后起之秀，我看好你哟，要是你现在选择跟我签约，我会考虑分一点钱给你。”

钱算什么，只要能一出多年的怨气，还是值得的。

在场的律师都静了下来，等着米静好的反应。

米静好怒极反笑了，“谢谢，不过我只跟最优秀的人合作。”

这打脸打得太响了，律师们忍不住哈哈大笑，吴兵恼羞成怒，脸涨成猪肝色。

就在此时，苏流年忽然站了起来，抽出一份资料，“法官大人，这是杨震霆先生的医检报告，医生证明他服药过量而死，出事之时，于思思女士陪伴在身侧。”

众人倒抽一口冷气，不敢置信，警方对案件保密，没有公布，除了极少数几个人外，其他人都不知道。

于思思的脸色忽青忽白，如开了调料铺，精彩至极。

苏流年而谈，自信从容，浑身散发着逼人的气势，“我有理由相信，杨震霆先生意识不清的时候签下这份遗嘱，所以不能成为依据。”

乔梅是第一次听说，忍不住恶狠狠地瞪着于思思，正是这个女人抢走了自己的老公，如今更是害死了他。

全程筹备后事的人是于思思，她太能干了，掌控了全场，别人只是摆设。

一想到这些，她当场暴怒，“于思思，你好狠的心，你这是谋杀，我要告你。”

江明月也震惊万分，她不会做生意，天天玩牌逛街泡吧做美容，反正她生的是儿子，怕什么？

“天啊，震宇对你们母女不薄，你怎么能这么做？居然控制他，逼他写下这样一份遗嘱，你好恶毒。”

连杨梦蝶也有些怀疑地看着自己的亲生母亲，这是真的吗？

她跟沈默住在一起，鲜少回家，哪会知道这些事情？

于思思气面红耳赤，大声怒斥，“住嘴，胡说八道，我没有控制他，这是他意识清醒的时候写下的，还是两个见证人，他们可以为我作证。”

她的话音刚落，苏流年就站了起来，眉眼坚毅，沉稳如山。

“这两个见证人，一个是你外甥，一个是你的前保镖，曾经受雇于你，都跟你有着利益关系，所以不能成为见证人，我恳请法官，将这份遗嘱作废。”

正是车到山前疑无路，柳暗花明又一村，众人神情一震，嗡嗡作响。

于思思的脸色一白，强撑着解释，“我反对，这纯属是猜想，没有事实依据，我要澄清一下，这个不是我外甥，只是一个我和震宇都认识的小朋友，震宇很喜欢那孩子……”

苏流年帅气地扔出一份资料，“是你表姐和前夫所生之子，多年不往来，所以外界都不知道你们的关系，但在去年偷偷相认，今年四月你送了一套房子给他。”

他所说的每一个字都有辅佐证据，非常的清楚明了，法官见了，不禁微微点头，这份细致的资料，足以证明他的强大实力。

他的话刚说完，坐在他身边的静好立马站起来，补充说明一点，“根据《继承法》第十六条第二款规定，立遗嘱人应在自己意识清晰的时候，有两个没有利害关系的见证人在场见证的情况下，在没有任何外来压力的情况下，清楚表白自己的真实意志，如有必要，最好进行遗嘱公证。”

她口齿伶俐，声音清脆悦耳，两个人配合默契，并肩站在一起，一个温润如玉，一个皎如明珠，交相辉映，般配极了。

在铁一般的事实面前，于思思的脸色越来越苍白，嘴唇直哆嗦，“我不知道亲戚不能当见证人，这只是一件小事，没什么大不了的。”

苏流年嘴角一勾，淡淡的嘲讽道，“确实是没什么大不了，却是法律明文规定，任何人都要依法行事。”

于思思不甘心就此失败，还在挣扎，“我保镖已经离职。”

这个漏洞她一直没发现，居然在法庭上被对方抓住不放，不愧是法律界最知名的金牌律师。

她忍不住狠狠瞪了自家的律师一眼，没用的废物，也不事先提醒她一声。

吴兵愁眉苦脸，居然轻易被苏流年翻盘了，气死了。

这也不能怪他，当事人不说，他怎么知道这两个见证人是哪根葱？根本没注意这些小细节啊。

“在签署这份遗嘱时，你们是受雇关系，所以不能成立。”

他抽出一份资料，正是那个保镖的履历表，上面清楚的注明今年三月还是在职员工，在五月的时候离职。

铁证如山，法官直接做出裁定，“这张遗嘱不能当成证据，作废。”

杨海伦母女和杨军母子拍额称庆，欢欣鼓舞，开心得哈哈大笑。

于思思气得眼前发黑，差点晕过去，“这不公平！”

正在此时，一名身着制服的书记官面色匆匆地走进来，在法官耳边低语了几句，法官愣了足足五秒，站起来大声宣布。“有新的情况，第二份遗嘱出现了。”

如一颗重型炸弹在人群里炸开了，所有人瞠目结舌，“什么？”

法官直接做出决定，“让她进来。”

门被推开，走进一个身着黑衣的女子，二十四五岁的模样，长得挺漂亮，手里抱着一个小孩子，孩子很小，二岁左右，唇红齿白，粉粉嫩嫩的样子。

她身边跟着一个精明的男子，米静好看着有些眼熟，咦，这不是她的学长陈辉吗？高几届的，当年是学校的风云人物，辩论赛的常胜将军，听说这几年混的风生水起。

法官示意女子站过来，“听说你手中有杨震霆先生的遗嘱？”

那女子有些怯生生的，乌黑的眼睛水润，有种我见犹怜的风韵，“是，我叫沈雪，跟杨震霆交往三年了，我和他育有一子，这是孩子的出生证，这是杨震霆先生留给我的遗嘱。”

陈辉将证明资料递到法官面前，孩子的出生证父亲一栏是杨震霆。

而遗嘱上写明将他名下公司股份的一半留给儿子，在儿子成年之前由生母代管。

“根据遗嘱，我的儿子将有权得到他一半的家产，请法官大人主持公道。”

这突发事件，让所有人都目瞪口呆，有些难以接受。

一波不平，一波又起，波折不断，注定了是一场高潮迭起的闹剧。

她的存在没人知道，要不是杨震霆忽然去世，估计还会继续瞒下去。

江明月彻底崩溃，情绪激动的大喊大叫，歇斯底里，恨死了老公，一再的背叛，一再的伤害，甚至剥夺了她们母子的合法权益。

杨海伦呆若木鸡，脑子一片空白，什么反应都没有。

其他二任妻子也发疯似的尖叫咒骂，现场一片混乱。

几位律师面对这样的情况，头皮发麻，叫苦不迭，太坑了。

在一片嘈杂声中，苏流年提出了请求，“麻烦给我看一下遗嘱。”

书记员将遗嘱复印件给他，他仔细研究起来，行文严谨，应该出自知名律师之手，见证人两个，也符合规矩，咦，这是……

静好忍不住凑过去细看，脸挨得很近，苏流年闻到淡淡的水果味，不动声色瞥了她一眼，近的能看到她脸上的绒毛，细细的小小的，很可爱。

他喉咙一紧，咽了咽口水，心跳莫名地加快了几秒。

静好忽然发出一声惊叫，“啊，这遗嘱不对。”

全场皆惊，纷纷看过来，杨海伦顾不得跟她的恩怨，急急地催促，“哪里不对？快说啊，急死我了。”

静好眨了眨眼睛，确信自己没有看错，露出灿烂的笑容，自信而又从容。

“诸位请看，这签定日期是去年八月，而于思思出示的遗嘱时间是今年三月，这样的协议是不成立的。根据规定，立有数份遗嘱，内容相抵触的，以最后的遗嘱为准。换句话说，后出的遗嘱优先，之前的遗嘱全部作废。”

她终是年轻，沉不住气，兴奋的两眼晶晶亮，这么大的漏洞被她抓住了，哇咔咔，好开心。

律师们不约而同地精神大振，喜出望外，“对对对，太好了，这张遗嘱只能作废，没用的。”

沈雪脑袋嗡嗡作响，被噩耗砸得晕头转向。

她的代理律师陈辉呆了呆，“什么？小师妹，请帮我解释一下前因后果。”

静好有些意外，没想到学长会认识她，奇怪，她又不是风云人物。

按下好奇心，她落落大方地陈述了一下刚才的事情。

陈辉听完来龙去脉后，忽然提出异议，“问题是，在第一张遗嘱没有法律效力的情况下，第二张遗嘱为什么不能生效？排位赛还能递进呢。”

吴兵立马表示不同的意见，“但法律也没有规定，可以递进啊。”

这确实是个问题，法律没有具体的规定。

几方律师顿时展开一场激烈的唇枪舌剑，为自己的利益而战，有的坚称遗嘱有效，有的坚称无效，各有各的立场，一时之间火药味很浓，快要掐起来了。

但苏流年出奇的安静，一声不吭，非常的低调，但他天生是发光体，就算安静地坐着，也没法让人忽视他的存在。

大家吵翻了天，也吵累了，终于想起了他，纷纷请他发表意见。

作为行业的顶尖人物，他有着举足轻重的地位，他的言语也在不经意间影响着案情的发展。

苏流年沉吟半晌，没有急着开口。

吴兵眼中闪过一丝嫉妒，“苏大律师，怎么不说话？非要别人三请四请，想彰显你的重要性？还是词穷了？”

“压轴的永远在最后。”苏流年二两拨千斤，轻易化解对方的攻击，“我认为这两张都是废纸，出于公平公正的原则，我请求根据继承法分配遗产，米静好，继承法是怎么明文规定的？”

米静好眼睛一亮，她过目不忘，熟读每一条条文，娓娓道来，“根据继承法第十条，遗产按照下列顺序继承：第一顺序：配偶、子女、父母。第二顺序：兄弟姐妹、祖父母、外祖父母。继承开始后，由第一顺序继承人继承，第二顺序继承人不继承。没有第一顺序继承人继承的，由第二顺序继承人继承。非婚生子女享有同样的权利。”

不得不说，这符合大部分人的利益，但是，有遗嘱的人岂能善罢甘休？

而且前面两任妻子都跟杨震霆没有切割财产，需要重新整理，杨家这场官司注定很麻烦。

在利益面前，撕得很用力，很难看。

第十一章

到了傍晚，都没有得出一个合理的结论，最后法官宣布第一次开庭至此结束，择期再开庭。

法官一离开，杨海伦就奔过来，兴奋的两眼晶晶亮，“苏流年，我就知道你是最棒的，你好厉害。”

他的表现太抢眼了，力压群雄，要不是他，今天就完蛋了。

乔梅笑容满面，一迭声的表示感激，“苏律师，今天真是太谢谢你了。”

她越来越喜欢这个年轻人，有这样一个女婿，是件很不错的事，最起码不用担心被人欺负。

面对盛赞，身经百战的苏流年荣辱不惊，“不客气，这是我的工作。”

杨海伦恨不得化身袋鼠，扑到他身上，痴迷的眼神盯着他，“苏流年，我请你吃晚饭，就当是感谢。”

苏流年淡淡地婉拒，“我约了人，下次吧。”

杨海伦不知是听不懂，还是故意的，“约了谁？我不介意一起玩，你的朋友就是我的朋友。”

苏流年不耐烦了，听不懂拒绝吗？“我介意，静好也介意。”

米静好嘴角扯了扯，这下子又被人恨上了，不过，又怎么着呢？

杨家母女的脸色大变，“呃？你们？”

苏流年微微颔首，拉着静好就走，杨海伦气得直翻白眼。

车子里放着那曲浮夸，单曲循环，激奋高亢的声音响彻车内，轻易打动人心。

静好咬着嘴唇，眼珠滴溜溜地转，“你的表现很精彩，很值得我学习。”

她不得不承认，他们之间有着很大的距离，他不负盛名，经验丰富，气度不凡。

发自内心的赞美，谁都爱听，何况是出自心爱女子嘴里，更是意义非凡，苏流年微微一笑，流光溢彩，“你也很棒，对法律条目如数家珍，张口就来。”

她的表现可圈可点，跟他配合得天衣无缝，极为抢眼，经此一战，她在业界算是彻底站稳了。

静好小脸微红，有些高兴，也有些害羞。

“这算什么，谁不会呢？你事先知道有那份遗嘱吗？”

这一点让她始终迷惑不解，好奇万分。

“不知道。”苏流年很坦然，不闪不避。

“可是……”静好眨巴着眼睛，百思不得其解，他的反应不像是一无所知啊。

苏流年扫了她一眼，嘴角轻扬，“在调查案情时，不仅要做常备的功课，还要收集各种资料，包括当事人的各种人事关系和生活细节，总有用到的时候。”

米静好恍然大悟，原来如此，对他佩服的不行，太牛了。世人只看到他百战百胜的风光，却不知他背后付出了多少艰辛的汗水，做了多少常人不知道的努力。

苏流年很享受她佩服的眼神，要是能换成爱慕的眼神，他会更加的喜欢。

“每一份付出，都会得到收获。”

米静好的心一动，“我明白了，谢谢。”

他这是点拨她吗？她心领了！

苏流年挑了挑眉，俊美的面容透出一股邪气，似笑非笑，“这是我独家法宝，你学去了，是不是该有所表示？”

表示？纳尼？米静好看呆了，傻傻地睁大眼睛，“你想要什么？”

苏流年嘴角一勾，溢出一丝笑意，“烛光晚餐，看电影，逛街。”

这是情侣约会的保留节目，晕，米静好的脸爆红，心跳如雷，害羞地表示，“这是不是太快了？”

苏流年笑吟吟地道，“我已经表白了，接下去约会，很正常。”

他理所当然的样子，把米静好震晕了，“我没接受！”

她害羞又倔强的表情，让苏流年深感有趣，“没反对就是默许！”

“这是狡辩。”米静好羞窘难当，恨不得找个地洞钻进去。

苏流年淡淡地道，“你有权保持沉默，但我拼死捍卫追求你的权利。”

用一本正经的语气，说着这么搞笑的话，静好被逗笑了，“噗，真讨厌。”

皎洁的月光下，露台上烛光摇曳，乐声悠扬悦耳，晶莹剔透的水晶高脚杯，红艳艳的酒液，环境幽静，气氛浪漫而又唯美。

一眼望出去，碧蓝的海水如宝石般美丽，波涛一阵阵传来，宛若是海外仙境。

一对出色的男女相对而坐，四目相投，情意在不经意间流泻。

微风吹过，浑身沁凉舒服，静好抿了一口美酒，香醇的味道在嘴里化开。

苏流年微微一笑，“好喝吗？”

静好眼睛晶晶亮，满眼的喜悦，“不错，这是你的私家珍藏？”

这瓶酒是他寄存在这家私人会所，每次来都喝上一杯，口感很醇厚。

苏流年懒懒地靠在椅子上，白色的衬衫袖子微微卷起，露出一截古铜色的手臂。

“对，你喜欢就好。”

静好不得不承得他是个很会享受的男人，美景，美食，幽静优美的环境，再加上美酒，都让人心旷神怡。

她酸溜溜地吐槽，“有钱人。”她这辈子都不可能赚到这么多的钱。

苏流年一双如墨玉般的眸子深深地注视着她，若不小心，会被吸卷进去，“我不介意跟我的妻子共享财富。”

静好的心跳猛地加快，这是暗示吗？耳颊渐渐发烫，“这么努力赚来的钱，跟别人分享，是不是太亏了？”

要知道，他是利益为先，一切朝钱看的人，怎么舍得分享？这本身就是一件很神奇的事。

苏流年的心情很好，说话很风趣，“夫妻一体，她的就是我的，我的就是她的，有区别吗？”

他认真的表情，暗有所指的眼神，让静好怦然心动，小脸爆红，乱七八糟地随口应道，“有，你的是她的，她的还是她的。”

她话刚说完，就傻住了，这话完全不经大脑。

苏流年愣了足足两秒，随即哈哈大笑，笑意柔化了强硬的脸部线条，多了一丝温情，少了一份咄咄逼人的气势，看着温和可亲。

静好难得见到他如此放肆大笑的模样，不禁痴痴地看了好久，好帅！男色迷人！

苏流年见惯了女人痴迷的眼神，平时觉得厌烦，可这一刻，满心的欢喜，像喝醉酒般醺醺般。

静好惊醒过来，手足无措，羞红了脸，今天这是怎么了？一再地犯花痴，丢死人了。

她不好意思再看他，视线乱飘，被台上的表演吸引了心神。

一个身着白色礼服的年轻男子坐在钢琴前，深情款款地吟唱，美好得如梦如幻。

“哇，好酷。”

对会弹琴的男人，完全没有抵抗能力。

苏流年深深地看了她一眼，忽然站起来，快步走过去，静好吓了一大跳，“喂喂，苏流年，干吗呢？”

苏流年走上台，轻拍钢琴师的肩膀，在他耳边低语几句，钢琴师笑着站起来，将位置让给他。

现场一静，所有人都看着台上，苏流年含笑环视四周，“这首喜欢你，送给我的女朋友。”

他的视线落在静好身上，眼中的情意毫不掩饰。

众人拍手叫好，纷纷起哄，欢呼声震翻天。

静好浑身滚烫，一颗心跳的狂乱无比，却舍不得眨眼，舍不得移开视线。

苏流年坐在钢钢琴前，调了一下音，熟悉的旋律响起，四下一片寂静。

“细雨带风湿透黄昏的街道抹去雨水双眼无故地仰望望向孤单的晚灯是那伤感的记忆再次泛起……”

温醇磁性的歌声一响起，静好后背一阵战栗，浑身鸡皮疙瘩都起来了。

太好听了！上次唱浮夸唱出了冲天的气势，而这次他唱出了百转千回的柔情和缠绵之意。

他居然还会弹琴，而且还谈的这么好！！！

果然是妖孽！

苏流年穿着银灰色的手工定制西服，面如冠玉，眉眼飞扬，如芝兰玉树，说不尽的风流倜傥。十指在黑白琴键翻飞，优雅如童话故事里走出来的王子。

月光如泄，歌声缠绵悱恻，深情款款，美人如玉，风华绝代，此情此景千年难得一回。

静好捂着胸口，气血翻腾，感动得热泪盈眶，隐忍的情意终于破茧而出，化为美丽的蝴蝶，在月光下翩翩起舞。

这一刻，她尝到了久违的幸福，被人深爱的喜悦，被珍惜的欢愉。

这就够了！

不管将来如何，这一刻，他是真心的，而她是幸福的！

她想……抛开一切，轰轰烈烈的再爱一次！

人生苦短，想爱就爱，想恨就恨，享受人生中美好的感情吧。

不试一试，又怎么知道将来的事呢？

就算将来不尽如人意，她也无怨无悔，深爱过的人生才是完整的！

她不愿意多年后，回想时这一刻，后悔懊恼，怅然若失！

最起码她努力过，尽力过，争取过，没有辜负过！

一曲唱罢，掌声如雷般响起，羡慕的目光将他们俩包围。

“哇，好浪漫，好痴情。”

“唱的好好听，我都被迷住了。”

“这么帅的男人，又会弹琴，又会唱歌，太完美了，求一个这样的好男人啊。”

在众人炙热的目光中，苏流年一步步走到静好面前，托起她的脸，轻轻拭去她眼角的泪。

“好听吗？”

“嗯。”静好用力点头，生怕不够似的，又点了一次。

苏流年深深地看着她，如同看到她心里去，“喜欢吗？”

米静好的芳心一颤，有一丝惶恐，有一丝惧怕未知的将来，却勇敢地抬起头，“喜欢。”

清脆如铃的声音在苏流年心底泛起一丝浓浓的喜悦，迅速蔓延到全身，眼睛闪闪发亮。

“亲一个，亲一个。”众人起哄声不断，气氛一下子达到高潮。

静好紧张的满面通红，呼吸都有些困难，慌乱不已的微微闭眼，长长的睫毛扑闪扑闪的，惹人怜爱。

苏流年微微低头，轻轻落下一个轻吻，轻如蝶翼，却透着一股珍惜和爱怜。

“不要怕，我永远也不会伤害你。”

清朗温柔的声音在她耳边响起，她却微微苦笑，“不要说永远。”因为她不信。

苏流年紧紧拥住柔若无骨的娇躯，心口微微泛疼，傻瓜。

电影院人潮涌动，到处都是人，苏流年在网上订好了电影票，不用苦逼的排队了。

提着一大袋零食，两个人手牵着手，在人群里游走，慢悠悠地走进电影院。

静好惊讶地发现，居然是私密度很高的情侣座，顿时囧了，这个男人简直是……让人汗颜！

苏流年却非常的满意，“不错，要的就是这种感觉。”

静好故意忽视暧昧的环境，笑眯眯地打趣，“别告诉我，你好久没来电影院了。”

苏流年一脸的惊讶，顺手捏了一把小手，“你怎么猜中的？我还真的三年没来了。”

随着他的名声越来越大，找上门的客户也越来越多，几乎没有了娱乐休闲的私人空间。

静好都有些同情他了，“牺牲私人生活，来换取财富，真的值得吗？”

苏流年聪明的没有回答这个问题，反而笑着表示，“我会抽空多陪陪你。”

静好在黑暗中翻了个大白眼，谁稀罕呢，哼哼。

“翻白眼？看来对我很不满啊。”

“啊。”静好下意识地伸手捂着双眼，紧张兮兮地问道，“你怎么知道的？”

她率真的举止逗乐了苏流年，好可爱，好想咬一口。

挑了一部爱情片，节奏控制得不错，台词精彩，情节一波三折，静好看得很入神，连被抱入苏流年怀里，都不知道。

苏流年对影片不感兴趣，将静好抱在腿上，把玩着她的头发，细细地观察她的表情。

她的表情随着剧情变来变去，或喜或悲或恼，灵动鲜活，这让苏流年感觉很新鲜。

从来没有这么近距离地接触过一个女生，最先引起他注意的，是她黑白分明的性子，热血冲动，坚持真理的不妥协。

她身上有一种韧性，只要她认定的事情，九头牛都拉不回来，棱角分明，个性十足。

对他来说，这是一个另类，他忍不住多关注了几眼，但看着看着，不知不觉中着了迷，莫名其妙的喜欢上她。

她的率真，她的勇气热情，她的坚持倔强，深深地吸引了他，让他不知不觉中陷落进去。

影片过半，静好无意中一回头，惊见那双炯炯有神的眼睛，才发现自己居然坐在他怀里。

她的头脑一热，不知所措地瞪大眼睛，乌黑纯净的双眸没有一丝杂质，如一双黑宝石，苏流年的心痒痒的，忍不住吻上去……

静好小手揪着他的衣服，小脸潮红，倒在他怀里细细的喘气，本该是最旖旎的场景，她却忍不住开口，“你是认真的吗？”

她也知道自己太煞风景，但是，内心的不安让她忍不住想问问，要一个明确的答复。

女人啊，就是这么矛盾纠结。

苏流年有一搭没一搭的轻抚她的长发，细滑的手感让他爱不释手，“前所未有的认真，我不玩感情游戏，没那个时间，也不屑。”

他向来骄傲，洁身自好，从来没爆出过绯闻。

静好的心里踏实了许多，也是，他这么骄傲的人，不屑于玩弄她的感情，她只是一个名不见经传的小律师而已，没有他觊觎的地方。

“你哪天要是爱上了别的女人，就请先告诉我，不要瞒着我，我最讨厌脚踏两只船了。”

“我不会……”苏流年无奈的叹了口气，在心里将沈默骂了无数遍，整一个废物，害她如此没自信。“好，我答应你。”

影片结束时，灯光亮起来，人潮纷纷涌出去。

苏流年等人走得差不多了，才护着静好走出去，静好心中甜甜的，这是男朋友的福利，不错呀。

她忍不住抬头，冲他甜甜的笑，苏流年揽着她肩膀的手一收紧，低头在她脸颊偷了一吻。

静好一转头，无意中扫到一个身影，不禁惊咦一声。

“怎么了？”苏流年连忙拉着她细看。

静好揉了揉眼睛，咦，那道身影不见了，“没事，我可能眼花了。”

苏流年有些狐疑，却没有再问，牵着她的手走出门口，左边转出两个相携的身影，迎面撞上。

对面的人吓了一跳猛地分开，陈辉挤出一丝笑容打招呼，“苏律师，真巧。”

苏流年一怔，目光在对面两个人身上打转，“确实挺巧的，居然在这种地方遇上两位。”

居然是陈辉和沈雪，如果他刚才没看错的话，他们还手挽着手，非常的亲昵。

陈辉清咳两声，神情恢复如常，“晚上约了沈小姐谈案情，正好朋友送了我两张票子，就一起过来看，小师妹，你怎么跟苏律师在一起？”

他也没想到会在这种场合遇到熟人，非常尴尬。

米静好双眼睁得大大的，震惊得说不出话来，律师和当事人相约看电影，怎么看都不对劲啊，有问题。

苏流年见状微微摇头，还是太嫩了，不会掩饰情绪，不过这样纯粹的她，才是他最喜欢的。

“男女朋友不在一起，才是怪事吧。”

陈辉的视线落在两人相握的双手，眼神一滞，“什么？小师妹，你跟苏律师在谈恋爱？”

苏流年轻轻掐了她一把，她才清醒过来，挤出干巴巴的笑容，“是啊，刚开始，希望学长能帮我保密。”

她是个很直爽的人，谈恋爱又不是坏事，他未娶她未嫁，没必要矢口否认。

“没问题。”陈辉的神情有一丝复杂，“对了，我也不想别人误会，今晚的事……”

米静好很上道，笑眯眯地点头应了，“明白，就当我们今晚没见过面。”

这是别人的私事，她不想管，也没必要管。

陈辉暗松了口气，如释重负，“小师妹越来越聪明了。”

一直沉默不语的沈雪眼神一闪，忽然开口了，“米律师，你果然是聪明人，有苏律师提携，成为律政界的新星指日可待，真是让人羡慕。”

米静好的笑容一僵，什么意思？

苏流年微微蹙眉，不动声色的反击，“这是别人羡慕不来的福分，沈小姐，你这么有空陪男人出来看电影，不如回去多陪陪孩子，白天上法庭抢家产，晚上就陪男人玩，真有精神。”

他的语气充满了嘲讽，字字都戳中沈雪的要害。

他的女朋友他可以欺负，但别人嘛，想都别想。

沈雪一脸的无辜单纯，像个不解世事的少女，看不出已经为人母，“苏律师，你凭什么这么说我？我什么都没做，问心无愧。”

米静好愣住了，法庭上的怯弱惶恐，如今的道貌岸然，哪一个是真实的沈雪？

苏流年本想睁一只眼闭一只眼，懒的多管闲事，可惜人家不肯啊，“杨震霆先生刚去世的时候，你为什么没出来？现在又为什么冒出来？我挺好奇的。”

沈雪似是被戳中了痛处，当场冷下脸，“无可奉告，这是我的私事。”

苏流年微微摇头，一脸的怜悯。“我要是你，绝不会在这个时候乱逛。”

沈雪的心底升起一丝不知名的担忧，“你什么意思？”

苏流年没有再理会她，拉着米静好扭头就走。“你跟陈辉很熟？”

“不熟。”米静好有些反应不过来，迷迷糊糊的，“不对，应该说素不相识。”

见他不相信，她不禁急红了脸，“真的啦，我们理论上是不认识的，我只是远远地见过他几次，知道他的名字，毕竟是学校的风云人物嘛。”

苏流年拉开车门，让她坐进去，细心地替她扣上安全带，“不要急，我没怀疑你说假话，我只是有些好奇，他似乎知道你这个人，还印象很深。”

米静好眼睛一亮，自恋的轻抚脸庞，“难道我长的太漂亮了？他无意中见到我，就惊为天人，从此在心中暗恋我？”

“哈哈哈，来，看看镜子。”苏流年笑得前仰后翻，将前视镜对准她。

“还是很美嘛。”她左照右照，镜中的女孩子神采飞扬，气色极好，白里透红，粉粉嫩嫩，像含苞欲放的桃花，她嘟了嘟小嘴，做了个鬼脸，“米静好，你怎么这么漂亮，这么好看捏？苏流年，你现在知道自己有多幸运了吧。”

苏流年哈哈大笑，怎么这么可爱呢？

有爱情的滋润，静好神采飞扬，明艳动人，气色极好，整天笑眯眯的，让四周的人都能感受到春天来了。

“米律师，你谈恋爱了？”小美跟在她后面，忍不住好奇的追问。

静好清澈的眼睛明亮又闪烁，笑而不语，眉眼之间俱是温暖的笑意。

手机铃声响起，她迅速拿起来，视线扫过屏幕，有些失望。

“学长？有事吗？”

陈辉的语气轻扬，情绪很是高涨，“有些事情想跟你谈谈，晚上一直吃饭吧。”

“这……”静好犹豫了一下，不知苏流年会不会请她吃晚饭？

陈辉敏感地意识到她的迟疑，声音一顿，“约了人？不方便？”

“也不是啦……”静好没有约人，但她很想多点时间跟苏流年相处。

也不知他晚上有没有空？两人约会的话，都会在下班之前敲定，没办法，太忙了，随时都有工作邀约。

在不影响到工作的情况下谈恋爱，也蛮辛苦的，但甘之若饴。

陈辉沉稳的声音在耳边轻轻响起，“案子方面的事情，我想跟你沟通一下。”

静好想了想，答应了，挂断电话右手托着下巴，一双乌黑的眼睛滴溜溜地转，算了，公事要紧，约好了不影响彼此的工作。

想明白了，她郁气全消，精神抖擞的投入工作中。

快要下班了，电话适时的响起，熟悉清朗的声音传进耳里，静好眉眼添上了一丝淡淡的喜色。

“下班我来接你，在老地方等，我订了位……”

正处于敏感时期，静好坚决不想曝光恋情，每次接送车子都停在不远处的小巷子里，低调而隐蔽。

静好有些遗憾，娇嗔道，“约了人，谁让你这么晚打来呢？”

苏流年很意外，心底闪过一丝失落，“好吧，那我预约明天的晚餐，米大小姐，请赏脸。”

听得出来，他很失望，但尊重她，给了她最大的空间。

“看你这么有诚意的份上，答应你喽。”静好发自内心的喜悦，明媚的笑浮现在脸上，“对不起嘛，今晚你就乖乖的……”

苏流年的心口一阵温暖，嘴角轻扬，溢了一丝淡笑，“没人陪，只好回家吃方便面。”

下班的时候，静好发现天空飘着蒙蒙细雨，湿答答的，水雾迷蒙，她微微皱眉，最烦这种鬼天气，让她忍不住想起那些不愉快的往事。

她挥了挥脑袋，挥走那些乱七八糟的思绪，车子送去检修了，这种时候叫出租车，真的好难。

耳边传来熟悉的声音，她猛地转头，颀长挺拔的身影映入眼帘，忍不住微微一笑，清艳绝伦。

进了餐厅，轻扬的乐声传来，如置身阳春三月，环境清幽优美，别有一番异国风味。

“静好。”陈辉坐在窗边，第一时间看到她，站起来冲她直招手。

静好拂了拂微湿的头发，浅笑盈盈，“学长，不好意思，我迟到了，堵车堵的厉害。”

“我也是刚到，没料到下雨了，快擦擦。”陈辉塞了张面纸给她，很是亲切，“小学妹，你更漂亮，更加自信了，我还记得你大二时参加辩论赛，神采飞扬，言语犀利，却长得很萌软的模样，反差萌让人印象深刻。”

静好的动作一顿，努力回想，她大二时确实挺喜欢参加辩论比赛，喜欢棋逢对手的感觉，喜欢唇枪舌剑时的热血沸腾。

“呃？学长也去看了？”

陈辉微微颔首，温文尔雅，“一场都不落，很精彩。”

他叫来服务生，点了好几道菜，还是静好拦了下来，浪费就不好啦。

静好捧着热气腾腾的茶杯，却不喝，开门见山，“不知学长有什么事？”

陈辉怔了怔，随即轻笑起来，“还是这么直爽性子急，一点都没变。”

他感慨万千，追忆往事，静好却茫然不已，疑窦丛生，他们很熟吗？

菜一道道上来，陈辉打住话头，热情的劝菜。“先吃饭，都是你爱吃的菜，尝尝看味道如何？”

剁椒鱼头，毛家红烧肉，红烧烤麸，清蒸河虾，菜心炒香菇，每一道菜都是静好的心头好，不禁震惊万分。

“学长，你怎么知道的？”

陈辉深深地看了她一眼，神情有些复杂，“只要有心，天下无难事。”

静好呆住了，愣愣地看了他半晌，忽然轻叫，“学长，你是在勾引我吗？”

“……”陈辉傻眼了，这么直接真的好吗？

静好真的猜不出他的想法，干脆直接问，“我比较笨，有话就直说，没必要兜圈子。”

陈辉的神情复杂的无法用言语形容，沉默了良久，“小学妹，我对你确实挺有好感的。”

“你跟沈雪……”静好脑袋晕乎乎的，感觉很玄幻，有好感？怎么可能？

她揉了揉眉心，感觉很不好。

“跟你开个玩笑。”陈辉神情一松，哈哈大笑，“你的脸色都吓白了，傻丫头。”

这是一个玩笑？静好长长松了口气，没有多想，“有这么欺负学妹的吗？当心我打击报复哟。”

哪句是真，哪句是假，她不想知道，更不想深究。

陈辉看在眼里，在心里轻轻叹了口气，“我想，我们可以合作一把。”

静好瞠目结舌，像是听到了天方夜谭，纤细嫩白的食指对准自己，“合作？我和你？”

陈辉收起笑脸，神情非常的严肃，“希望你说服苏律师，跟我联手，先将两家挤出局，我们再来分胜利的果实。”

他跟苏流年不熟，而且苏流年高傲的性子很难接近，不得不借助这个学妹，虽然这是他最不想用的手段。

静好微微蹙眉，迅速进入状态，“沈雪没有多少胜算，那张遗嘱没有什么用。”

她是站在她当事人的角度分析问题，专业，冷静，不带私人情绪。

陈辉替她倒了一杯白开水，轻声细语，耐性十足，“有没有用，就看我们怎么合作，不是吗？我想江女士也不想拖的太久，对她没有好处，毕竟如今大权在于思思手里，万一她转移财产就麻烦了。”

静好恍然大悟，这是让她从中牵线搭桥，通过她这座桥梁达到说服苏流年和当事人的目的。

这是司空见惯的，但是，她没办法容忍这样的私下交易。

“我恐怕……”

恐怕无能为力，她也不想这么做。

右肩被轻轻按住，清朗的声音在身后响起。

“静好，真巧，你约了陈律师吃饭？怎么不叫上我？”

男子玉树临风，光华流转，风度翩翩，让人眼前一亮，光是站着，就吸引了很多目光。

静好的身体一僵，晕，他怎么跟来了？

苏流年亲昵的俯身，轻拂她额头的发丝，笑容清雅绝艳。

“陈律师，我家静好单纯天真，是个傻孩子，别人说什么都信，很好哄骗，不过，这样的她才更可爱，不是吗？”

陈辉怔怔地看着静好，又看向苏流年，眼神闪了闪，“只是同学小聚，苏律师日理万机，不好意思打扰。”

他很客气，但透着一股别样的含义。

苏流年顺势在静好身边坐下，长臂揽住女友的肩膀，占有欲十足的姿势，“虽然忙，但陪女朋友的时间总是有的，陈律师，你有时间也多陪陪沈雪小姐，免得她太寂寞了。”

陈辉的脸色一变，淡淡地道，“她不是我的女朋友。”

“我也没说什么。”苏流年笑得云淡风轻，眉眼飞扬。

两个男人隔空相望，神情各异，深幽如一望无际的大海。

陈辉知道没法谈了，率先站起来，“时间不早了，我先走了，下次再约。”

看着急急离开的身影，静好没好气地瞪了苏流年一眼。

苏流年拿起公筷，帮静好夹菜，静好面前的盘子堆成小山，他始终没有开口，默默地看着她。

静好被看得心里毛毛的，莫名地不安。

“干吗用这种眼神看我？我知道自己貌美如花，人见人爱，但我也会害羞的。”

“笨蛋。”苏流年轻戳她的脑门，恨铁不成钢的语气。

静好顿时恼了，不高兴地顶了回去。“看上笨蛋的是什么？”

倔强的小丫头啊，苏流年很无奈，捏捏滑嫩的小脸蛋，“你呀，以后不许跟男人单独相处，那些男人都不怀好意……干吗？”

米静好果断地一把推开他，板着一张俏脸。“你不让我跟男人单独相处啊，我听你的。”

苏流年哑然，哭笑不得，“臭丫头，就知道跟我耍心眼，我是为了你好。”

她的世界黑白分明，干净又单纯，他很想将她护在怀里，永远保持这份纯粹。

一听这话，米静好顿时炸毛了，拿起包包就往外走，小脸鼓鼓的，“我是个独立的个体，有脑子有思想，而不是被人当成依附品，更不想依靠男人而活，谁都别想哄骗我，苏流年，你不能理解我吗？”

要是不能接受，那只有分手一途。

她虽然不够完美，不够强大，但有自己的想法和自尊心。

她恨死了这句话！

苏流年愣住了，怎么忽然发脾气？什么情况？“你到底怎么回事？好好说，别闹小孩子脾气。”

外面的雨下得很大，水雾连天，白茫茫的一片。

两人的动静有点大，大家纷纷看过来，米静好心口发堵，一阵怒火往上冲，“我不是小孩子，再见。”

她也不知怎么了，一听他哄孩子的语气，就特别上火。

她飞快地跑进雨里，深一脚浅一脚地乱跑，泼盆大雨打在脸上，视线模糊，看不到路状，冰冷的雨点将衣服迅速淋湿，身体发冷，却浇不来熊熊燃烧的心火。

脑袋里浮起很多片段，像走马灯般闪来闪去，最后那句话不停地浮现，为了你好！

为了她好，爸爸出了车祸，为了她好，妈妈最后选择了放弃追诉，她好讨厌这句话，好恨！

不知跑了多久，身体被人紧紧抱住，她吓了一跳，拼命挣扎，“放开我。”

苏流年浑身湿透了，抱着她不放，恼怒不已。“米静好，你跑什么跑？这么大的雨，很容易出事的。”

就跟犯病似的跑出来，不管不顾，冒着大风大雨乱跑，他从来不知道她是这么任性的人。

一道闪电划破天空，映照着米静好惨白的小脸，惊恐不安的眼神。

“别怕，没事的，有我在。”苏流年的心口一疼，下意识地将她抱紧，她在他怀里索索发抖，像受伤的小动物，惶恐极了。

米静好脑袋一片空白，傻不登愣地任由摆布，雪白的小脸没有一丝血色，让人怜惜不已。

不知过了多久，当米静好恢复意识时，已经在苏流年的跑车内，裹着毛毯发抖。

苏流年衣服全湿，光着上身，湿漉漉的头发顺着光滑的脸颊往下流，一滴一滴，沿着修长性感的脖子，流向劲瘦的胸膛，小小的车内，弥漫着浓烈的男性荷尔蒙，熏人欲醉。

只是，一张俊脸死板着，浑身散发着冷飕飕的气息。

任谁被这么莫名其妙地发一顿脾气，都会不高兴的，何况是高冷骄傲的苏大律师呢。

其实吧，只要米静好哄一哄，撒个娇，姿态低点，这事就过去了。

他要的就是一个台阶下，并不是真生气。

但偏偏米静好心情低落，很想找个没人的地方躲起来，静静地疗伤，平复心情。

见他脸色不好看，她的自尊心受伤了，只当他嫌她麻烦，心里委屈又难过。

“前面的路口放我下来，我自己打车回去。”

苏流年的脸色一沉，四周的气压更低了，却激起了静好强烈的逆反心理。

“苏流年，放我下去，听到没有？”

嫌她烦，给她脸色看，那就分手吧。

这话就在嘴边，但不知为何，她就是说不出口，只要一想到分手，心口就隐隐作痛。

昏暗的路灯打在她明丽的小脸，忽明忽暗，不知她在想些什么。

苏流年神情复杂地瞥了她一眼，眉头皱得更紧了，气氛一下子紧绷起来。

车稳稳停在静好的楼下，一道冷喝声打破车内的沉闷，“下去。”

静好刚下车，跑车像箭般飞出去，水花四溅，洒了她一脸，气得她尖叫一声，“啊啊啊，混蛋。”

一夜没睡好，不停地做噩梦，醒来却什么都忘了，静好撑着疲惫的身体，打卡上班。

早晨的阳光透过窗子照进来，照亮了室内，却照不进静好灰暗的心田。

助理小美泡好咖啡端进来，神情有些担忧。

“米律师，你的气色不好，没出什么事吧？”

记忆中的米律师永远元气满满，容光焕发，精神抖擞，意气风发，何曾如此沮丧？

静好的喉咙痒痒的，有些难受，“可能昨晚淋了点雨，着凉了。”

自作孽，不可活，都怪自己，哎。

也不知苏流年还好吗？

小美关切地看着她，“吃药了吗？要不要回去休息？”

静好捂着喉咙，微微摇头，“没事，我撑得住。”

今天有许多事情要处理，还有……已经预约了跟苏流年和当事人沟通案情！

88层的旋转餐厅，装潢得高雅大气，昏暗的灯光，迷离的气氛，浪漫又唯美，最适合情人约会。

摇曳的烛光中，衣香鬓影，杯酒交错，处处透着暧昧的气息。

静好走进餐厅，心里轻轻喟叹，杨海伦特意挑了这么一个气氛浪漫的餐厅，心思可见一斑，可惜啊。

杨海伦喜滋滋地坐在窗边，精心打扮过，一袭黑色的小礼服勾勒出完美的身材。

她紧紧地盯着入口，一颗心扑突扑突乱跳，等着心上人的到来。

一抹熟悉的身影映入眼帘，她的脸色一变，“米静好，怎么是你？你怎么来了？”

静好穿了一件乳白色的及膝裙，乌发披在肩头，轻盈婉约，俏丽生姿，奇怪地反问，“苏律师说要谈正事，有什么问题吗？”

杨海伦有苦说不出，她只约了苏流年啊。

她满腔的热情如被一盆冷水浇下来，一阵透心凉，不禁恼羞成怒，“米静好，你迟到了。”

静好心知有异，却没有点破，“约了晚上8点，现在是7点58分。”

杨海伦蛮不讲理的刁难，怒气冲冲，“我不管，你比我晚到，就是不对。”

静好淡淡地瞥了她一眼，云淡风轻，“我的时间很宝贵，每分钟都是钱，多出来的要另算钱。”

她越是冷淡自持，越激起了杨海伦的怒火，“你这么爱钱，你家人知道吗？”

太不识趣了，一个小律师敢跟她顶嘴，哪来的底气？

静好眼神一冷，却嘴角微勾，露出嘲讽的弧度，“你不爱钱，就放弃争遗产呗。”

风凉话谁都会说，跟个律师斗嘴，真是脑残。

杨海伦气炸了，面红耳赤地怒斥，“这是对当事人该说的话吗？”

静好不客气地反唇相讥，“这是对律师该有的态度吗？”

两个人各不相让，怒颜相向，气氛一下子紧绷起来。

恰在此时，一道清朗的声音响起，“不好意思，我没迟到吧。”

杨海伦跟变戏法似的，怒气全消，笑颜如花，“没有啦，正好是8点，流年，你的时间观念超准，我好喜欢哟。”

声音软嗲到了极点，媚眼流转，眉眼间满满是春色，勾人心魄。

苏流年长身玉立，剑眉星目，在灯光下散发着迷人的气息，他很自然的在静好身边坐下，西装外套随手搭在椅子上，“谢谢，刚接到法院的通知，下一次开庭时间……”

他一如既往的快狠准，不浪费一点时间。

静好闻着熟悉的气息，心乱如麻，不由自主的偷看身边的男人。

还是那么帅，那么优雅自信，那么从容淡然，一投足一举手都自带光芒。

他猛地抬头，两道视线在空中交会，暧昧而迷离，静好的心神大震，低下头不敢再看他，一颗心扑突扑突狂跳。

两人眉来眼去，互动自然，男的俊女的美，坐在一起，有如一对璧人，这一幕深深地刺痛了杨海伦的心，“等一下，苏流年，她对我的态度恶劣，我要求开除她。”

苏流年冷冷的看过去，面无表情的反问，“如果不呢？”

杨海伦有些心惊，咬了咬嘴唇，“那就中止我们的合同。”

这是威胁，也是条件，大家心知肚明，静好的眉头一皱，暗暗生怒，任性的大小姐。

苏流年面色平静，不见一丝怒气，淡然自若，“行，那就中止吧，根据合同，作为违约的一方，你要付双倍的赔偿，钱打进这个银行账号……”

他一副公事公办的语气，一切根据流程走，作为金牌律师，这只是小CASE。

米静好心里甜滋滋的，嘴角轻扬，溢出一丝淡淡的笑意。

反而是杨海伦呆住了，感觉到了背叛的，气愤的声音都变调了，“你不管我了？”

苏流年见过各色各样的当事人，这不是最难缠的，却让他最不喜欢，因为她针对的是静好，他最心爱的小姑娘。

“我尊重每一个当事人的选择。”

梅海伦猛地瞪大眼睛，气怒攻心，不甘心极了，“你就不怕被人耻笑吗？你全胜的记录将不复存在！”

“我不在乎。”苏流年眉眼沉静，依旧是纹风不动。

米静好却做不到无动于衷，心急如焚，“苏流年，要不我……”

她不想要他牺牲，不想他受一点委屈。

苏流年轻轻牵起她的手，眼神专注而认真，如星星在眼中闪烁，流光溢彩，熠熠生辉。

“就这样吧。”

米静好被他拖着往外走，喜悦的泡泡在心底蔓延，像偷吃了糖的小孩子，眉眼溢满暖暖的情意。

大手握小手，牵动着两颗心，心紧紧相连，相同的心跳声让静好感觉到前所未有的安心。

一道身影扑过来，拦住他们的去路，“不不，我只是开个小玩笑，我们谈正事吧，什么时候开庭？我们要做什么准备？”

杨海伦一脸的焦急和不安，她后悔了，不该惹恼了苏流年，在案子未了断前，他是她们母女唯一的指望。

苏流年听而不闻，坚定地推开她，没有搭理她，也没有多看她一眼。

米静好眉眼弯弯，怦然心动，“苏流年，谢谢。”

他是除了她父母外，最维护她的人，不管何时，都挡在她面前，这让她非常的感动和开心。

苏流年拉着她往路边的车子走去，“连自己的助手都保护不了，那么，没人敢跟我合作了，不是吗？”

冷静淡然的语气，像个不相关的陌生人，理智的不像话，这才是真正的苏流年。

静好的笑脸僵住了，鼻子酸酸的，心口堵得慌，他还在生气？

苏流年看着垂头丧气的女孩子，心里轻轻叹了口气。

“还有事吗？”

终是舍不得她受委屈，见不得她无精打采的小模样。

世人都说，他心硬如铁，绝情冷漠，但是，唯独对她，心软的一塌糊涂。

“那个……我……”静好手足无措，无意中手掌擦过他的脸颊，吓了一跳，“你怎么这么烫？苏流年，你在发高烧。”

她踮起脚尖，手抚向他额头，被滚烫的温度吓到了，花容失色。

苏流年神情莫测地看着她，“放开。”

静好心疼坏了，急得眼泪汪汪，用力推他，“我送你去医院。”

一定是昨晚淋了雨着了凉，都是她害的。

苏流年站着不动，眼眸黑如点墨，情绪翻滚的厉害，外表却看不出半点异样，硬邦邦地拒绝，“不用。”

静好急得直跳脚，快给他跪下了，“你别闹，身体要紧，等病好了再生气。”

明明不舒服，应该不早说？工作再重要，哪有身体重要？

真是的，不知道她会心疼吗？

“生气？”苏流年后背挺直，长身玉立，眉眼清冷，“犯得着吗？”

“苏流年。”静好气得磨牙，使出吃奶的力气推他，想将他带到路边，累得气喘吁吁，香汗淋漓。

她百忙中，还不忘扬手叫出租车，夜已深，街道两边的路灯绽放，车水马龙，车流如织。

看着她忧心又紧张的模样，苏流年奇异地感到快乐，眼中的笑意一闪而过，“米律师，请自重，被人看到就不好了。”

他一本正经的模样，特别迷人，浑身散发着制服般的诱惑。

米静好的心快了几拍，脑海里闪过一丝灵光，“苏流年，你怕打针？怕去医院？”

她只是随口一猜，但没想到他的脸微微红了，视线乱飘，她顿悟，轻笑起来，“嘻嘻，我不会笑你的。”

苏流年大囧，却极力维持一本正经的表情，萌得米静好不要不要的，眼冒红心。

杨海伦追出来，正好见到这一幕，心里酸酸的，他们之间像有一条无形的纽带，别人插不进去，这才是最让她郁闷的。

她忍不住跳了出来，“你们太过分了，就这么扔下我风流快活去？怎么能这么对我？”

“……”米静好被她的怨妇脸雷翻了，拜托，会不会说国语？乱用词，差评，“麻烦让让，我们有急事。”

扔下这句话，她亲昵地挽着苏流年，直接绕过她，视而不见。

一股邪火不知从哪里冒出来，杨海伦鬼使神差般地伸出手，在米静好背后重重一推。

“米静好，每次都是你，我讨厌你……”

静好猝不及防被推出去，站在道路中间，一脸的茫然，一辆黑色的车子冲过来，往她方向撞来。

静好呆呆地看着越来越近的车子，明知要避开，但双脚如被粘住了，动弹不得，惊恐地睁大眼睛。

眼见就要撞到她身上，一股大力从后面袭来，将她推到一边，“静好，小心。”

“砰。”一声巨响，全世界都炸了，静好猛地回头，惊恐地看到苏流年倒在血泊中，两眼紧闭。

“不！”米静好如被惊雷劈中，大受刺激，脑袋一片空白，眼中血红，跌跌撞撞地冲过去。

第十二章

当陈岚和江霁云夫妻赶来时，只看到一个面色苍白的女孩子，像失了魂般，她的身体包裹着漫无边际的孤寂，化不开的绝望。

陈岚的心一痛，扑过去紧紧一把抱住米静好，“小米，别怕，祸害活千年，苏流年那么坏，不会有事的。”

米静好热泪盈眶，哭得不能自己，“是他救了我，我还气他，我……”

他愿意舍命救她，为她不顾一切，而她为他做了什么？

陈岚的鼻子一酸，从来没见她哭得这么伤心，轻轻揽着她，不停地安慰，“没事的，会好起来的。”

江霁云眉头紧皱，视线落在另一个女子身上，审视了半晌，“到底怎么回事？好端端的怎么会发生这样的事情？”

杨海伦面色惨白，闻声身体一颤，慌乱地摇头，“我不是故意的，谁让苏流年窜出来，我……米静好，你不要乱说话害我。”

她的心太乱了，连自己都不知道在说什么，真的，这不是她想要的结果。

要是苏流年有个三长两短，她……不敢想象下去了。

静好像是没听到，一颗心被不知名的大手紧紧拽住，连呼吸都有些困住，至于别的事，她一个字都听不进去。

不知等了多久，手术室的灯灭了，身着白大褂的医生走出来，一群人哗啦啦的围上去，“医生，怎么样？”

医生面带疲倦的笑容，“手术很成功，病人脱离危险，需要好好静养……”

米静好如释重负，心中的大石落地，眼前一黑，纤细的身体如秋天的落叶随风而倒，陈岚大惊失色，一把扶住她，“小米。”

杨海伦被请去接受调查，陈岚放心不下，一直守在病房里，一会儿看看昏迷不醒的苏流年，一会儿看看双眼紧闭的米静好，眉头越皱越紧。

不知过了多久，米静好幽幽醒过来，茫然地看着天花板，忽然脸色一变，翻身而起，紧紧拉住陈岚的衣袖，紧张的问道，“苏流年人呢？医生怎么说？他在哪里？我要见他。”

陈岚神情复杂地看着她，她脸上的紧张不安全写在脸上，沈岚心里说不出是什么滋味，扭头看向一边。

米静好顺着视线看过去，看到熟悉的面容，心底涌起一股热流，泪如泉涌，扑过去紧紧握住苏流年的手，像溺水者抱住最后一根浮木，神情痴痴的，舍不得眨眼。

一眼，千年！

昏迷中的俊美男子微微蹙眉，似是做了噩梦，嘴里呓语不断。

“好好，好好。”

米静好的心神大震，泪水哗啦啦地往下流，双手紧紧抱住他，雪白的小脸挨着他的脸，亲密无间。“我在这里，我在，苏流年，快醒醒。”

在她的呼唤声中，苏流年慢慢睁眼，茫然的看着米静好，忽然眼神多了一丝光亮，一丝神采，“没受伤吧？”

声音沙哑难听，但难掩浓浓的关切。

米静好双眼红肿，小脸湿漉漉的，眼睛却晶晶亮，柔情四溢，“没有，我好好的，一点伤都没有。”

苏流年眼中闪过一丝欣慰，脸白如纸，眼皮很沉重，身如重坠，却强撑着不肯闭眼，“不要哭，你哭泣的样子太丑，我不喜欢。”

米静好飞快地用手背抹脸，露出甜甜的笑容，“我才没哭，你摸摸，是干的。”

苏流年费力地伸出右手，轻轻摩挲白皙如玉的小脸，满眼的疼惜，“不要怕，我会好起来的。”

再也抵挡不了汹涌而来的睡意，他默默地睡过去，俊美的面容一片沉静。

米静好痴痴地看着沉睡中的男人，满眼的柔情，空气中弥漫着甜蜜的因子。

陈岚都看傻了，不敢置信地看着他们相握的双手，声音轻颤，“小米，你和苏流年，你们……”

她太过震惊，不知该说什么了，怎么会这样？

米静好脸上浮起一丝甜蜜的笑容，幸福地宣布，“我们在一起。”

她忽然发现，活在当下，爱在当下，才是最重要的。

坦然地说出爱的宣言，是一种幸福。

陈岚已经猜到了几分，但亲耳听到，依旧那么震撼，“苏流年这个人……”

晕，这两个人性格相差太大，不适合啊，他们怎么会一起？

她忽然想起那天早上的事，难道……

耳边响起热烈至诚的爱语，“我喜欢他，很喜欢。”

空气中弥漫着一股浓浓的情意，久久不散。

苏流年毕竟年轻，身体恢复得很快，米静好请了假，专心陪伴在他左右，寸步不离，亲手照顾他，不假手于人。

两人的感情迅速升温中，你侬我侬，羡煞旁人。

静好发现了一个秘密，苏流年很怕吃药打针，能免就免，没想到看似高冷的苏大律师，也有这么呆萌的一面。

她不得不盯着他，打针时也不避开，把苏流年郁闷得不行，“脑袋转过去。”

静好站着不动，笑眯眯地看着他，出言调戏，“看看又不会少块肉，别小气嘛。”

苏流年特别无语，抬了抬线条优美的下巴，“出去。”

“才不要。”静好索性坐在床边，把玩着他的手指，老神在在。

苏流年眼神一闪，“这么想看我的身体？好，等我们回家慢慢看，一次让你看个够。”

静好还没有反应过来，顺口说了一句，“光看有什么用？”

苏流年嘴角噙着一抹淡笑，笑得古里古怪，“你想霸王硬上弓的话，我也可以配合的。”

护士小姐暗暗偷笑，这对活宝情侣真的好好玩。

静好的脑袋轰隆隆炸开了，恼羞成怒，小脸嫣红如晚霞，“臭流氓。”

她捂着脸飞快地冲出去，后面传来爽朗的大笑声，笑声传得很远很远。

阳光正好，静好懒懒地坐在花园里，阳光洒在脸上，很是舒服，微微闭眼，享受这难得的安逸时光。

微风吹过，长发轻拂，发丝在空中飞舞，她嘴角溢出一丝恬淡的笑意，人淡如菊。

不远处，一个身着病服号的男子默默地看着她，眼中的眷恋快要溢出来了。

他不忍心破坏这么美好的一幕，岁月静好，美丽如画，好想拥抱那个骄傲的女孩儿，可惜……

静好感受到两道炙热的视线一直粘在自己身上打转，忍了半晌，不见移开，心中微恼，转头看过去。

咦？是他？他也在这个医院？

“静好。”沈默慢慢走过来，每走一步，都透着一股浓浓的郁气。

静好拍了拍身边的位置，让他坐下来，不喜欢仰着头看人，太累了。

“你的病好了吗？恢复得怎么样？”

沈默默默地坐在她身边，心绪翻滚不已，好久没有靠的这么近，近的能闻到她身上的馨香。

“很好，明天就能出院了，静好，我……有话想说。”

静好淡淡扫了他一眼，“你说吧。”

她的语气太平静了，像对着一个有隔阂的朋友，亲热不足，客气有余。沈默的眉头微蹙，犹豫了半晌，“你跟苏流年在谈恋爱？”

静好万万没想到他会这么说，奇怪地看着他，“你怎么知道？”

他们没对外公布呀。

沈默失望极了，也很难过，声音沉重不已，“那是真的？外面都传遍了，你……不知道？”

静好心中越发奇怪，接过沈默递过来的手机，扫了几眼，顿时色变，气得浑身发抖。“怎么会这样？”

公共社交平台曝光了他们的恋情，还冠上这样的标题。

惊天大秘密：初出茅庐小律师背后的金主

小律师走红之路：傍上金牌大律师的心机女

一战成名？不过是场游戏，一场利益交换

遭遇潜规则？盘点当红律师背后的男人

两女夺夫：谁才是笑到最后的人

在报道中，她成了为上位不择手段的坏女人，而苏流年成了人人喊打的色魔狂，他们没有契约精神，品德败坏，是法律界的老鼠屎。

杨海伦也成了苏流年的正牌女友，她是专门抢男人的狐狸精，一团混乱。配上他们亲密的图片，煞有其事般，把米静好气坏了。

只是想单纯的谈一场恋爱，怎么就被泼了一身脏水？

沈默满眼的怜惜，“静好，你跟苏流年不合适，还是分开吧。”

米静好怒火蹭蹭蹭往上冲，火冒三丈，“这是我的私事，谢谢关心。”

她语气特别冲，但沈默一点都不介意，轻轻地劝道，“静好，苏流年的心思太重，手段太高，你玩不过他的，与其将来伤心，不如现在就分手。”

米静好震惊地看着他，“你相信这些报道？在你眼里，我就是这样爱慕权势，不惜出卖自己的人？”

如果是这样，那她算白认识他一场，算她瞎了眼！

沈默不禁大急，拼命摆手，“没有，我绝对没有这个意思。”

她在他心里是最善良最热情最正直的小女孩，不管发生什么事，她都不会变，一如初见。

只是，她和苏流年之间……

米静好怒气难消，这是谁干的？让她抓到，非告到他进监狱。

这是造谣，是诬陷，构成了刑事罪。

“我不想听到这样的话，你也没有这个资格说三道四。”

沈默神情一黯，轻轻叹息，“是，我没资格，但我真的不想看到你受到伤害，静好，你不知道……”

他们是不可能的，她要是知道真相，一定会崩溃！

现在爱得越深，将来所受的伤害越大，他是真的心疼她！

米静好正在火头上，什么都听不进去，“够了，还是管好自己的事吧，沈默，你还不明白吗？我们已经结束了。”

“苏流年他……”无数话在嘴边，但沈默硬是咽了下去，终是舍不得啊，“你跟他在一起，会后悔的，明知是错，你还要继续吗？”

米静好深深地吸了口气，将那股翻腾的激烈情绪压下去，面如沉水。

“纵然被伤害，我也无怨无悔。”

爱到深处无怨无悔，如飞蛾扑火，这是她对爱情的态度。

扔下这句话，她扭头就走，背影充满了浓浓的怒火。

看着她远去的背影，沈默沮丧不已，心疼地低语，“笨蛋，怎么会这么笨？”

他明知真相，却束手无策，什么都做不了。

后面传来幽怨至极的女声，“你更笨，人家不爱你了，你还缠着不肯死心，好可悲。”

沈默的身体一僵，在冷风中，背影如秋叶般萧瑟。

米静好气呼呼地冲进病房，脸色难看到了极点，苏流年怔了怔，“还生气？我向你道歉……”

米静好有气无力地摆摆手，“不关你的事，我就是有些累了，想早点回去休息，有事的话让护工阿姨打电话给我。”

苏流年敏感地意识到不对劲，一把拽住她的胳膊，“出了什么事？不要瞒我。”

看着他眼中的关切，米静好忽然觉得很委屈，鼻子发酸，“我……”

明明没有做错事情，却满城风雨，被人唾弃，她实在难受。

苏流年等了半晌，没有等到答案，拿起电话拨号，米静好一把抢过手机，犹豫了一下，“网上有些不好听的流言，关于我们的。”

虽然支支吾吾，只言片语，但苏流年立马反应起来，拿起桌边的IPAD上网，脸色越来越难看。

他终于明白发生了什么事，心口一阵阵发疼，“越是这种时候，越要沉住气，别让那些人得意。”

米静好轻捶胸口，委屈的直撇嘴，“可是，我心里堵得慌。”

苏流年张开双臂，表情温柔，“过来，抱抱。”

静好眼眶红红的扑进他怀里，在熟悉温暖的怀抱中，她的心渐渐平静下来，没有什么大不了的，不就是几个跳梁小丑吗？

哼，等着被她吊打吧，混蛋们！

苏流年紧紧环抱住她，低头亲了亲她的发丝，心中溢满了柔情，“这事交给我，你什么都不要想，也不许上网，听到没有？”

他霸道强势的话语，第一次让她感觉很踏实，很安心，因为她知道，不管发生事，他都会护在她面前，为她遮风挡雨。

静好抿了抿嘴，“交给你处理？你还是个病人呢，不宜操劳，我来吧。”

她准备撩衣袖上，谁怕谁呢。

苏流年温热的细吻落在她眉间，气息相融，她的心神荡漾，身体莫名地发热，小脸滚烫。

耳边响起温柔的声音，“静好，你对我来说，很重要。”

米静好第一次发现男人情话这么动听，这么醉了，他眼中的温柔彻底掳获了她，芳心一阵乱跳。

她情不自禁的心花怒放，笑得像个小白痴，“真的？有多重要？”

苏流年低下头，准确的擒住她的嘴唇，辗转深吻，情潮涌动，米静好头晕眼花，情不自禁地回吻……

含糊暧昧的话在唇间流泻，“像老鼠爱小米，爱到想吃了你。”

米静好的身体一僵，随即又羞又笑，小脸红通通的，“噗哧，讨厌啦。”

她终于展颜而笑，苏流年暗暗松了口气，最喜欢看她无忧无虑的笑脸，仿若这是世间最美好的东西。

医院附近的简餐厅，生意兴隆，客人如云，出出进进，经常人满为患，很多是为生病的家人点餐改善伙食。

医院里的食物清淡，没什么味道。

苏流年很喜欢这家的叉烧腊肠饭，米静好经常跑来给他打包，谁让这家生意太好，不肯外卖呢。

窗边的位置，米静好喝着水果汁，只要想到苏流年快要出院，心情就大好。

坐在她对面的陈岚感慨万千，笑吟吟的打趣。

“真没想到，你和苏流年还会有这么一天，当初你们针锋相对，掐架不止的场景，我还记得呢，这算是欢喜冤家吗？”

曾经以为最不可能相恋的男女，莫名其妙的成了情侣，太出乎意料了，她到现在还有些搞不懂。

米静好的俏脸染上一层胭脂，明丽无双，羞答答的捂脸，“阿岚，你别取笑我了，我知道错了。”

人啊，不能太铁齿，别把事情说得太绝。

从一开始的相看两相厌，渐渐走近，相知相恋，她也觉得很神奇。

陈岚早就想来堵她了，但一直太忙，抽不出时间，难得有这样的机会，当然要满足自己的好奇心，“什么时候开始的？快说说。”

“岚姐，你……”米静好可怜兮兮地看着她，不停地拱手，放她一马吧，那些事情说出来很羞耻呀。

陈岚才不肯轻易放过她，笑嘻嘻的追问，不一会儿就将料挖的七七八八，静好节节败退，纠结又郁闷，快给她跪下了。

这姐们的诱供手段越来越高明了，这是跟她家江霁云学的？

正当她满头大汗时，一道亭亭玉立的身影停在她面前，居高临下地看着她，“米静好，我们谈谈。”

是沈雪，学长陈辉的……当事人。

静好愣了一下，“我和你？你没弄错吧。”

沈雪神情冷傲，如千年不化的冰山，浑身透着一股让人不舒服的冷意。“这位小姐，麻烦你让一让，我想跟米静好单独私聊。”

陈岚挑了挑眉，打从心眼里不喜欢这种做派，不就是一个小四吗？装什么逼呢？

静好冲她使了个眼色，陈岚会意地点了点，换了个位置，离得有些远，但在视野之中。

沈雪优雅地坐下来，拂了拂发丝，浑身透着一股矫情的做作。

“我劝你们，不要太过分，凡事适可而止，兔子逼急了还咬人呢。”

她冷冷的警告，摆出很不好惹的高傲架势。

静好脸上闪过一丝错愕，她在说什么？“我不明白，何时你成了吃素的兔子？”

她淡淡的嘲讽，把沈雪惹恼了，横眉竖眼，语气很不悦。

“你别装了，我们两边就此收手，不要让别人渔翁得利。”

收手？一道灵光在静好脑海闪过，难道是……她心里一咯噔，试探地问道，“别告诉我，那些假新闻是你散布的。”

沈雪妆容精致，睫毛又浓又密，像个假人，神情冰冷而不屑。

“你们也回击了，往我身上泼脏水，我是个母亲，让我怎么面对自己的孩子？你们这是要逼死我啊。”

说到后面，她的情绪有些激动，似乎受了天大的委屈。

静好惊呆了，做出那样可恶的事情，她怎么好意思装委屈？好一朵白莲花。她的声音一冷，“你做初一，还不许别人做十五？这是求人的态度？”

她虽然不知道苏流年做了什么，但是，以他的手段，不会让对手好过，他有千百种逼疯人的办法。

沈雪如被针扎般，大声叫起来，“什么求人？我是来谈判的，如果你不能作主，让苏流年过来。”

她还是高高在上的语气，似乎是世界的中心，谁都要围着她打转，也不知哪来的底气？

静好真心看不上这样的女人，人品太差，还背地里坑了她一把。

也不知哪来的仇？哪来的怨？

“我想，他不会想见你。”

沈雪的脑袋高高昂着，趾高气扬地下命令，“给他打电话，快，我的耐性有限，过了这村就没有这个店了。”

静好惊呆了，她明明是来求和的，却端着架子，脑子没病吧？她冷冷地拒绝，“我们不稀罕，你也不用委屈，请回吧。”

沈雪狠狠瞪了她一眼，理直气壮地伸出右手，“把他的电话号码给我，我给他打。”

静好仰头喝了一大口饮料，压下那股想骂人的冲动，用特别鄙视，特别不屑的语气反问，“为什么要给你？”

沈雪果然被气着了，气得直瞪眼，“难道你怕那个男人被我勾走？苏流年虽然很出色，却不是我的菜。”

妈呀，脸真大，居然说出这么不要脸的话，静好怒极反笑了，“噗哧，就凭你这点姿色？我家苏律师眼光很高的。”

既不动声色捧了自己，又捧了苏流年，又狠狠踩了沈雪，一举三得嘛。

沈雪的脸涨得通红，气得胸口起伏不定，咬了咬牙，“既然你这么自信，敢不敢带我去见他？”

这点伎俩瞒不过静好的眼睛，撇了撇小嘴，“激将法对我没用，不过呢，换个方法求我，我说不定会答应哟。”

姿态低点，多说几句软话，这很难吗？

沈雪的眉头微蹙，冷笑一声，“不就是想要钱吗？拿去。”

她开了一张支票，倨傲的扔过去，别提多嚣张了。

米静好愣了愣，心中暗恼，什么人呀？还没有争到遗产，就摆出一副豪门贵妇的架势，恶心死人了。

她扫了一眼支票，嘴角勾了勾，“这点钱就想打动我？这是打发叫花子？”

沈雪面上的不屑越发的浓，“50 万还嫌少？你太贪心了。”

米静好越是生气，越发的冷静，冷嘲热讽道，“你这是想羞辱谁呢？

你觉得自己的未来只值这点钱？”

“哼。”沈雪眼中闪过一丝不知名的冷光，又签了一张50万的支票，声音不自觉地带上一丝哀求，“这是一百万，我只有这么多，你再逼我，我只有去死了。”

她的变化太快了，似乎天生是戏子，眼泪说来就来，楚楚可怜。

米静好默默地看了她几秒，嘴角微勾，露出一丝淡淡的嘲讽。

“好吧，看你可怜的分上，就帮你这一回。”

她站了起来，走到陈岚身边低语几句，就快步走向门口。

沈雪跟在她后面，不经意中，眼中闪过一丝神秘的诡光。

静好提着打包盒，轻轻推开房门，只见那个俊美的男子垂首看文件，专注的神情极为迷人。

静好快步冲过去，一把抢走他的文件，气呼呼地娇嗔道，“苏流年，不是让你好好休息吗？怎么又偷看文件？一点都不听话！”

“只看了一会儿。”苏流年很自然地抱着女友，冲她讨好地笑，笑得静好的心软得一塌糊涂。

她轻轻推了推他，使了个眼色，苏流年这才发现沈雪的存在，有些不悦，“她怎么来了？”

静好挠了挠他的手掌心，神情有些微妙，“她有事找你，我一刻钟后再过来。”

她洒脱地离去，没有回头看一眼。

苏流年依恋地看着她的背影消失在眼前，慢慢转过头，神情冷淡不已，“什么事？”

从柔情蜜意到淡漠不屑，只在眨眼之间，转换得天衣无缝，自然而然。

在咄咄逼人的视线下，做好了心理建议的沈雪下意识地缩了缩肩膀，意识到这一点，不禁有些羞恼，有什么好怕的？

她强撑着怒斥，“苏流年，你把我坑苦了，害我名声尽毁，连儿子都成了父不祥的野种，你太狠了。”

这个面色清冷的男人是她见过最心狠手辣，最绝情的，一出手就是雷霆一击，将她历任男友都挖了出来，包括她脚踏几条船时的经历，并将她跟了杨震霆后的巨大变化全都通过报道，公告天下。

她已经成了拜金女、心机女的代表词，最让她窝火的是，她给杨震霆生的儿子挂上了父不祥的帽子，不管她怎么解释，没人相信她的话。

儿子是她最大的依仗，是她得到杨家遗产唯一的途径，她能不着急吗？能不上火吗？

但是，就算她上了电视，接受采访，依旧扭转不了局面，反而被人骂耍心机，拿孩子当赚钱工具。

她的黑历史太多，已经失去了公众的信任。

这一切全拜这个男人所赐，就算他在医院里躺着，依旧能搅动外面的风云，翻手为云覆手为雨。

这么强大的对手，太可怕了，她扛不下去了。

一步错，步步错，但她真没想到会这样。

苏流年眉眼清冷，气势十足，透着一股淡淡的嘲讽，“学以致用，还要谢谢你无私的奉献。”

沈雪呆了呆，这语气好熟悉，咦，跟米静好一模一样，都是骨子里骄傲，面上不屑做伪的嘲讽。

她被勾起了深藏在内心的自卑，心酸不已，顿时暴怒。

“这能怪我吗？要怪全怪米静好那个小妖精，她勾引我男人。”

凭什么看不起她？一样的人，她比他们都有钱呢。她的前仇旧恨全都涌上心头，怒气上扬。

这点挑拨离间的手段哪是苏流年的对手，当场冷下脸，冷笑两声，“呵呵，你当宝的男人，我家静好看不上，这年头看不清事实的人真多，是该教训一下。”

既然这么爱算计人，那就让她尝尝被算计的滋味。

沈雪被羞辱得面红耳赤，难堪中又涌起一股熊熊恨意。

“他们偷偷约会，你不知道吧？你真可怜，被蒙在鼓里，还替人家出头，人家把你当冤大头……”

苏流年默默地看着她，一脸的同情，“说句实话，天底下的男人就算都瞎了眼，也不会选你这种怨气冲天的怨妇，我家静好甩你十条街，那男人也算有眼光。”

沈雪整个人都懵了，“你是不是疯了？”这种时候应该恨死米静好，彻底决裂，才是正常啊。

苏流年嘴角微勾，强大的自信，“吃惯海陆大餐的人，绝不会挑不干净的路边摊，这一点我很有自信。”

见他到了这种时候还护着米静好，沈雪妒火攻心，这些出色的男人眼里为什么只有一个米静好？

“你……好好，没想到你这么维护她，我手里有一段录音，特意留给你听听。”

室内响起一段对话，“这点钱就想打动我？这是打发叫花子？”

“50 万还嫌少？你太贪心了。”

“你这是想羞辱谁呢？你觉得自己的未来只值这点钱？”

“这是一百万，我只有这么多，你再逼我，我只有去死了。”

“好吧，看你可怜的分上，就帮你这一回。”

很短的一段对话，却达成了一笔百万的交易，内容触目惊心。

苏流年的脸沉了下去，很是难看，沈雪却神采飞扬，笑意盈盈，别提有多得意了。

“苏流年，你的眼光真差，选择这样不择手段的女人，要是这段敲诈我的录音公布于众，你说，外界会有什么反响呢？一百万呢，也不知要判多少年？”

她使出了撒手锏，这还要感谢米静好的贪欲，哼，这就是威胁，她赢定了。除非他不爱米静好，不在乎米静好的下场。

苏流年面无表情地看着她，过了很久，低沉的声音响起，“你想要什么？”

沈雪顿时喜上眉梢，春风得意，“你是聪明人，很简单，收手，并且帮助我得到想要的一切，我不会亏待你的。”

有了苏流年的帮助，必将心想事成，她仿佛看到了无数粉红票子飞过来，全是钱钱啊，情不自禁地偷笑出声。

苏流年的眼神一凝，刚想说什么，门被轻轻推开，米静好款款走进来，清脆地笑道，“流年，搞定了，我把一百万捐给了法律义务援助协会，会长说要给我送锦旗呢，推都推不掉，我都有些不好意思了。”

她眉眼弯弯，水润的红唇粉粉嫩嫩，阳光洒在她身上，镀上一层闪发亮的金边。

苏流年如释重负，微微一笑，亲昵地轻点她挺俏的鼻子，“该你得的荣誉，有什么不好意思呢？”

沈雪猛地瞪大眼睛，捐出的一百万是她的支票？

米静好调皮地吐了吐舌头，像个恶作剧成功的小孩子，“可这是贿赂款，又不是我的钱。”

“贿赂款？”沈雪如被雷劈中，眼前天旋地转，脸色惨白如纸，“米静好，你……报上我的名字了？”

米静好甜甜地笑，像个无害的天真少女，“当然，律师协会会长亲自询问，我哪敢不答？对了，你可能要接受某些调查，做好准备吧。”

“啊啊啊。”尖锐的叫声响彻整个医院上空，惊起无数飞鸟。

城中最大的新闻，杨家争产案的当事人之一，沈雪主动退出，当众表示放弃遗产，引起巨大的轰动，满城皆惊。

而苏流年不理会外界的风风雨雨，终于获得医生允许出院，带上女友逛街吃饭，庆祝终于出院了。

阳光正好，光线明亮，两人手牵着手走在热闹的街头，米静第一次放下戒备，享受甜蜜的恋爱时光。

身边有喜欢的人相伴，感觉很幸福，哪怕静静的不说话，心底依旧溢满了暖暖的快乐。

她情不自禁地扬起嘴角，放飞心情，坦荡荡地接受路人的目光洗礼。

苏流年是第一次陪女孩子逛街，以前觉得特别无聊浪费时间的事情，但跟静好一起做，就觉得特别有意思。

携手相伴，相依相偎，对他来说，是一次难得的体验。

“喜欢就买，不用替我省钱。”

静好心底涌起一股甜意，挽着他的胳膊笑颜如花。

两个人买了很多东西，衣服、鞋子、包包、仪器设备等等，大包小包的满满当当。

静好第一次刷男友的卡，感觉很奇怪，有点不安，有点纠结，但更多的是分享的喜悦。

经过一家男装品牌店时，静好停下脚步驻足观看，几秒后拖着苏流年走进去，“走，我给你买衣服。”

苏流年很新奇，有些不敢相信，“你给我买？”

静好笑眯眯地点头，笑容明艳，“对呀，给男朋友的礼物。”

他送了她那么多东西，她也该回礼，礼尚往来嘛。

苏流年眉眼瞬间点亮，熠熠生辉，“那我要最贵最好的。”

“没问题。”静好在店里转了一圈，看上了两件衬衫，一套西服，这个欧洲的牌子有点小贵。

不过看着苏流年的上身效果，静好眼睛一亮，毫不犹豫的签单。

苏流年嘴角翘了翘，向来清冷的眉眼如蒙上了一层柔光，帅气逼人，长身玉立，芝兰玉树般俊秀。

米静好不禁看呆了，这就是她的男朋友，好帅啊。

苏流年的虚荣心得到了极大的满足，一颗心都暖融融的，忍不住想笑。

两人忘情的相望，全然忘了身处的环境，这一幕美好的如诗如画，不忍去打破。

一道惊喜的声音在身后响起，“咦，苏律师，这么巧？买东西？挂我账上。”

居然是杨海伦母女，乔梅打扮得珠光宝气，身着红色的风衣，雍容华贵。

杨海伦也打扮得光鲜亮丽，妆容精致，但此时缩在母亲身后，神情紧张不安，像个做错事情的孩子，可怜兮兮的。

自从那件事后，她就没有见过地苏流年，不是不想见，而是苏流年不想见她。

她满心的愧疚，深深的懊恼，一颗心如吊在空中的水桶，七上八下的，都不敢正眼看他。

米静好看在眼里，微微摇头，家人刚死，她们母女没有半点哀伤，也算是无情，不过杨震霆也不是好东西。

苏流年的眉头微皱，但很快收敛了，半是得意半是炫耀，“这是我女朋友送我的礼物。”

他幼稚的炫耀，让米静好忍不住偷笑，好可爱呀。

杨海伦如喝了一瓶陈年老醋，嘴里泛酸，“苏律师，这个牌子很普通，配不上你的身价，隔壁有一家顶尖男装品牌，我全买给你呀。”

不就是一套西服吗？至于这么开心吗？

乔梅在心里暗暗叫苦，无声地叹气。

果然不出她所料，苏流年的脸色沉了下来，“我不差钱。”

“我……”杨海伦慢三拍地发觉自己又错了，赔着笑脸，低声下气地开口，“我只是想……哄你高兴。”

她只想讨好他，想接近他，想让他的视线落在她身上。

苏流年不假辞色，冷若冰霜，拒人于千里之外，“不是所有人的礼物，我都收的，我很挑。”

杨海伦的心碎了一地，难过得红了眼眶。

乔梅轻轻揽着女儿的肩膀，笑着打圆场，“苏律师，不知你喜欢什么品牌的手表？让我家海伦买了当赔罪礼物吧，她做错了事情，该赔礼道歉的，还请苏律师不要放在心上，我们还是最好的合作者。”

自从发生那件事后，她就日夜不安，心神不宁，没睡过一个好觉，生怕苏律师一怒之下跟她解除合约，她去哪里找这么出色的金牌律师？

苏流年洞悉人心，看穿了她的心思，淡淡地开口，“你放心，我不会在这个时候甩手不干，我有职业操守。”

得到他的保证，乔梅长长吁了口气，心中的大石终于落了地，她最怕的事情没有发生。

“相请不如偶遇，我请两位吃顿饭吧，顺便谈谈案情。”

这个理由很正当，苏流年也想善始善终，将这个案子顺利办完。

在附近找了家餐厅，乔梅财大气粗叫上一桌子菜，点的都是最贵的菜，最好的红酒，席间不停地狂夸苏流年。

“苏律师，你太有本事了，请到你这样的好律师，是我们母女的荣幸。”

他轻易秒杀了沈雪，光是这份本事，就让人叹为观止。

论手段，论能力，他都远在众人之上，无愧于金牌律师的称号。

杨海伦坐在他对面，微微仰头，摆出最美的角度，含情脉脉地看着他，“苏流年，你一出手就将沈雪灭了，你是我的偶像，快再想想办法，帮我们将其他绊脚石都踢开。”

她笑颜如花，声音软嗲，视线恨不得粘在他身上。

可惜苏流年没有看她，轻轻摇晃红酒杯，手势优雅，如行云流水。

他非常淡定，无视她炙热的眼神，一切都公事公办，“我是律师，不会知法犯法。”

沈雪最大的错，就是选择向静好下手。

杨海伦眼珠飞转，忽然看向乔梅，“我可以翻倍给你钱，妈，你觉得呢？”

乔梅根本不在意这些小钱，只要打赢官司，下辈子衣食无忧。

“苏律师值这么高的价，我赞同，五天后的开庭日，我希望能赢得最后的胜利。”

她从手袋中翻出支票本，很大方地给出一张空白支票，诚意满满。

苏流年没有接，也没有多看一眼，高冷极了，“我会尽全力，但不需要加钱，谢谢好意。”

乔梅的手悬在空中，很是尴尬，“我们没有其他的意思，是谢礼。”

“一切照法律规则行事。”苏流年抹了抹嘴，看向米静好，神情顿时柔化，“吃饱了吗？”

米静好当了半天的壁花，闲着没事，只能吃吃喝喝，早就饱了，冲他微微点头。

苏流年率先站起来，顺手将静好拉了起来，“如果没什么事，我们先走一步。”

他的语气轻柔，却透着一股不容人质疑的强势。

杨海伦的心一凉，小脸刷的全白了。

“苏流年，你是不是还介意那天的事？我已经道过歉了。”

苏流年冰冷的视线落在她脸上，没有一丝暖意，“你已经付了医药费和赔偿金，我也放弃追究法律责任，但你还欠了另一个人的道歉。”

静好愣了愣，心底有东西融化了，滚烫滚烫的，很想很想抱抱他。

杨海伦的身体一震，下意识地看向静好，她一直刻意忽视的女人，但是，还是避不了。

她的脸色很难看，乔梅在后面轻轻推了她一把，她才心不甘情不愿的开口，“……对不起。”

声音很轻，几乎听不到，这辈子从来没有这么委屈过。

静好耸耸肩膀，云淡风轻，“这么没诚意，我不接受。”

杨海伦的脸涨成猪肝色，恼羞成怒，“苏律师，你看她呀，得理不饶人，一点都不善良不友好。”

苏流年将静好揽在怀里，毫不避讳别人的眼光，“道不道歉在你，接不接受由她，至于她是个什么人，我比你更了解。”

他强势护女友，态度鲜明，容不得别人说半个不字。

杨海伦如被人打了一巴掌，气得浑身直哆嗦，刚想发作，被乔梅抢先开口。“好啦，来，干一杯，祝我们旗开得胜。”

她强势地按住女儿的胳膊，不许她出声，就会惹祸。

苏流年挺给她面子，一口饮尽杯中的红酒，却没有让静好沾一滴酒。

站在餐厅门口，杨海伦依依不舍，“苏流年，我们要走了，你就不送我们一段吗？”她放下心事，又变得缠人黏乎。

苏流年等着保安将车子开过来，温柔的低头看怀中的女孩子，“已经说了再见，我要陪女朋友。”

杨海伦一心想跟米静好别苗头，不肯相让，“陪客户重要？还是陪女朋友重要？”

苏流年亲昵地捏捏静好的脸颊，眼神温柔极了，“女朋友只有一个，而客户有无数个，只要我愿意。”

商场人来人往，很是热闹，苏流年拉着米静好进了首饰店，转了一圈，直奔情侣戒专柜。

“喜欢什么款式？”

米静好看着一排排情侣戒，双颊飞红，兴奋的两眼晶亮，“我都喜欢，好漂亮。”

这个品牌的情侣戒挺出名，很多明星情侣对此情有独钟，不得不说，款式新颖别致，而且类型繁多，让人难以取舍。

她看上了一款简单典雅的，银光闪烁，有种低调中的奢华。

“我最喜欢这一对。”

苏流年二话不说就买下来，接过专柜小姐手中的情侣戒，捧到静好面前，若有期盼地看着她。

静好愣住了，“干吗呢？”

苏流年伸出左手，嘴角噙着一抹微笑，满眼的情意，“帮我戴上。”

他的手修长，白皙，骨节分明，非常好看。

米静好的心跳的飞快，脸颊发热，手有些哆嗦，折腾了许久，才帮他戴上，情绪隐隐有些激动。

苏流年眯起眼看着自己手上的戒指，嘴角微扬，眼中全是笑意，握住米静好的手，很自然的帮她套上戒指，米静好的心扑突一声，莫名地紧张，有种被套牢的感觉。

尘埃落定！

相同的戒指，从此相依相属，翻开新的篇章。

十指相扣，相同材质地的情侣戒指闪烁着相似的光芒，静好的心情荡漾，仿佛听到了花开的声音。

苏流年执起纤纤玉手，一个轻如蝶翼的吻落在她的戒指上，深情款款地看着她，“答应我，不要轻易取下来。”

他眼中的温柔快将她溺死了，心甜如蜜，却故意调皮地笑道，“哪天分手了，我就取下来。”

心里却盼着这一刻是永恒，只求一夜白头，再睁眼时，两人已经白头到老。

手被猛地收紧，男子脸上浮起一丝坚定，神情庄重又认真，“我们不会分手。”

米静好的手有些疼，却心花怒放，喜悦溢满了胸口，“好啦，不分手。”

杨家母女带来的不快一扫而空，被她全然抛到脑后，她的眼神痴痴的，眼里只有一个他。

坐在车子里，米静好笑得像个傻瓜，一再回味刚才的甜蜜，如喝了陈年老酒，醇香四溢。

苏流年一手开着车，一手握着她的手，舍不得放开，他从来不知道喜欢一个人是如此痴缠的感觉，让他变得不像自己。

“怪我吗？”

他有些担心的眼神，让米静好一愣，但很快反应过来，“不怪，我知道你另有打算。”

他不是个能吃亏的人，受那么大的罪，不可几句道歉，一点赔偿金就能摆平的。

苏流年眉眼轻挑，一丝放松在眼中闪过，“这不是动她的时候，慢慢来。”

他公私分明，公归公，私归私，但是，欠债还钱，天经地义。

米静好很乖巧地点头，“我知道，你不会让我受委屈。”

苏流年的心口一阵发烫，情不自禁地想抱抱她，这么乖，这么娇，他恨不得把最好的东西都送到她面前，怎么有人舍得伤害她？

“真的这么相信我？”

米静好轻轻倚在他肩头，“除了你，我还能相信谁？”

短短的一句话，却在苏流年心底掀起狂澜，“静好，我不会让你失望，绝不。”

静好脸上露出灿烂的笑容，满心的欢喜，这就够了。

第二次庭审如期而至，一上法庭于思思和江明月就联手对付杨海伦母女，招式凌厉，步步紧逼。

于思思先拿出杨震霆的那份遗嘱，要求法律承认，将所有的遗产都归她们母女所有。

江明月第一个跳出来表示承认并且支持，态度180度的转变，背弃了跟乔梅的盟约，显然已经跟于思思私底下谈妥了协议。

她忽然翻脸，把乔梅气坏了，在法庭上大吵大闹，愤怒地尖叫，闹腾得厉害，法官的眉头一皱，大声喝止，“再闹就拖出去。”

乔梅的声音立止，眼眶红红的，很是难过，都怪那个男人，风流快活几十年，最后还要坑她们母女。

苏流年冲米静好微微颔首，静好从文件档翻出一支录音笔，双手呈上去，“法官大人，我手里有一份证据，我请求作废于思思女士手中的遗嘱。”

主审法官插上耳麦，专心致志地听完，神情凝重，跟身边的两名法官低语几句，其中一名法官捧着录音笔走出去，过了十几分钟，他回来了，在主审法官耳边说了一句话。

主审法官深吸了一口气，“请求获准。”

突如其来的变化，全场皆惊，不敢置信，江明月气得大叫，“什么？怎么回事？法官大人，您可不能地包庇任何一方。”

她已经跟于思思谈妥，只要遗产的三分之一，足以让她们母子舒舒服服地过下半辈子了。

于思思气怒攻心，还没弄懂发生了什么事呢，到底是什么证据，有这么大的威力？

“这不公平，法官大人，我不服。”

几名辩护律师也很茫然，什么情况？

主审法官轻轻一抬手，四下皆静，他清咳一声，神情严肃。

“这是杨震霆先生临终前的遗言。”

如一颗重型炸弹，炸的大家都傻眼了，面面相视，“临终遗言？”

按下录音钮，一个无尽苍凉的声音在庭上响起，“我，杨震霆，在此声明，以前立的遗嘱统统不作数。”

当声音刚响起，杨家诸人神情各异，古怪到了极点。

杨军眼眶一红，这是爸爸的声音，就算烧成灰也能听出来，他至今没办法接受，最疼爱他的父亲怎么就离世了？

那是为他遮风挡雨的大树啊！

吴兵律师暗叫不好，但他久经沙场，反应最快，当庭予以否认，“这是哪来的？苏律师，伪造证据要吃官司的。”

他不仅不承认，还泼了苏流年一身脏水。

面对他的攻击，苏流年冷傲地瞥了他一眼，摆明了不屑。

吴兵被激怒了，每次都这样，不可一世，太讨厌了。

主庭法官的视线落在他脸上，表情沉静，“本庭已经验过证物，确认真实有效。”

吴兵这才想起另一名法官走出去的十几分钟，眉头紧锁，深感棘手。

这是一场硬仗，只能赢，不能输！

他心思飞快，很快找到冲突口，“他什么时候说的这些话？如果早于这份遗嘱，照样是无效的。”

他一边镇定地反击，一边用挑衅的眼神看向苏流年。

但是，如一拳打在棉花上，苏流年根本没把他当成对手，看都没有看他一眼，把他气得够呛。

苏流年的视线落在门口，嘴角噙着一抹神秘的微笑，吴兵后背一冷，有种很不好的预感。

法官威严的声音响起，“带证人。”

门徐徐的打开，一个身着西装戴眼镜的中年男人走进来，走到证人席，看得出来，他有些紧张。

“我是仁济医院的主任医生，也是杨震霆先生的主刀医生，我叫姜立，是我亲眼看到他咽气的，而这卷录音是在手术室录的，他回光返照的最后一刻录入了这一段话，录音时间是 11 月 15 号凌晨 1 点 28 分，一分钟后，杨先生离开人世。”

随着他的话，于思思母女的脸色越来越苍白，仿佛看到了大把大把的钱飞走了。

于思思的情绪很激动，“不可能，你一定是被收买了，我不相信他会这么对我。”

她的声音又尖又高，把姜医生吓了一跳，“当时还有两名护士和我的助理，他们都能作证。”

于思思眼中的神采一点点灰下去，身体摇摇晃晃，杨梦蝶连忙扶住她，忧心忡忡。

吴兵明知无可挽回，却不甘心啊，“为什么不早说？”

杨震霆出事的时候，警方来得很快，就在旁边，他当然是第一时间给了警方。

“这是警方的意思。”

于思思面如死灰，身体瘫倒在椅子上，整个人都不好了。

还有什么可说的？她输了！

吴兵忍不住看向苏流年，苏流年从容大气地站起来，好像一切尽在掌握中。

“在没有遗嘱的情况下，我请求法庭按照继承法来判，配偶和子女父母是第一顺位继承人。”

这是常识，大家都知道，只是为什么特意要点明呢？

他可是苏流年，从来不会做无用功的事。

“当然，前提是先解决这份协议。”

他拿出那一份保存了很久的协议，纸张都泛黄了，但白纸黑字写明了当年的离婚协议，其中有一条写着，将来有朝一日会切割一半的财产给一起打天下的前妻乔梅。

他面色从容淡定，“我请求法院支持这份协议，将财产先切割一半给乔梅女士。”

其他两方当然不同意，“不行，那么久的协议不能作数，当年没切割就表示放弃了。”

“不管多久，经过公证的协议永远有效。”苏流年神情严肃，俊美的容颜摄人心魄。

于思思愤怒地尖叫起来，“这不公平，这些年我为杨家打下一大片江山，却要分给一个无所事事的前妻？不行！”

她半生的心血都在杨氏，拼尽所有，却要将一半的成果分给别人，这是绝对不能接受的。

乔梅冷笑一声，愤愤不平的掐回去，“没有我，又哪来的你？你从我手里抢走老公时，就该想到有这么一天。”

“你……”两人激烈的互掐，引的法官很不满，“安静。”

现场一静，几任妻子的代理律师交头接耳，窃窃私语。

半晌后，江明月的代理律师率先站了起来，“法官大人，我代表我的当事人请求三股开，每房一份，这是最公平的。”

吴兵跟于思思交头接耳讨论了半天，有了新的调整，“对对，每家都有个孩子，这样的方案对大家都有好处，我的当事人赞成这样的分法。”

这是目前对他们最有利的，退而求其次的方案，总不能将一半分给乔梅母女吧。

苏流年嘴角一勾，清冷的视线在每一个人脸上拂过，似嘲非嘲的声音响起，“大家好像全部失忆了，那容我提醒一下，作为夫妻共同财产，根据事先签的有效协议，先要分给原配乔梅女士一半，余下的一半才算是杨震霆先生的份额，你们能争的也只有这一块。”

这话一出，全场皆静，空气压抑而凝重，呼吸都有些困难。

这是开庭以来，大家有意无意忽视的一个事实，但，该来的，还是来了，避不掉。

于思思猛地一拍桌子，情绪激动地跳起来，“我也是他的妻子，所有人都知道，这是我帮他打下来的江山，没有我，就没有杨氏的今天。”

她本是杨震霆的秘书，后来成了他的女人和生意拍档，公司有她一半的心血，她凭什么拱手让给别人？

她不服！不甘心！

苏流年不为所动，嘴角噙着一抹凉薄的弧度，“你们离婚了，没签任何协议，法庭上只讲证据。”

“……”于思思千言万语都卡在喉咙口，心塞塞。

是，不讲人情，只讲证据，这就是法律。

她没签协议，乔梅签了！这就是她们之间的差别！

江明月面红耳赤地跳起来，情绪激动到了极点，“我是他现在的妻子，能分他一半的财产，再说了，我儿子是杨家唯一的男丁，所有家产应该由他继承。”

她的儿子比谁都有资格继承杨家！

苏流年挟带着强大的气势，辗压全场，“法律规定，男女公平，享有相同的继承权。”

江明月疯狂的尖叫，“法律不外乎人情，我们杨家就是重男轻女，儿子才有资格接班，这是我老公说的。”

苏流年脸上浮起浓浓的嘲讽，“你老公说的？拿出证据啊！”

口说无凭，凡事要看证据，再说了，重男轻女这种话能乱说吗？法律可不承认！

江明月气得浑身发抖，眼冒凶光，歇斯底里的怒斥，“你这是言语攻击，你怎么敢？”

她像个疯子般披头散发，眼神充满了绝情，也充满了愤怒。

她的梦想，她的渴望，谁都夺不走。

米静好看不过去了，冷冷的打断道，“这就是做小三的下场，以为年轻漂亮能生儿子，母凭子贵嫁进豪门，下半辈子就有靠了，我劝你清醒点吧，这年头靠山山倒，唯有靠自己！”

一句小三深深的扎痛了江明月，脸色刷的全白了，手指着米静好的鼻子，恶狠狠地吼道，“我要告你。”

欺人太甚，不识抬举，狂妄自大。

米静好巍然不惧，小巧的下巴仰起，露出雪白优美的脖子，钻石耳钉闪闪发亮，点缀出那份优雅如兰的气质。

“很乐意奉陪，但这是以后的事，按照法律，作为专业出轨三十年的杨震霆先生是过错方，所以原配江女士可以拿六成，余下的四成由三个子女平分。”

至于江明月直接被她忽视了，真心不想理这种人。

众人的反应非常强烈，谁都不乐意，“不行，我不答应。”

于思思比谁都叫得响亮，“我也不允许，那是我亲手建立起来的王国，我不会将它拱手让给别人。”

吴兵律师冲她使了眼色，站起来争辩，“基于我当事人的特殊身份，我请求法官考虑这一因素，先将财产对半分给我的当事人，她才是杨震霆先生的生意伙伴。”

苏流年神情不谈，淡淡地反问，“有证据他们是合作人吗？口说无凭，有什么用？”

这一回吴兵是有备而来，带足了材料，“这些是公司历年的业务往来、各种企划案和财务报表，上面全是我当事人的签名，足以证明，她才是一半资产的拥有者。”

苏流年眼睛都没有眨一下，淡然自若，嗤之以鼻。

“这算证据？你的七年法律算是白读了，让我为你科普一下，所谓的合伙人是要签合伙人协议的，并备录在案，于思思女士，你有吗？”

一切以法律为准绳，否则说的再好，也是没用。

于思思脸色铁青，她很想伪造证据，可惜在苏流年的眼皮底下玩花样，她不敢。

她咬紧牙关，为自己尽力争取，“我是没有，但是，所有的生意我都参与了……”

“那能说明什么？顶多说，你是高级经理人，是受雇于杨震霆先生的员工。”苏流年神情严肃的取出一叠资料，送到法官面前，“法官先生，这是于思思女士名下的资产，还有这些年的收入，我想，杨震霆先生是个慷慨的老板。”

光是房子就有七套，固定资产值一亿左右，还有可观的现金和股票。

但比起数十亿的庞大帝国，根本不值得一提。

“你……”于思思的内心受到了极大的震撼，心情说不出的复杂。

不愧是苏大律师，滴水不漏，手段高明，不服都不行。

江明月不甘心就这么失败了，“但我是他的妻子，根据法律，我能分一半的财产。”

苏流年从容地一笑，像变戏法般又拿出了一份资料，“那是婚前财产，轮不到你分，你是五年前才带着孩子嫁给杨震霆先生的，所以，能分的只是这五年的收益。”

说白了，没几个钱，至于资产是没资格分的。

很快，法官做出了最后的裁决，“本庭宣判，杨家的资产由乔梅女士、杨家长女杨海伦，杨家次女杨梦蝶，杨家长子杨军继承，其中乔梅和杨海伦占三分之二，杨梦蝶和杨军平分余下的三分之一，如有不服，15 天内上诉，退庭。”

一行人灰头涂脸的走出来，脸色都不好看，聚在一起窃窃私语，还在研究要不要上诉。

于思思一方坚决要上诉，但江明月一方犹豫不决，闹哄哄的。

一道清脆的笑声在身后响起，“哈哈，苏流年，我们赢了……”

杨海伦笑容满面的扑向一个清俊贵气的男子，男子嫌弃地微微皱眉，将身边的女孩子拉到面前，杨海伦的笑脸一僵，连忙刹车。

她犹豫了一下，越过米静好，含情脉脉地看向后面的苏流年，“谢谢你为我所做的一切。”

她的声音温柔的能挤出水，透着一股浓浓的媚意，一双水汪汪的眼睛拼命放电。

至于米静好，她直接忽视，当成浮云了。

苏流年像是没看到，神情淡漠，不为所动，散发着强烈的气场，“拿人钱财，与人消灾。”

杨海伦又恨又爱，咬了咬唇，眼中闪过一丝精光。

“我正式聘请你出任杨氏的法律顾问一职，你可不要推辞哟。”

他喜欢钱？那好办啊，她最不差的就是钱！

如果能用钱买到爱情，她很乐意的。

见她不知进退，苏流年越发的嫌弃，“我手头的案子排到明年都排不过来，没空。”

都拒绝得这么直接了，杨海伦还是有本事选择性忽视，柔情四溢，眼眸含情，“我可以等，等多久都行。”

乔梅嘴角含笑，很是热情地帮腔，“是啊，苏律师，要不是你鼎力相助，我们是拿不到这么多的钱，我请您吃饭，一边吃一边聊。”

她亲眼见证了苏流年的强大，更想要这个女婿了，为了帮女儿，她都亲自上阵。

为了抢男人，也是蛮拼的。

苏流年垂下眼帘，掩去那份不耐烦，彬彬有礼，却透着一股疏离，“我中午约了人，改天吧。”

他不管别人的眼光，主动牵起米静好的小手，大手握小手，暖流涌上心头，米静好冲他甜甜的笑，苏流年忍不住揽着她，两个人很有默契地相视一笑，情意流转，让人备感温暖。

大煞风景的声音猛地响起，“苏流年，下一次，你不会再这么幸运，人不可能一辈子走运。”

吴兵红着眼睛，内心充满了挫败，一次又一次的败在苏流年手里，那种不甘心和憋屈快要将他逼疯。

这种酸言酸语听多了，苏流年根本不放在心上，云淡风轻地还击，“运气也是实力的一种，不是吗？”

吴兵冷哼一声，冰冷的视线落在米静好身上，“听说你们在谈恋爱？公私两不误嘛，不过米律师，就不怕别人说你为了上位出卖美色吗？”

“美色？”米静好眨巴着大眼睛，像个懵懂的少女，全然没有法庭上的冷静锐利，笑眯眯的仰头看着男友，满眼的幸福，“苏流年，我确实很垂涎你的美色。”

众人绝倒，这个回答也太特别了。

但不得不承认，苏流年长相出众，风度翩翩，确实有打动无数少女芳心的本钱。

苏流年眼中的笑意一闪，这丫头呀，像个随时会引爆的炸弹，一点都不肯吃亏。

吴兵不屑地冷笑，“男人长得漂亮有什么用？难道还能靠出卖色相接案子？”

这话太难听了，全然满满的羞辱。

米静好闻声色变，眼珠一转，计上心来，“吴前辈，这是个看脸的世界，有脸没脸，待遇完全不同。”

“比如？”吴兵莫名地有些不安，却不相信这个小丫头能出什么坏招。

米静好冲男友伸出双手，笑颜如花，如沾了蜂蜜似的，甜得不行。“苏流年，要抱抱，要亲亲。”

她像个沉醉在爱河中的痴心女子，被一层柔光笼罩，美得不可思议。

苏流年情不自禁地抱住她，亲了亲她的额头，万般的怜惜和柔情。

他心底一片温暖，她的一举一动总能让他感动，这么认真的为他而战，真好！

两人静静拥抱，情意在不经意流转，久久不散，旁若无人的亲昵让围观的人羡慕得眼睛都红了。

“世风日下……”吴兵发出不和谐的声音。

米静好轻轻推开苏流年，冲吴兵做了个鬼脸，“切，丑人多作怪。”

扔下这句话，她拉着苏流年扬长而去，态度别提有多张扬了。

所有人都怔住了，良久后，才爆发一阵震耳欲聋的欢笑声，“哈哈哈。”

笑声中，吴兵面色通红，恼羞成怒，恨不得找个地洞钻进去。

米静好拉着苏流年的手，大摇大摆走在街头，笑容很是灿烂。

苏流年轻弹她的脑门，宠溺地笑道，“调皮，他会恨死你的。”

拉的一手好仇恨，又吸引了一个敌人，他倒是不怕，却替静好担心，那个吴兵小肚鸡肠，睚眦必报，气量极小。

米静好初出茅庐，又年轻气盛，才不管后果呢，气鼓鼓的撇嘴，“谁让他那么贱呢？主动送上门打脸，我只是成全他而已。”

“你呀。”苏流年拿她一点办法都没有，眼中只有满满的爱意，罢了，自己的女朋友自己保护，有他在，谁也伤不了静好一根手指头。

浦东机场，人潮攒动，迎来送往，上演着一幕幕悲欢离合。

静好坐在候机厅，捧着一杯热饮，茫然四顾，有些晕乎乎的。

一大早就被好友从床上挖起来，等她全然清醒时，已经坐在机场了。

广播响起，坐在她身边的陈岚一把拉起她，“要登机了，快进去。”

静好一手拖着行李箱，一手被拉着走，小声嘟囔，“说走就走的旅行，也够任性的。”

她没有一点准备，没有做任何交待，也没跟苏流年通气，就这么去玩了？

陈岚微微一笑，什么都没说，顺利登机，静好索性不纠结了，耳机一插闭目养神听歌，不一会儿就迷迷糊糊睡过去。

她不知睡了多久，终于睡醒了，这是哪里？哦，飞机，旅行中。

一只大手伸过来，温柔熟悉的声音在头顶响起，“喝点热茶。”

静好就着他的手喝了两口，忽然发现不对劲，猛地抬头，居然是苏流年。

她又惊又喜，“你怎么在这里？”

苏流年摸摸她的小脑袋，心里软软的，“不欢迎？想一个人出去风流快活？”

静好眉眼弯弯，一双黑眸流光溢彩，“对呀，你怎么知道的？”

“顽皮。”

飞机下降时，静好着迷地盯着窗外，惊叹不已，久负盛名的巴厘岛，我们来了！

海岛很美丽，碧海蓝天，风景如画，散发着浓浓的异国风情。

两对情侣入住酒店，静好被带进一间套房，装潢的典雅舒适，阳台上有一个大大的浴缸，落地玻璃窗明亮干净，采光极好，站在窗边看出去，是一片宁静的海面。

静好打开窗户，闻到大海的味道，不禁深吸一口气，心旷神怡。

“不累吗？洗个澡先休息会儿。”

“好啊。”静好笑眯眯地回头，忽然愣了一下，“你……我……睡一间？”

她支支吾吾，小脸嫣红，视线乱飘，隐隐有一丝羞涩。

苏流年脱下外套，随手一扔，挑了挑眉头，似笑非笑，“难道你想当电灯泡？我是无所谓。”

看着那张豪华大床，静好纠结不已，一想到要跟他同睡一床就脸红心跳，心情起伏不定。

看着她脸色变来变去，苏流年嘴角微翘，“想什么呢？你不会是想扑倒我吧？我好害怕啊。”

静好恼羞成怒，猛捶他的肩膀，“苏流年，你太讨厌了。”

“哈哈哈。”

玩海上摩托，深度潜水，上天入地无所不玩，静好都玩疯了，每天都开开心心的，笑声不断。

她也对苏流年有了更深的了解，他的温柔体贴，他的细心周到，只要跟他在一起，她什么都不用愁，只管跟着后面玩就行了。

两颗心不知不觉中更加靠近，形影不离，相伴游玩。

夜幕降临，一轮圆月高挂天空，星辰将整个夜空点亮，熠熠生辉。

静好对着镜子照了照，抿了抿艳红的唇，长长的睫毛扑闪，轻如蝶翼。

敲门声响起，陈岚像阵风般冲进来，“怎么还没好？快点啦。”

她特意打扮过了，妆容精致，一袭晚礼服衬的她光彩照人。

静好手忙脚乱地换上银色的小礼服，陈岚帮她挽了个发髻，仔细看了几眼，翻出一整套钻石首饰帮她戴上，“大功完成，完美，走啦，大家就等我们了。”

晚上有一个小型沙滩派对，要求盛装出席，幸好出来时多带了一件小礼服，否则就苦逼了。

银色的月光洒向大地，白色的沙滩绵软软的，如踩在云朵上。

现场乐队欢快的表演着，气氛热烈，众人随歌摇摆，一片欢乐的海洋。

热情奔放的气氛感染了静好，整颗心飞扬，“哇，好热闹啊，咦，苏流年呢？”

江霁云和陈岚眼视一眼，俱露出神秘的笑容，“来了。”

现场乐声一静，众人不约而同地分开一条路，路的尽头站着一个玉树临风的男子，黑色的礼服，俊美无俦，优雅又贵气。

他手捧着一束红色的玫瑰花，一步步走过来，满眼深情，乐声轻轻响起，一曲梦中的婚礼在空中飞扬。

静好呆呆地看着那个男人，脑袋一片空白，他这是……

苏流年走到她面前，忽然单膝下跪，高举着一个红色的锦盒，一枚璀璨的钻石戒指在月光下闪闪发亮。

"嫁给我吧，我会用余生好好爱你，照顾你，保护你，给你一个安稳的避风港，陪你自由的飞翔，静好，答应我。"

"你……我……"这太忽然了，静好眼眶红红的，一颗心狂跳，整个世界只看到了这个男人。

苏流年拿出一张纸，"这是结婚契书，我的财产都跟你分享，你拥有绝对的支配权，如果我做了对不起你的事，所有的财产都归你，静好，这是我能给你的最大承诺，签了它，好吗？"

把他最重视的东西拿出来跟她一起分享，本身就代表了最大的尊重和爱意。

静好的情绪很激动，她不看重财富，她本身有赚钱的能力，但极为看重他的这份心意。

他将一颗真心送到她面前，这才是最打动她的。

她吸了吸鼻子，"你有可能会净身出户，人财两空哦，还是考虑清楚。"

苏流年执起她的手，在洁白的掌心落下一吻，"你是我最珍贵的宝物，如果失去了你，那些身外之物又算什么？"

四周的人忍不住叫道，"答应他吧，他很有诚意的。"

"对啊，肯跟你分享财富的男人值得带回家珍藏。"

众人纷纷劝说，气氛很是热闹，苏流年仰着头，深情地看着她，"静好。"

静好咬了咬嘴唇，脸上浮起一丝决绝，伸出纤纤玉手，"笔呢？"

苏流年猛地站起来，喜形于色，却发现笔找不着了，急得满头大汗，看着他紧张的模样，静好忍不住笑了。

江霁云赶紧送上笔，苏流年一把抢过，硬塞进静好的手里，眼巴巴地盯着她。

静好紧紧握住手，深吸了口气，在纸上写上自己的名字，和苏流年的名字并排，和谐而又温馨。

她的一颗心飘飘荡荡终于落到实地，这是她的选择，永不后悔！

苏流年眼明手快牵起她的小手，将戒指套进她的无名指，这才长长地吐出一口气。

从来没有这么忐忑不安，比他当年考律师证还要紧张十倍。

他将她拥入怀中，温柔的示爱，“静好，我爱你。”

“我也是。”她的小脸通红，眉眼羞涩又坚定。

两人相拥而吻，甜蜜的场面羡煞旁人，掌声雷动，温馨的因子在空气中弥漫。

“砰。”一声，一朵烟花在空中炸开，色彩斑斓，绚丽多姿，染亮了整个夜空，美不胜收。

人圆月圆两团圆，满天的烟花璀璨如星，好一个良夜！

海岛风景如画，碧蓝的大海平静无波，一艘游轮在海里慢慢划动，五颜六色的灯光打在海面上，美的如幻境。

游轮布置一新，喜庆洋洋，欢歌笑语声不断，一条高大的身影站在窗边，长身玉立，高大英挺，白色的礼服合身，有如童话故事里的白马王子。

门被轻轻推开，他猛地回头，一个俏丽的女孩子款款走进来，笑容甜美，隐隐有一丝羞涩。

静好身着一袭白色的纱裙，露出雪白的香肩，挽着优雅的发髻，妆容很是清新雅致，如一朵小小的雏菊，让人眼前一亮。

“苏流年，这样还行吗？”

今晚是他们的订婚宴，苏流年特意包下一艘游轮，请海岛上的客人参加，趁热打铁嘛。

“太美了。”苏流年眼中闪过一丝惊艳，有片刻的怔忡。“美得闪闪发亮。”

情人眼中出西施，在他眼里，没人比得上米静好。

静好闻言害羞的一笑，心里却甜滋滋的，求婚后他对她更好了，几乎将她捧在手掌心呵护。

眼波流转，俱是点点深情，苏流年的视线落在她脸上，嘴角轻扬，含情脉脉的开口，“好好，订婚宴开场了，我们快出去吧……”

煞风景的电话铃声响起，打破了迷情，米静好眼中闪过一丝失望，接起电话就听到熟悉的声音，“静好，你怎么不在家？”

是静好的母亲李淑娟，自从上次电话里不欢而散后，不知没有联络，按理说应该快要生了。

静好在心里算了算时间，难道已经生了？通知她一声？“妈，我和男朋友出国度假，有什么事吗？”

李淑娟的声音顿时紧绷，“男朋友？是谁？别告诉我是苏流年。”

米静好知道她不喜欢苏流年，但她喜欢就行了。“是他，希望你能祝福我们。”

话还没说完，就被李淑娟尖锐的声音打断，“回国，立刻，马上，一分钟都不要耽搁。”她像是被踩着尾巴的猫，扬起滔天的愤怒。

米静好微微蹙眉，有些不悦，“妈，你不要闹了。”

不管她妈喜不喜欢，都没法改变她的决心，她想眼苏流年在一起，想嫁给他，想跟他共度余生！

李淑娟的反应很激烈，“谁都可以喜欢，唯独他不可以。”

米静好的心一凉，莫名地浮起一丝不安，“为什么？”

她百思不得其解，没见过面就不喜欢，这正常吗？除非是另有隐情。

但明明是两个没有交集的陌生人啊！

“我不会害你的，听话。”李淑娟的方式简单又粗暴，却不肯说出真正的原因。“你要是不回来，我就立马买飞机票飞过去找你。”

她直接挂断电话，态度极为坚决，米静好呆呆地握住手机，脸色忽白忽青，变幻莫测。

苏流年走了过来，黑眸隐隐有一丝担心，“是伯母的电话？她说了什么？她骂你了？等我们回国后，我亲自上门拜访。”

“没事，我管不了她，她也干涉不了我的决定。”话虽这么说，但静好想起母亲的话，心里蒙上一层阴影。

本来好好的心情全被破坏了，气氛也弄砸了，好郁闷。

苏流年皱了皱眉头，很快松开，将她拥入怀中。“别怕，一切有我。”

两个人依偎在一起，苏流年轻抚着她的后背，无声地安慰她，全然不知时间流逝。

门被轻轻推开，江霁云夫妻闯了进来，看到这亲昵的一幕，担心的神色立马变得轻松，江霁云笑吟吟的调侃，“哟，原来在亲热，害大家好等，苏流年，小米已经掉进你碗里，你着什么急呀？”

静好的小脸一红，尴尬地推开苏流年，缩在他身后。

苏流年倒是大大方方，“你这是羡慕我们恩爱。”

江霁云将陈岚一抱，笑吟吟的斗嘴。

“我也是有老婆的人，用得着羡慕你吗？快出来吧。”

游轮的会客厅，一派欢乐祥和的气氛，粉色的气球到处可见，白百合和红色玫瑰扎成了一个花台。

在众多宾客的注视下，苏流年和米静好交换了戒指，许下一生的誓言，在祝福声中完成了订婚仪式。

舞池里，两人翩翩起舞，配合默契，舞姿优美，给人带来一场视觉盛宴。

眼波流转，全是满满的情意。

静好随着他起舞，眉眼含笑，满含着喜悦，这是她一生中最快乐的日子，幸福得快飘起来了。

至于李淑娟带来的一丝阴霾早就抛到脑后，忘得干干净净。

执子之手，与子偕老，这是她想要的幸福，谁都没法阻止她得到幸福！

玩了几天，两人终于坐上回国的航班，一路飞了回来。

静好一路昏昏沉沉的，靠在苏流年身上睡觉，实在太累了。

等她有意识时，已经是下了飞机，坐在出租车上，她揉了揉眼睛，迷茫地看着身边的男子。

苏流年左手握着手机，右手怜惜地摸摸红扑扑的小脸，“吵醒你了？抱歉。”

刚开机就看到二十几个未接电话，十几条短消息，还没等他仔细看，十万火急的电话进来了。

米静好模模糊糊听到几句，“有重要的公事吗？你赶紧去吧，我可以自己回去。”

“我送你回家，不急在这一时。”苏流年坚持将她送到家门口，看着站在门口的女孩子，他犹然不放心地叮嘱，“先吃点东西，东西不要急着整理，多喝开水，多休息。”

米静好的心里甜甜的，娇嗔道，“我又不是小孩子，放心啦。”

苏流年又一次按掉手机键，气定神闲，眉眼清朗，“那晚上一起吃饭，我带你去吃好吃的，你先休息一会儿，到时我打电话给你。”

坐了那么久的飞机，他依旧神采奕奕，精神饱满，精力充沛。

米静好却精神不济，直打呵欠，满脸的倦容，“好，我等你。”

“真乖。”苏流年摸摸她的小脑袋，满眼的宠爱。

回到自己的小窝，静好放松的沉入梦乡，睡得很香甜，不知过了多久，被一阵电话铃声惊醒，她揉了揉眼睛，又睡了六个小时？

是助理美美的电话，听着熟悉的声音，她嘴角轻扬，“美美，我给你带了礼物，等明天带给你。”

人逢喜事精神爽，看什么都赏心悦目，她忍不住看向无名指的戒指，笑容越发灿烂。

美美欢呼一声，但很快克制住情绪，“不是啦，有一名当事人想见你，想请你给他打官司。”

她的语气怪怪的，没来由的让人压抑。

静好好梦刚醒，正迷糊着呢，“我暂时不想接案子，推了吧。”

她想休息几天，养好精神，最重要的是想多陪陪苏流年。

美美犹豫了一下，“可是，他挺惨的，老婆被车撞死了，肇事司机当场逃逸，唉，他们的孩子才五岁，真可怜。”

她这个不相关的旁观者都看着鼻酸，太惨了，难得一见的同情心冒了出来。

静好的身体一僵，脸上的笑容全失，蹭地坐起来，“我马上过来。”

静好一出现律师事务所，就引发大家的围观，同事们纷纷围上来，“米律师，你回来了？度假好玩吗？”

“你家那位呢？不陪着你一起来？”

静好一路赶得急，气息不稳，连作了几个深呼吸，才压下那股躁动，“当然好玩，拍了好多照片，到时给你们。”

说笑之间，她走到会客厅，深吸了口气，推门而入。

美美和一个陌生的男人坐在里面，室内一片沉默，出奇的压抑。

那男人面有愁色，神情恍惚不安，仿佛做了个噩梦，还没有醒过来。

静好眼中闪过一丝黯淡，快步走过去，微微颔首，“你好，我是米静好。”

那男人猛地站起来，一把拽住静好的胳膊，情绪非常激动。

“米律师，求你帮帮我，我知道你很厉害，只有你能帮我。”

美美也站了起来，“这就是当事人吴谓，他的妻子阿娟前几天去世了，你们谈谈吧。”

静好极力安抚他的情绪，“你不要激动，慢慢说，资料都带来了吗？”

吴谓微微松手，拿起桌上的资料毕恭毕敬的送上来，眼眶红红的，语带哽咽，“都在这里，我妻子这么年轻，我怎么也没想到会发生这样的事，我好几晚都没睡了，只要一想到那天的事，我就……我的女儿还小，我……都不知道该怎么跟她解释，她的妈妈永远不会回家了。”

“节哀。”静好的心一痛，喉咙干干的，像塞了盐块，难受极了。

吴谓的情绪很不稳定，“米律师，你一定要帮我，我求你了，只有你帮得了我。”

“只有我？”静好怔了怔，怀疑地看着他。

吴谓面露悲凉之色，“其他律师都不敢接，但我相信，你一定会接的。”

静好怔了怔，拿起资料仔细看起来，不禁脸色大变。

怎么是杨军？刚刚闹过争产风波的杨家，也太巧了。

不过细细想想，以杨军嚣张的性子确实做得出来。

何况那一晚是醉驾，又是下雨，哎，静好忍不住长长地叹了口气。

吴谓忐忑不安，紧紧盯着她，仿佛她是唯一的救赎，“杨家家大业大，别人都怕他，但我知道，你是唯一的例外。”

跑遍全城的律师事务所，全被拒绝了，他能有什么办法？这是他最后一丝希望。

如果连她都不肯，那他还怎么帮妻子讨回这个公道？

这是个什么世界？好人不长命，坏人活千年。

静好嘴唇紧抿，沉默了半晌，“现在的杨家不一样了，别人怎么还会怕杨军？”

毕竟如今的杨家是杨海伦母女的，杨军只占了六分之一的股份，再也不是杨家的太子爷。

没有了杨震霆庇护的杨军，像拔掉牙齿的老虎，不足为患。

吴谓的身体一抖，脸上浮起一丝挣扎，一丝纠结，“因为他请到了那个苏流年当辩护律师。”

静好的心神大震，猛地瞪大眼睛。

美美大惊失色，气急败坏地怒斥，“什么？你刚才怎么没说？”

真是疯了，苏流年那样的金牌律师，谁敢惹？

战无不胜的战绩在业界无人不知无人不晓，是一块响当当的金字招牌！谁都不想触楣头！

“我想当面跟米律师说。”吴谓眼巴巴地看着静好，满脸的无助，“米律师，请你一定要帮帮我，为我的妻子讨回一个公道。”

他是走投无路了，但不甘心啊！

静好眉头紧锁，毫不犹豫地点头，“好，我答应你。”

吴谓欣喜若狂，“谢谢，谢谢你，米律师，你是个好人。”

美美却急得直跳脚，后悔不及，“米律师，不可以。”

虽说米静好和苏流年曾经在法庭唇枪舌剑，互不相让，但如今情况不一样了，他们是情侣，那也太伤情了。

静好的眉头一跳，却坚持己见，“我已经决定了，不必再说，快去拟合同。”

有所为，有所不为，不屈服任何势力，伸张正义，这是她做律师的底线。

不管如何，这件案子她接下了，不管付出什么代价，她都会坚持到底。

吴谓激动得满面通红，热泪盈眶，“米律师，谢谢你，这年头像你这么有正义感的律师太少了。”

“我会尽全力的，你放心。”

签好合同，送走当事人，美美的脸拉了下来，郁闷得不行，“米律师，你怎么能答应？你真的要跟苏律师当对手吗？就不怕影响到你们的感情吗？”

她到底是怎么想的？一般人挺忌讳这种事情，都会下意识的避让。

站着窗边的静好看着吴谓的身影出现在楼下，他的背影拖得很长，透着一股浓浓的悲哀，痛失家人的滋味，她能感同身受。

“公归公，私归私，这是两码事，我只是做该做的。”

美美愁眉苦脸，暗暗后悔不该留下吴谓了，“可是很伤感情啊，你就不怕跟苏律师闹翻吗？不值得的，我看还是推了吧。”

静好向来有主见，这一次态度尤其坚决，“我心意已决，不要再劝我。”

“你太固执了，哎。”美美弄不懂她的想法，只有暗暗担心。

第十三章

各色丸子在骨头汤中沉沉浮浮，白色的汤底看着诱人极了，香气扑鼻。

静好默默地喝着汤，一言不发，苏流年摸摸她的额头，不烫，“怎么不说话？还在倒时差？”

静好挤出一丝干巴巴地笑，“我有些累，好累。”

苏流年很是心疼，“你的脸色很难看，还有哪里不舒服吗？”

“就是累，多休息就好了。”静好微微摇头，咬了口豆腐，犹豫了半晌，“苏流年，你……”

她欲言又止，内心挣扎得厉害。

苏流年早看出她的异样，就等着她开口，“你想说什么？我们之间还有什么不能说的？”

遇上难事了？还是她妈又来逼她了？

他忽然很想见见那个女人，素昧平生，却没来由的阻止他们，真是怪事。

静好抿了抿嘴唇，“你今天接了个案子？是车祸肇事案？”

苏流年一愣，“你怎么知道的？”

静好仰起尖尖的下巴，眼巴巴地看着他，见他不否认，别提有多郁闷了，“推了吧，我不喜欢你接这种案子。”

苏流年不及细想，一口拒绝。“别开玩笑了，出尔反尔不是我的风格，再说了，就算罪大恶极的人，也有选择辩护的权利，这一点你老师没教过你吗？”

这一行声誉很重要，他也有坚守的原则。

要么不接，接了就全力以赴，坚持到底。

米静好面如沉水，倔强地抿紧嘴唇，“就算当我的敌人，你也不肯放弃？”

“敌人？你……”苏流年恍然大悟，原来如此，怪不得一晚上不开心呢，“你也接了那个案子？你怎么事先不跟我说一声？”

确实有些心塞，他并不想跟她当对手，太虐了。

这丫头的性子咋咋呼呼的，倔得不行，很容易公私不分。

“说什么？”静好气呼呼地鼓着小脸，眼睛又圆又大，像闹脾气的小猫咪，“我接什么案子不需要跟你报备吧。”

苏流年无声地叹息，这位大小姐的脾气爱憎分明，“那为什么这么生气？又不是第一次当对手，我并不忌讳这种事，大家都努力做到最好，各凭本事。”

静好扔了个大白眼过去，他说得好轻松。

“可我忌讳，不想因为案情跟你撕逼，不想因此影响感情，更不想你替那种人辩护，我知道我很幼稚，感情用事，但是……”

苏流年摸摸她的脑袋，温柔地看着她，“你要学会公私分明，以后你面对的不光光是我，还有你的师长和学姐学弟，心理素质一定要强大，不为人情所累。”

她承认他说得很有道理，但是，她没法接受，“你……不能退出吗？”

苏流年有些不懂她的坚持，“如果你很忌讳这种事，下次接案子我会注意的，但这一次没办法，你体谅一下吧。”

米静好面色黯淡，长长地叹了口气。

苏流年挟了一只大龙虾给她，“高兴点，记得要多偷师，多学本事。”

他的语气很轻松，仿佛并不放在心上，也让静好的心慢慢定下来，事已至此，说什么都是徒然的。

她捏了捏自己的耳朵，借着痛意清醒了几分，“切，你就不怕青出于蓝而胜于蓝吗？”

苏流年愣了一下，随即笑开了，“要是你哪天打败了我，我会很高兴。”

“真心的？”米静好眨巴着一双大眼睛，心里说不出是什么滋味。

苏流年挑了挑眉，男子的成熟魅力让人眼前一亮，“爱你一样真。”

好吧，他赢了，米静好的心好受多了，脑袋一歪靠在他身上。

吃完晚饭，苏流年送静好回家，见天色已晚，没有多坐，叮嘱了几句就走了。

过了一分钟，门铃声响起，“叮咚，叮咚。”

静好放下洗面奶，快步冲过去开门，“是不是落下什么东西了？”

她的笑容忽然僵住了，“妈，怎么是你？你怎么会来？进来坐吧。”

她小心翼翼地扶着李淑娟走进来，敬畏地看着妈妈的肚子。

李淑娟的肚子像鼓起来的气球，眼看就要生了，面容憔悴，似乎过得很辛苦，她在屋子里转了一圈，似乎在寻找着什么。

见屋内没有其他人，她的神情稍缓，“马上跟苏流年分手。”

这不是劝说，而是下命令，态度还非常的恶劣。

这激起了静好的逆反心理，她的人生自己做主，不需要别人指手画脚。

她抚了抚胸口，强压下那股怒意，“妈，你这是无理取闹，你就不能让我开开心心的吗？”

李淑娟一眼就看到女儿中指上的戒指，一把拽住，脸色大变，“这是什么？你们订婚了？”

她的反应很激烈，静好的心里很不舒服，“是，请你祝福我们。”

李淑娟勃然大怒，大声呵斥，“除非我死，静好，要么他，要么我，你做选择吧。”

静好不禁惊呆了，几乎不敢相信自己的耳朵，“妈，你疯了？”

她妈向来是个善良温柔的女人，何时变得这么不可理喻？

她变了，变的让人不认识了。

李淑娟满面通红，气得浑身直哆嗦，“如果你不听我的话，我就死给你看。”

静好大惊失色，脑袋一片空白，浑身发冷，感觉到了前所未有的寒意，

“告诉我实话，这到底是怎么回事？”

李淑娟一脸的痛苦，嘴唇动了动，“我只是不想你后悔一辈子。”

这句话包含了太多的痛苦和绝望，仿佛整个人都快被压垮了。

静好的心神大震，意识到了事情的严重性，紧紧逼问，“你们以前认识？有纠葛？有过矛盾？”

她怎么不知道？

按理说，以苏流年的性子不会轻易跟人发生矛盾，通常只会将人送上法庭……她脑海里窜过一个模糊的念头，却不敢细想。

李淑娟心力交瘁，紧紧按住女儿的肩膀，极为用力。

“不要问，静好，什么都不要问。”

室内的气氛很压抑，母亲的轻轻叹息如重锤打在静好的心口，疼得厉害。

“你什么都不说，我没办法照你的意思做。”静好的心脏揪紧，隐隐有一丝恐惧，却强撑着，“就算判死刑，也得有个罪名。”

李淑娟震惊地睁大眼睛，不敢置信，“你就这么爱他？”

这是天意吗？她没办法接受！

静好闭了闭眼睛，掩去那份惶恐和疼痛。

“是，很爱很爱，他是我选定的终身伴侣。”她深吸了口气，眼巴巴地看着李淑娟，“所以，妈妈，请接受他吧，要不，明天一起吃饭？等你了解他，一定会喜欢他的……”

她急切地想拉近双方的关系，想说服母亲，渴望得到母亲的认同，她真的很想得到母亲的祝福。

不等她说完，李淑娟愤怒的拒绝，“我不会跟那种人吃一顿饭。”

凄厉尖锐的声音吓了静好一跳，小脸的血色全失，惊惧交加，“妈。”

她的一颗心扑突扑突狂跳，有种很不好的预感。

李淑娟见她不动，上前推她，大声呵斥，“收拾东西，连夜跟我走，离开这座城市，永远也不要回来。”

她的肚子太大了，静好不敢推她，一步步朝后退，“妈，你疯了？你到底是怎么了？”

让她放弃工作，另换城市？如此强烈的反应让她后背发冷，不寒而栗。

“快去收拾，快……”李淑娟气势汹汹的下令，忽然脸上浮起一丝痛色，双手抱住肚子，“啊，我的肚子。”

她的脸色惨白如纸，额头全是豆大的冷汗，痛苦不已，身体摇摇欲坠。

静好吓出一身冷汗，连忙伸手扶住她。

“妈，你怎么了？你不要吓我，放轻松，我马上送你去医院。”

李淑娟疼痛难忍，面容扭曲，却紧紧拽住静好的胳膊，“答应我，跟苏流年一刀两断，从此再也不见他。”

静好的身体一震，难以置信的表情，深吸了口气，将纷乱的情绪压下去，匆匆拨了救护电话，挂断手机后，将李淑娟扶到沙发上坐好，“妈，你撑好着点，救护车马上就到。”

李淑娟冷汗如雨下，痛得脸都变形了，却执着地要一个承诺，“答应我。”

静好的眼眶一红，为什么？她到底有什么不能说的隐情？

她很想知道，也一定会找出答案。

“好，我会考虑，你不要再逼我了，就算不为我，也要为肚子里的孩子考虑，你冷静些。”

李淑娟捂着肚子，浑身发抖，两颗豆大的眼泪滚落下来，“静好，静好，不要恨我，妈妈有苦衷。”

静好扭过脸不敢多看，一颗心沉了下去，“不要再说了，保存体力。”

一夜未睡，静好站在长长的走廊里，头靠在窗边，默默地看着外面的星空，一颗心越来越凉，不知过了多久，天边泛起一丝光亮，一轮红日跃出来，新的一天又开始了。

几缕阳光洒在她身上，如踱上一层金边，美丽而又纯净。

苏流年第一眼就看到这一幕，不禁屏住呼吸，呆呆地看着她的背影。

静好仿佛感觉到了什么，微微转身，两道视线在空中交汇，似远似近。

苏流年嘴角轻扬，露出一丝笑容，快步走到她身边，怜惜地看着眉眼疲倦的女友。

“听说伯母动了胎气？情况怎么样？没事吧？怎么不打电话给我？”

让她一个人面对复杂的情况，很是心疼。

静好倒在他怀里，无力地闭上眼睛，闻着熟悉的味道，感觉好受多了。

“抢救及时，孩子很好，是个女儿，只是我妈身体很虚弱。”

孩子的忽然出世，把她吓了一大跳，哎，幸好母女平安，否则她这辈子都不会心安的。

苏流年静静地抱着她，在黑发间落下一个个轻吻，温柔而体贴，静好的一颗心渐渐安宁，有人依靠的感觉，真好。

自从爸爸去世后，她再也找不到这种感觉，好久没有这么安心了。

“在休息吗？我去看看她。”苏流年面面俱到，毕竟这是女友的母亲，探视是一种礼节。

他也想跟静好的母亲见见面，把婚事给敲定了。

米静好大急，一把拉住他，情急之下脱口而出，“别去，她不想见到你。”

苏流年的脚步一顿，奇怪地反问，“为什么？”

“她……”米静好期期艾艾，不想说实话，但在男友洞悉一切的眼神下，不敢撒谎，“不喜欢你……”

“她都没有见过我，怎么就不喜欢我了？”苏流年很想不通，他是好多人心目中最佳的女婿人选，怎么到了静好母亲这边，就被嫌弃了呢？

他看着女友尴尬的神色，心中一动，“所以让我们分手？所以引起了冲突？”

静好第一次觉得有个太聪明的男友，压力好大。

她垂下眼帘，一声不吭，苏流年是聪明人，还有什么不懂的？

他郁闷的不行，却拍拍她的肩膀，笑容清浅而迷人。

“正因为她不喜欢我，我才更要好好表现。”

爱屋及乌，因为是静好的母亲，所以他不会介意。

静好的心得到了莫大的安慰，心情奇迹般好转，轻轻抱了抱他，“她见到你会情绪激动，先不要刺激她，你先回去吧，有什么事我会打电话给你。”

“好。”苏流年答应得很痛快，静好轻松之余又隐隐有一丝遗憾，她不禁自嘲，人啊，真是矛盾的动物。

病房内，李淑娟昏昏沉沉地睡着，刚出生的小婴儿住在保暖箱，请护工，通知家人，跟医生沟通，办妥各种手续，全是静好一手操办的。

处理完所有的事情，静好才发现肚子饿得咕咕叫，早饭忘了吃，怪不得这么饿呢。

又看了一眼病床上的李淑娟，静好细心地叮嘱了护工几句，她缓缓走出病房，却看到了一个熟悉的身影，惊喜万分，“流年，你怎么还在？不是让你回去了吗？”

他工作那么忙，怎么有空守着她？

男子长身玉立，眉眼清俊，含笑张开双臂，将静好紧紧抱在怀里，“我带你去吃饭。”

轻轻的一句话，却比任何情话还要感人，静好心底泛起一丝感动，要的就是这份被珍视的感觉。

吃的是日本小火锅，一个个小小的火锅热气腾腾，一盘盘肉摆放在眼前，苏流年细心的照顾她用餐，帮她摆放碗筷，帮她调好料，帮她涮肉，将她照顾的无微不至，把她当成小公主般宠着。

室内邓丽君甜甜蜜蜜的歌声不停地循环，悠扬婉转，如山间的清泉淌淌而下，气氛温馨浪漫，很适合情侣约会。

入口即化的三文鱼在嘴里化开，味蕾得到了莫大的满足，静好吃的眉开眼笑，阴霾一扫而空。

吃着可口的美食，身边有心爱的人相伴，这本身就是一种幸福。

静好吃的腮帮鼓鼓的，可爱极了，“你自己也吃呀，不要只顾着我。”

苏流年修长的十指翻飞，慢慢剥虾壳，笑吟吟地道，“我喜欢看着你吃。”

他眉眼之间的情意让静好怦然心动，心醉神驰，甜蜜蜜的娇嗔，“你当是喂猪啊。”

苏流年将剥好的龙虾送到她嘴边，“我喜欢把你当猪喂。”

静好吃着新鲜可口的虾肉，心里甜丝丝的，眉眼弯弯，却口是心非道，“苏流年，你好讨厌。”

“哈哈哈。”

爽朗的大笑声，一道惊讶的声音插了进来，“苏律师，真巧，你带女伴用餐？经理，这一桌记在我们账上。”

静好和苏流年不约而同地回头，是杨军母子，江明月一如既往的精致奢华，浑身名牌，打扮得很时尚。

而杨军穿着很随意的休闲服，神采飞扬，桀骜不驯，全然是富二代的做派。

餐厅经理陪伴在左右，神情极为殷勤。

苏流年微微颔首致意，却没有站起来迎接，高冷的气质很强大。

“谢谢，不必了。”

他向来孤傲出尘，我行我素，自我到了极致的人物。

江明月不以为忤，笑容满面打招呼。

“苏律师，这只是我一点点心意，你肯接手阿军的案子，我感激不尽，谁都不是你的对手，我坚信会有一个好结果。”

还要靠苏流年为儿子脱罪呢，所以她极为客气，再说了，她也不敢得罪这尊大神，这是个狠角色，她在上次分家产的案子中深深领教了。

霸气强大的气势，高深莫测的能力，都让人心惊。

苏流年嘴角噙着一抹淡笑，矜持又客套，保持着一定的距离。

“我会尽全力，但结果谁都没法预料。”

他不屑交际，也不屑说谎，骄傲得无可复加，用实力辗压所有人，他是法律界难得一见的奇葩人物。

偏偏有人就是吃这一套，江明月笑得越发热情。

“怎么会呢？你是最好的律师，业界的大神级人物，你就不要谦逊了，对方的律师根本不堪一击。”

有本事的人，才敢这么狂，苏流年用他战无不胜的记录证明了他的实力！

静好的眉头一皱，淡淡地开口，“这话是不是说早了？”

她的声音很好听，清脆如铃，悦耳恬静，但落到江明月耳朵里，只有满满的不屑，冷哼一声，“这是严肃的公事，不相关的人不要插嘴。”

她一进来就没有多看米静好一眼，直接把她忽视掉了。

静好微微一笑，笑容格外甜美，“那要让你失望了，我是苦主的代理律师。”

如一道惊雷在江明月母子头顶炸开，杨军的脸色大变，“什么？不可能。”

江明月极为震撼，下意识地瞪大眼睛，“你说什么？再说一遍。”

她像是第一次见到米静好般，看得很专心，但左看右看，都不觉得这是个有杀伤力的对手。

长得太过好看，太过甜美，不适合当律师啊。

唯一让江明月不安的是，这两个人明明是对手，怎么就坐在一起？难道那些传言是真的？他们真的是实打实的情侣？

一想到这，她就没办法淡定。

米静好脸上挂着清冷的笑容，“我是吴谓聘请的辩护律师，我们在法庭上见吧。”

一直沉默不语的杨军猛地开口，“……对方花了多少钱请你？我愿意花双倍的价格，只有一个要求，推了对方。”

“我拒绝。”静好毫不犹豫地直接拒绝。

江明月的眼神一沉，冷冷地道，“我出十倍的价格。”

十倍？米静好玩味地笑了笑，“两位可能不知道，这案子我只是象征性的收了点费用，并不是为了钱。”

江明月呆了呆，随即嘲讽地笑了起来。“那是为了什么？别告诉我，是为了可笑的公理，这年头只要有钱，道理就站在哪边。”

虽然只分到六分之一，但足够他们母子挥霍一辈子了。

她不差钱，就怕唯一的儿子进监狱，成为一辈子的笑柄。

米静好神情淡然，明眸如水，“我只相信，法律是公正公平的，做错事情就要接受法律的制裁。”

每一个字都掷地有声，她依旧是那个冲动又热血的小律师。

为法律的公正而战！

江明月冷笑一声，很是不屑。“公正公平？还是太年轻了，该跟苏律师好好学学。”

等撞破脑袋，还怎么坚持所谓的梦想。

她看向苏流年，面色很不好看。“苏律师，不能光是一个人赚钱，多帮帮女朋友，追求共同富裕啊。”

她话里有话，暗暗施压，想将危险的萌芽扼杀在摇篮中。

苏流年淡淡地扫了她一眼，不带一丝感情，“有追求有梦想有激情，很好，我喜欢。”

他态度鲜明地表明立场，没有犹豫，没有挣扎，很自然地站在米静好身边。

“可是……”江明月暗暗心惊，越发的不安心，“会伤了感情，还是让她退出吧，所有的损失我来负责。”

米静好眉头紧锁，口口声声说是为了她好，但细细听来，全是不靠谱的借口。

她下意识地看向苏流年，他也是这么想的吗？

但幸好，苏流年没有让她失望，坚决不移地站在她身边，“她是个独立自主的人，我全力支持她所做的决定。”

米静好心花怒放，忍不住甜甜一笑，眉眼间全是幸福之色。

杨军看的目不转睛，眼神变来变去，也不知他在想些什么。

江明月怒气攻心，却不敢当面斥责，还要挤出一丝干笑，“你……这样不好吧，到时公私不分……”

她不敢太强硬，怕人家直接走人了。

但不等她说完，苏流年就强硬地打断她的话。

“如果不相信我的职业操守，随时欢迎你们换人，还来得及。”

他板着脸，浑身散发着不悦的气息，江明月一时之间慌了手脚，“你误会了，我不是这个意思，我只是担心伤了你们的感情。”

“江小姐管得太宽了。”米静好嘲讽地一笑。

一句江小姐刺得江明月面红耳赤，怒气攻心，却不得不忍下来，忍得好憋屈。

她能怎么着？一辈子跟着杨震霆，没有冠上杨姓，成为乔梅，是事实，也是她一辈子的遗憾。

杨军扯了扯江明月的衣袖，“苏律师，我相信你的能力，没有比你更强的，一切拜托了。”

米静好惊讶地睁大眼睛，他的变化好大，以前多嚣张跋扈的人啊，变得这么平和，实在是想不到。

室内一静，餐厅经理抓住机会，迫不及待的开口，“两位这边走，你们定的是这间包厢。”

杨军拉着江明月走了，气氛一下子轻松下来，苏流年笑吟吟地道，“我煮粥给你喝。”

煮粥？米静好睁着一双水汪汪的大眼睛，有些反应不过来。

只见苏流年叫服务生送上一碗米饭和一个鸡蛋，挽起衣袖，将小火锅里的材料捞走，只有一锅清汤。

将米饭放进汤里，煮上一会儿，将鸡蛋液倒入，用勺子搅拌，十指修长有力，白皙如玉，一举一动说不出的养眼，行云流水，动静皆宜。

静好托着下巴，痴痴地看着心爱的男人，嘴角轻扬。

怎么有种自家男人洗手做汤羹的幸福感？

好想将他一口吃掉，好羞耻，怎么破？

一碗热气腾腾的粥送到她面前，男子清俊的面容含着笑意，“来，尝尝我亲手做的粥。”

静好喝了一口，不禁眼睛一亮，赞不绝口，“哇，棒棒哒，给你 32 个赞，你怎么就这么厉害呢？”

会打官司，熟知各种法律条文，会做家务煮饭，会谈钢琴，会唱歌，十项全能啊，不光把男人比下去了，把女人们也秒成渣渣。

不过呢，她非常的骄傲，这个出色的男人是她的！

苏流年眼中闪过一丝笑意，矜持又张扬，“没办法，生来就这么优秀。”

李淑娟在医院里住了八天，恢复情况很不错，她的老公程义在第二天连夜赶过来，看着妻女紧张又开心的样子，让静好放下了一颗高悬的心。

她是第一次见到继父，是个普通的老实男人，长的平凡无奇，比不上静好生父的俊秀，但是，对妻儿是真心的好。

发自内心的笑容，很容易让人心生好感。

静好虽然还不能把他当成亲人看待，但愿意叫一声叔叔，这让李淑娟分外高兴，女儿终于长大懂事了。

看着他们一家三口亲密无间的样子，静好在心里轻轻叹了口气，有些刺眼，有些心酸，感觉像个外人。

她悄然走出去，把安静的空间还给他们。

一连几天，她只是早上上班前看一眼，将照顾产妇和小婴儿的任务正式移交给程义。

看着母亲的气色一天天好起来，她由衷的觉得欣慰。

中午跟客户有约，在附近的餐厅吃了一顿饭，沟通了一下案情。

吴谓是个内向的男人，沉默寡言，但一提起妻子的案子，就情绪激动。

他将所有的希望都寄托在静好身上，盼着为死去的妻子讨个公道，至于和解，他不假思索的一口拒绝。

对方出再多的钱，他也不为所动，只想看到肇事者得到法律的审判。

静好能理解他的选择，也给出了专业性的建议，一番长谈下来，吴谓心里明亮了许多，也有了方向。

吃完饭，静好主动付了饭钱，对方的家境不怎么好，还要养孩子，需要花钱的地方太多了。

送走吴谓，静好站在路边发呆，心情有些难以平复，对当事人来说，失去家人是最大的伤害，上法庭是将伤口不停地撕扯剥开，让别人看，这个过程太痛苦了。

但是，别无选择。

一道身影从路边窜出来，冲到她面前，静好吓了一跳，正出神呢。

居然是好久不见的沈默，他衣着整洁，气色很好，看不出半点颓丧的气息，跟以前的他判若两人。

看来是病好了？静好暗暗猜测，淡淡地打招呼，“好巧。”

沈默两眼晶亮，眼睛一眨不眨地盯着她，“静好，我跟杨小姐解除婚约，彻底分手了，两家都沟通好了。”

他像放下了一个大包袱，整个人都轻松了。

第一句话就这么劲爆，静好很不适应，微微蹙眉，“我该说恭喜吗？”

她彻底放下了那段过往，重新开始，不关心他的事。

沈默精神极其亢奋，笑容满面，感觉像刚放出来的囚犯，“我是自由之身了，静好，我可以追求你了，请再给我一次机会，我会将你当成宝贝……这是什么？”

他愣愣地看着静好伸过来的左手，那枚闪闪发亮的戒指太显眼了。

“订婚戒指。”静好习惯性地轻抚戒指，笑容幸福而恬静，“我会邀请你参加我和苏流年的婚礼，当然，你不想参加也是OK的。”

真是可笑，说什么再给一次机会，不爱就是不爱了。

有些东西错过了，就不可能再回头，他应该很清楚她的性子啊。

沈默的笑脸僵住了，心口一阵剧痛，抱着万分之一的希望想试试，结果还是让人心碎。

“苏流年？你们是不可能的。”

他笃定的语气让静好很反感，他有什么资格说这种话？

“怎么不可能？我们很相爱，这一次我会幸福的。”

她幸福的笑脸深深刺痛了他的心，这是他梦寐以求的人儿，但是，她的心给了别人。

他脑袋一阵发热，“你爸爸要是知道，会气死的，你怎么能跟那种人在一起？”

这话听着怪怪的，静好冷下脸，很是生气，“不要把我去世的家人扯进来，我不喜欢。”

父亲是她内心最柔软的一块，也是她最忌讳的角落。

沈默后悔不及，他这是怎么了？明明知道她的禁忌，偏要去提。“抱歉，我无意伤害你的感情。”

但道歉太晚了，静好不愿意接受，愤愤地瞪着他，“沈默，别让我恨你。”

沈默心口翻腾不已，难受极了，“静好，听我的，我不会害你的。”

“有病。”静好翻了个白眼，不想理他了，扭头就走。

他只是她的前男友，不是她的家人，凭什么管她的事？

口口声声以爱为名，却做着伤害她的事，完全不能忍。

她刚走出两步，一道淡淡的声音在身后响起，“五年前你父亲出了车祸，是吗？”

他的语气特别古怪，似是挣扎，又似犹豫，表情纠结。

静好的心一跳，有种很不好的预感，直觉告诉她，赶紧走，什么都不要听。

但双脚像被胶水紧紧粘住，动弹不得，她冷冷地看着他，“是，你想说什么？”

沈默其实不想说，但看着她冰冷的眼，一股怒火往上涌，有些话不受控制地往外喷，“苏流年是对方肇事司机的辩护律师……”

这才是真相。

“轰隆隆”一道惊雷在静好耳边炸开，眼前一阵阵发黑，“你说什么？”

她一定是听错了，不是五年前，而是刚刚接手的案子，对，就是这样。

沈默有些不忍心，但还是咬牙说了出来，“是他一手压下了案子，帮助那肇事司机逃脱罪责，最后那人无罪释放，我想你应该知道。”

静好眼前一片天旋地转，身体摇摇欲坠，母亲那痛苦的眼神，欲言又止的话语如潮水般涌上来，在这一刻，她终于悟了。

妈妈想说的就是这件事？

正因为如此，她才严厉的让他们分手？

正因为如此，她的反应才那么激烈？

正因为如此，她才那么讨厌苏流年？

这就是答案？她一心想找寻的答案？！

她整个人都崩溃了，脑袋嗡嗡作响，一把拍开他伸过来的手，“不不。”

静好像疯了般冲出去，飞奔到律师事务所，气喘吁吁，满面潮红。

美美见到她如此失态，吓了一跳，“米律师，发生了什么急事？”

静好喘息着摆手，汗流浃背，“我有紧急的事情要处理，不管是谁打电话过来，都说我在开会，不方便接电话。”

见她如此郑重其事，美美不敢多问，“好。”

关门上，静好闭上眼睛连作了几个深呼吸，努力让自己平静下来，但是，无济于事，一颗心如在油锅上煎熬。

她颤抖的手轻轻按住鼠标，在搜索中打出苏流年和车祸肇事两个关键词，忽然动作一顿，面露挣扎之色，半晌后才轻轻一点。

无数条信息涌入眼帘，她怔怔地看了很久很久，如一道电流打在她头顶，整个人如雕塑般一动不动，不知过了多久，两颗豆大的泪珠滑下雪白的脸颊。

心好痛，痛的无法呼吸！

她不接电话，也不回短信，什么都不想做，浑身的力气如被抽光了，累得不想动弹。

人生如此荒唐可笑，将她狠狠的戏耍了一通，她居然爱上了助纣为虐的坏蛋。

她还怎么能若无其事的接受他的爱？怎么能当作什么事都没发生过？

一丝霞光照进来，打在她柔美的面容，却透着一股凄凉。

手机不停地叫，不停地震动，却仿若是另一个世界，本是伸手可及的东西，怎么也伸不过去。

脸上湿漉漉的，一摸脸，摸到一手的泪，不知不觉中，已经泪流满面。

她咬了咬牙拿起手机，短信一条条弹出来。

“好好，怎么不接电话？我很担心你，没出什么事吧？”

“开会很累吧？摸摸，开完会给我打电话，我带你去吃好吃的。”

“还没有开完？真够累的，我下班过去接你，你在公司乖乖等着，不要乱跑。”

全是苏流年的留言，字字句句都饱含深情，静好的心在战栗，手在发抖，泪水像断了线的珍珠，疯狂的涌出来。

“呜呜，怎么会这样？老天爷，你太狠了。”

小小的办公室只闻微弱的呜咽声，隐忍而绝望。

苏流年一下班就匆匆赶去接女友，还带了一束玫瑰花，却听到了令他震惊的消息，“你说什么？米律师走了？”

怎么可能？他深知静好的性格，守时，重诺，重情义。

“是的，走了半个小时。”美美偷偷看他的脸色，犹豫了一下，“你们吵架了？”

苏流年身体一震，很是紧张的追问，“为什么这么说？”

美美想了想，“米律师的脸色很难看，状态不对，还戴着大墨镜，表情怪怪的，好像很难过的样子。”

好像遇到了特别棘手的事，没法处理，深受困扰。

苏流年的心一疼，“难过？工作上遇到什么问题吗？是不是谁为难她了？”

说到后面，声音都冷了几度，面容冷峻。

美美吓了一跳，“谁敢呀？那是你的女朋友，不，开玩笑啦，我是说米静好随和亲切，大家都很喜欢她。”

吓死宝宝了，没想到苏律师也有这么感情外露的时候，蛮帅的，看来他们俩的感情很好嘛。

苏流年的眉头紧皱，脑海里闪过无数个念头，“她今天有开会吗？”

“没有……”美美下意识的摇头，但立马想到米律师的叮嘱，赶紧改口，“啊，有的。”

苏流年浑身散发着冷气，声音低沉而威严，“有还是没有？我要听实话。”

他太有气势了，美美不由自觉的抖了抖，“没有，她在办公室里坐了一下午……苏律师，喂，走得那么快，真是的。”

看着苏流年远去的身影，她不禁有些担心，没说错话吧？

苏流年一路驱车赶到医院，冲进病房，才发现病人换了。

他匆匆杀去医生办公室，听到医生的答复，整个人都傻了。

“什么？出院了？什么时候的事？”

昨天还在医院，他还陪静好过来送排骨汤，没听说要出院啊。

“一个小时前。”医生心里奇怪，却没有多说什么。

苏流年不禁呆住了，向来聪明的脑袋转不过来，怎么也想不明白。

打手机，手机关机了，发短信，又不回，去她小屋找，人没回来，他第一次尝到了束手无策的滋味。整个人像凭空消失了，来无踪去无影。

当他再一次扑空，整颗心都凉了，一定是发生大事了。

难道是被她妈说服了？以静好的性子，这是不可能的。

陈岚看着他忽青忽白的脸色，很是担心，“流年，你这么急着找小米，发生了什么事？”

要知道，这可是泰山压顶面不改色的苏大律师啊，心理素质逆天的人。

苏流年没时间跟她解释，直截了当地提出要求。

“陈岚，把小米母亲家的地址给我。”

他思来想去，只有一个可能，跟她妈回家了。

但是，就算是这样，也不需要关机啊。

陈岚一脸的无奈，“我怎么知道？小米绝口不提她妈的事，也从来不回去。”

据她所知，静好母女有着很深的隔阂，原因不知。

苏流年失望地叹了口气，“她有打电话给你吗？”

“没有啊，怎么了？”陈岚受他影响，有些着急，狠狠瞪了他一眼，“你欺负小米了？我早就警告过你，要是敢欺负小米，我就对你不客气。”

她一边瞪眼，一边撩袖子，大有痛揍一顿的架势。

江霁云一把抱住她，柔声安抚，“老婆别冲动，有话好好说，小米也不是好惹的。”

他其实也很惊讶，“流年，有什么事就说出来，大家一起慢慢商量。”

问题是苏流年也不知道发生了什么事，她说走就走，一点征兆都没有，急死他了，“她失踪了，连带着她妈她妹。”

陈岚紧张的弹跳起来，“失踪？什么时候的事？你报警了吗？警察怎么说？”

苏流年满脸沮丧，心烦意乱，“哪里都找不着她，打她电话关机，我快疯了，早上还好好的，我们一起吃的早饭，还约好去吃大餐。”

陈岚呆住了，不可能吧，小米是个很理性的人，去哪里都会有交待，不可能任性行事。

“流年，你不要太担心，可能她陪她妈回家，一时忘了跟你说。手机又没电了，说不定等会儿就有消息了。”

话虽如此，但这也是安慰自己的理由。

苏流年眉头紧锁，心急如焚，“我一刻也等不了，她虽然容易冲动，但从来都是个靠谱的人，行事极有分寸，一定是发生大事了，为什么不跟我们商量？”

江霁云见状不忍心，轻拍苏流年的肩膀，“我找朋友打听一下，很快就会有消息的。”

陈岚是急性子，急急地催促，“快打，快点。”

苏流年被点醒了，不禁苦笑，关心则乱，他居然忘了通过私人渠道将人找出来，自个儿像没头的苍蝇乱转。

这一切，只是因为太在乎了！

陈岚在室内走来走去，如油锅上的蚂蚁，情绪越来越暴躁。

“怎么还没消息？这什么办事效率？拖拖拉拉的，烦死人了。”

“才过五分钟。”江霁云哭笑不得，老婆大人的性子还是这么急。

陈岚最烦他慢条斯理的性子，狠狠瞪了他一眼，“不是你的朋友就不着急，小米是我最好的姐妹，我……咦，是小米的消息。”

话音刚落，手机就被苏流年抢走了，苏流年急急地打开一看，“临时决定送妈妈回家，顺便住几天，帮我给花草浇浇水，米静好。”

他重重地吁了口气，人平安无事就好，吓死他了。

放下一重心事的同时，更多的迷惑涌上心头，肯联络朋友，却不肯联络他，那么问题是出在他们之间？

他按捺不住疑惑，拨出号码，但是，只有话务员机械清冷的声音。

“她又关机了。”

他失落的甩门而去，甚至忘了告别。

陈岚都快愁死了，扯着嗓子在后面叫，“苏流年，你去哪里？不会是生气了吧？小米可能忘了……”

江霁云伸手捂住她的嘴，冲她微微摇头，“越描越黑，不要说了。”

人都走远了，还能说什么？陈岚轻轻叹了口气，“你说，他们之间到底发生了什么事？”

太不寻常了，透着一股浓浓的诡异，但是，她相信，不会是小米的错。

江霁云朝天翻了个白眼，“当事人都不知道，我怎么会知道？”

“猜一猜嘛。”陈岚挽着老公的胳膊，软软的撒娇。

江霁云将妻子抱到腿上坐着，“有什么好猜的？苏流年会搞定一切的。”

“这么有信心？”

“当然。”

李淑娟舒舒服服地回到家里，拉着大女儿的手不肯放，“为什么非要住酒店？住家里吧，都是一家人。”

她很想拉进跟女儿的距离，也想让她们姐妹俩培养出感情，这几年的分离已经够苦了。

女儿肯送她回来，她非常的高兴，这说明女儿有点软化了。

静好很不自在，婉言谢绝，“不是很方便。”

陌生的环境，熟悉又陌生的家人，她清楚地意识到，这不是她的家。

而她，没有住陌生人家里的习惯。

“你……”李淑娟心里直叹气，这么多年的隔阂岂是三言两语能消除的，唯有时间能化解一切，“是不是遇到什么难题了？不要憋着说出来，虽然我帮不了什么忙，但最起码能当个安静的听众。”

静好神情淡淡的，“没事，睡一觉就好了。”

李淑娟头痛不已，又想叹息了，“你这孩子，从小固执又倔强，哎。”

静好收回手，站了起来，“你休息吧，好好调养身体，我有空再来看你。”

她转身就走，只想回去好好睡一觉，好累啊。

背后传来弱弱的声音，“你和那个苏流年……”

李淑娟想了又想，还是放心不下，忍不住想问。

静好的身体一僵，声音冷了下来。“我不想提这个话题。”

看着女儿远去的背影，李淑娟嘴里发苦，说不出是什么滋味。

街头灯光流光溢彩，如一条宝石项链，华美异常，路上行人来来往往，繁花似锦。

静好好久没回来了，看着熟悉又陌生的店铺，不禁感慨万千。

和父母一起走过的街头，一起吃过的饭店，这个城市的每个角落都有他们一家三口最美好的回忆。

可惜永远回不去了。

渴望不可即的梦想，再也回不去。

拖着疲惫的双脚走进酒店，熟悉的身影映入眼帘，静好如被惊雷砸中，不敢置信。

“苏流年？”米静好惊呆了，揉了揉眼睛，没有眼花啊，他怎么会出现在这里？

英俊男子长身玉立，满身风华让人无法忽视他的存在，他看到静好的瞬间，一双黑眸亮如星辰。

“为什么乱跑？让我好担心。”苏流年风尘仆仆，赶得很急，“算了，我不怪你，吃晚饭了吗？我还没吃，好饿。”

米静好的心酸酸甜甜的，想哭又想笑，眼眶热热的，“酒店有餐厅，你去吃点吧。”

不等他走近，她就转身想走，怕控制不住自己的情绪，当场痛哭失声。

苏流年眼中闪过一丝阴霾，一把拽住她的手，温柔的轻问，“你去哪里？不陪我？”

如同情人的甜言蜜语，那么温柔，那么甜蜜，但是，米静好的眼眶悄悄地湿了，不敢回头看，“我吃饱了。”

“那看着我吃。”苏流年微微用力，将她拉回来，伸手想揽住她的肩膀，却扑了空，静好警觉的朝后退了两步，神情说不出的古怪，小手放在背后，一副戒备的模样。

苏流年的心都凉了，却不动声色，仿若无事般笑问，“怎么了？”

他的眉眼有一丝淡淡的倦意，米静好看着好心疼，抿了抿嘴，“先吃饭吧。”

意大利餐厅，主打意面和披萨，全是酒店的客人，几乎坐满了整个餐厅。

侍者将他们带到一个角落，苏流年点了一大堆，上菜的时候，他特意将意面放到静好面前，这是她最爱吃的。

静好举着叉子，食难下咽，明明没吃晚餐，却一点都不饿。

整个晚上，苏流年的视线没有离开过她，越看神情越凝重，“有你最爱吃的烤鸡翅，多吃点。”

烤鸡翅的香味扑鼻，但静好一点胃口都没有，“我饱了，谢谢。”

苏流年的眉心一跳，如此客气的态度，许久不见了。

静好不敢直视他的眼睛，怕泄露太多的情绪，直到他结账，她才深吸了口气，鼓足勇气，“吃饱了？我有话想跟你说。”

有些事情，总要面对的，避不了，也逃不了。

苏流年收回信用卡，一捞外套，潇洒地站起来，含笑的眼看着她，“刚吃饱，陪我出去转转。”

“我……”静好的喉咙干干的，如被塞了海水，咸得发苦。

酒店的小花园布置得很漂亮，中西结合，音乐喷泉灵动，花木扶疏，绿意葱葱，角落里有一架秋千，掩在花丛中，精致又好看。

手牵着手漫步在花园，空气中弥漫着淡淡的花香，怡人而清雅，本是浪漫的场景，但静好无心欣赏，心乱如麻。

苏流年含笑看着她，“还记得我们第一次见面的场景吗？你瞪着眼睛，小脸鼓鼓的，凶巴巴的样子真是可爱，我们以后生个女儿吧，像你。”

“你初生牛犊不怕虎，敢跟我对着干，让我留下了深刻的印象，还记得你当初喷过我，装逼是一种病，得治，或者那时起我就喜欢上你。”

一声又一声温柔的告白，让米静好红了眼眶，声音都哽住了，“你这是欠虐吗？”

苏流年的心一紧，极力装出无事人状。“没办法，谁让你这么可爱呢，趁别人还没有发现你的好，抢先下手。”

“苏流年。”这话要是放在以前，她会欣喜若狂，可是现在，一颗心如被压了块大石头，喘气都有些困难。

她真的很喜欢这个男人，喜欢他的高冷，喜欢他独有的温柔，喜欢他对她笑的样子，喜欢他宠溺的眼神。

她很想当作什么事都没发生过，牵着他的手一路前行，可是，不行啊，只要这么一想，负罪感如潮水般涌上心头。

那是最疼爱她的父亲，他那年雨夜惨死，给她带来了致命性的打击。

那一晚，她失去了父亲，失去了最爱她的人，也失去了温暖的家。

她还记得父亲血肉模糊的模样，记得他死不瞑目的样子，记得那浑身是血的场景，终其这一生都不会忘记。

那么恨，那么痛，那么绝望，那一幕深深地刻在她心田，也改变了她的一生。

犹然记得那种求诉无门的悲愤，只因为是小人物，无钱无势，没法将肇事者绳之以法，任由害人者逃出生天。

这也是她弃医从法的真正原因！

耳边传来清朗的声音，“今晚跟你睡。”

米静好吓醒了，双目圆睁，“什么？你说什么？”

吓死宝宝了，她是不是听错了？

苏流年挑了挑眉，居然有一股痞气，“这么高兴？早说嘛。”

静好的小脸悄悄红了，羞窘不已，“苏流年别闹了，我生气了。”

红红的小脸像刚熟透的小苹果，苏流年忍不住摸了摸，细腻丝滑的触感让他爱不释手。

“订不到房间了，只好凑合一下，放心，我很绅士的，当然如果你很想的话，我很乐意配合的。”

他含笑的声音如淬了毒的大餐，让人想靠近，又不敢凑上前，静好内心很挣扎，朝后退了一步，“不行。”

苏流年怔怔地看着空落落的手掌，眼中闪过一丝错愕，“狠心的女人啊，你的名字叫冷酷无情。”

静好莫名地心酸，“你才冷酷呢，你才无理取闹呢。”

扔下这句话，她扭头就跑，跑得飞快，好像后面有野兽追赶般。

苏流年的眼眸黯淡，无声的叹息，拔腿跟了上去，静好气喘吁吁地冲向自己的房间，扭头一看，那家伙居然不紧不慢的跟在后面，凶巴巴地瞪了他一眼，“不许进来，我要睡了。”

苏流年气定神闲，在她的瞪视下，轻轻松松拿出一张房卡，刷开了对面的房门，“好吧，晚安。”

静好瞪着一双大眼睛，胸口起伏不定，郁闷的不行，“苏流年，你又逗我，好讨厌！”

满嘴谎言，说得像真的般，害的她傻傻分不清。

“哈哈哈，明天见。”苏流年含笑挥了挥手，一走进自己的房间，笑容一下子消失了，俊美的面容蒙上一层阴影。

夜越来越深，夜色迷离，银色的月光洒进来，床上的女子睁着眼睛，翻来覆去怎么也睡不着，无数思绪不受控制的涌上来，内心的痛苦让她眉头紧锁，泪湿枕巾。

一夜无眠，静好看着镜子中苍白的自己，不禁苦笑，好难熬，这仅仅是个开始。

她拿出化妆品细细打扮，用粉盖住那份憔悴和苍白，不一会儿就焕然一新，明艳动人，看不出失眠的痕迹。

化妆品果然是女人的好朋友！

她刚打开房门，就见一个熟悉的身影倚在墙壁上，双眼紧闭，似乎被什么困扰住了。

听到动静，他睁开眼睛嘴角轻扬，笑容溢了出来，“早啊，睡得好吗？”

“好。”静好的内心五味俱杂，不知道该说什么，“你怎么起的这么早？”

“等你。”短短的两个字却饱含情意。

静好的鼻子一酸，莫名地想哭，“苏流年，我有话要说。”

她再也受不了，长痛不如短痛，迟早要有这么一天的。

苏流年的眼神一闪，笑吟吟的抢在前面开口。

“我也有话要说，我先说，今天是个特别的日子，第一个有女朋友陪伴的生日，很有纪念价值。”

静好呆住了，所有的话都卡在喉咙口，“今天是你生日？”

苏流年拿出身份证在她眼前晃了晃，“是啊，有图有真相，女朋友小姐，你一点都不关心自家的男朋友。”

本来昨晚想跟她一起庆祝的，结果闹成这样，果然是个印象深刻的纪念日。

静好苦着脸，小小声地嘟囔，“我都没有准备礼物，怎么不早说呢？”

实在太巧了，她不得不改变主意，相爱一场，让他好好过个生日，就当是送给他最后的礼物。

这是她唯一能为他做的！

苏流年很自然的揽着她往电梯口走去，“你陪在我身边，就是最好的礼物。”

“你有什么安排？”静好的身体僵硬，纠结而又为难。

一颗心摇摆不定，不管怎么选择，她都会怪自己。

苏流年察觉到她的异样，却没有说破，跟平常无异般笑道，“这边的游乐园挺有名的，我们去玩一天，怎么样？”

静好默了几秒，微微点头，“好，想去就去吧。”

今天是周末，游乐园人满为患，哪里都是排队的长龙，气氛热闹，到处是喧哗的嘈杂声。

米静好置身其中，反而有种安全感，莫名地安抚了她紧张的情绪，她偷偷地看了苏流年一眼，他特意为她挑的？

一时之间，像打翻了五味瓶，酸甜苦辣涩全都涌上心头。

玩了海盗船，玩了太空舱，玩了旋转木马，玩了一天，夜幕降临时，他们登上了摩天轮。

摩天轮升上半空，仿佛将整个世界都踩在脚下，朝外看去，脚下星星点点，万家灯火，美丽如梦境。

小小的空间只有他们俩，米静好愣愣地看着美丽的风景，脑袋一片空白。

一双大手伸过来，在后面抱住她，温柔的话语在耳畔响起，“今天玩的真痛快，好好，我很开心，希望每年都这么开心。”

米静好的身体一僵，脸上浮起一丝淡淡的悲哀，每年？他们没有未来可言！

面对他希冀的目光，她无法面对，唯有垂下眼帘，从大包包里翻出准备多时的礼物。“送给你的。”

是一只六寸的小蛋糕，粉红的包装精致又漂亮。

苏流年眼中闪过一丝惊喜，打开盖子一看，是他最喜欢的芒果慕斯蛋糕，越发的高兴，“好好，你什么时候准备的蛋糕？”

整天粘在一起，他居然没看到。

米静好点上蜡烛，火光跳跃，照的两人面容时明时暗，她举着蛋糕，笑容甜美，“来，许个愿吧。”

她轻松又俏皮的眨眼，像回到了过去，什么事都没发生。

苏流年深深地看了她一眼，随即闭上眼睛默默许了个愿，米静好呆呆地看着俊美的男子，眼底弥漫了泪意，好希望这一刻永远停驻。

等他睁开眼时，她眨去那份泪意，笑容清甜，像个天真的小姑娘。

苏流年吹灭蜡烛，拈了块奶油尝了尝，很甜。“你就不好奇我许了什么愿？”

米静好却吃出了苦味，奇怪，明明是香甜的蛋糕，是不是放错东西了？

“说了就不灵了，祝你心想事成，前程似锦，永远春风得意。”

每说一个字，她的心就痛一份，却还要笑得灿烂无比。

苏流年怔了怔，忽然冲她侧了侧脸，有丝魅惑。

米静好茫然不已，“什么意思？”

苏流年指了指自己的脸颊，似笑非笑，充满了成熟男人的魅力，“女朋友，这种时候应该献吻啊。”

她的芳心一颤，抿了抿嘴唇，鼓足勇气踮起脚尖，在他脸颊落下蜻蜓点水一吻。

嘴唇刚离开，细腰被紧紧箍住，一个炙热的吻落下来，辗转深吻，空间内顿时热辣四射，气温一下子飙高……

一吻过后，她浑身发软，气息混乱软倒在他怀里，小脸红艳艳的，媚眼如丝，他忍不住又低头亲了亲。

昏暗的电影院，光影驳澜，搞笑的喜剧片引发一阵阵笑声，观众们都被带进电影的世界，气氛很嗨。

唯有米静好眼神茫然，任何情节都没有看进去，吸气呼气，又吸气。

她缩在男人的怀里，像娇小的孩子，被他整个人都圈住，男子浓烈的气息在鼻端萦绕，她的心彻底乱了。

男人轻抚她的长发，一下又一下，像安抚着自家的宠物，“这个片子很不错，值回票价的，下次再带你来看。”

“我们分手吧。”黑暗中蹦出一句话，石破天惊，让向来精明的男人脑袋一片空白。

“……”

米静好不敢回头，双手紧紧相握，掐的死白，像背书般干巴巴地吐出一句话，“分手吧，到此为止，我不想再继续了。”

冷冷的声音在黑暗中响起，“把话收回去，我当作没听到。”

“我累了。”米静好泫然欲泣，却只能强作冷酷。

苏流年的身体也僵住了，极力压住火气，“小米，别惹我生气，你应该知道，我的脾气不是很好。”

居然要分手，这就是她举止反常的原因？

米静好闭上眼睛，肝肠寸断，心痛如绞，却坚持己见，“是我的错，你怪我吧。”

再也没有了继续往前走的动力，与其相互憎恶，不如停在最美好的一刻。

苏流年的怒火蹭的往上扬，他到底做错了什么？她到底抽什么疯？

明明刚刚气氛很好，一切都好，怎么就要分手？

女人真是善变的动物！

“什么理由？”

他浑身散发着熊熊怒焰，米静好浑身一颤，闭上眼睛，“我不喜欢你了，不，我只是把崇拜当成了爱情，年轻嘛，容易产生错觉，我……”

她越说越心痛，恨不得现在就去死。

还没有说完，身体一歪，一股大力将她的脸扭过来，火热的嘴唇压下来，吻得很凶残，狂风暴雨般袭击，血腥味在唇齿之间流转，静好的嘴唇很疼，但更疼的是她的心。

她不知从哪里涌起一股孤勇，反抱住了他脑袋，同样凶残的吻回去，像两只受伤的野兽相互啃咬。

这一吻，不见温情，更多的是爱恨难分。

不知过了多久，苏流年终于松开她，一双乌黑的眼睛在黑暗中亮的出奇，“只是崇拜？不是爱情？米静好，你何时学会了口是心非？”

如果这不是爱，那天底下还有爱的存在吗？

米静好的理智回笼，狠下心肠将他推开，“苏流年，我们走不下去了。”简单的几个字，却透着一股沁骨的悲凉。

不是不爱，而是没办法爱了。

再深的爱恋，又怎么可能凌驾于父女亲情？怎么可能凌驾于公理道义？

苏流年恨这昏暗的光线，让他看不清她的表情，更分不清哪句是真，哪句是假。

“你是不是嫌我接了那个案子？我可以退出。”

这是他最大的让步，牺牲了自己的名声。

米静好的眼眶一烫，差点泪流，“来不及了，苏流年，你做自己就好，不必为了我改变，你很好很好，但是，我不可能跟你在一起了。”

又是这种话，没有理由的被分手，苏流年没法接受，一阵火起，拉住她纤细的胳膊，“出来，把话说清楚。”

米静好紧紧拽住把手，死活不肯走，她怕太明亮的光线下，一切无从遁形。

“没有什么好说的，苏流年，求你，给我一点尊严吧。”

苏流年被气笑了，“尊严？你这种时候还想要尊严？米静好，你到底有没有心？”

第一次掏心掏肺的付出，却得到这样的结果，这让他情何以堪？

米静好紧紧咬住嘴唇，忍着钻心的疼痛，声音却冷冷的，“我就是这种没心没肺的女孩子，跟你在一起只是为了名气，现在我火了，不需要靠你了，我……”

说着无情违心的话，她的心在哭泣，恨不得给自己两巴掌。

但是，她还得忍着，甚至不敢在他面前流一滴泪。

苏流年猛地站起来，脸色铁青，“够了，我走。”

黑暗中，两行清泪滚落下来，迅速消失在空气中，心死如灰。

开庭的日子到了，法院门口聚集了一大波记者，这一次的爆点太多，也有足够的话题性。

米静好带着当事人率先到达，车门一打开，一大波记者围上来，长枪短炮将她围得水泄不通。

“米律师，你和苏流年律师又一次对阵，心里有什么感想？”

“你有没有算过，有几成的把握？”

关于这两位律师的绯闻传遍了整个政法战线，大家都表示非常关心。

这一段恋爱似真似假，闹的满城风雨，吊足了公众的胃口。

面对如此阵仗，静好有片刻的恍惚，当初家暴案一战，也是这样的场景，“我会全力以赴，这也是对所有人的尊重。”

她穿着紫色的套装，将头发挽起，露出精致的妆容，俏丽又轻盈，利落又干练，浑身透着一股知性美，气质绝佳，身材凹凸有致，吸睛无数，她已经是无数人嘴里的美女律师，集容貌和智慧于一身。

一名记者迫不及待地追问，“听说两位在谈恋爱，是真的吗？你会打人情牌，让苏律师暗中输给你吗？”

米静好面色不变，准备得很充分，“你们搞错了，我和苏流年律师只是朋友，一起联手打过一场官司，至于那些绯闻，都是不靠谱的，大家不要相信。而且我们都是专业律师，有操守有底线，不会玩暗箱操作，这一点请大家放心。”

“什么？只是朋友？”现场一片哗然，大家都怀疑自己的耳朵听错了，有没有搞错？

人群一阵骚动，“苏大律师来了，哇，又换新跑车了，好赞。”

只见一辆红色的跑车徐徐开过来，稳稳地停下来，车门开了，一个英挺的男子走了下来，长身玉立，俊美无俦，面色冷峻。

“苏大律师，刚才米律师否认了你们的恋情，这是真的吗？”

苏流年看都没有看米静好一眼，声音淡然，“只是对手而已。”

他的反应太平静太自然了，大家纷纷表示看不懂，“连朋友都不是？”

苏流年嘴角轻挑，露出一丝嘲讽，“我何德何能，怎么配当米大律师的朋友？”

众人茫然四顾，这不但没有半点奸情，反而是火药味十足，这是什么节奏？

如一巴掌打在静好的脸上，脸颊火辣辣地疼，她咬了咬牙扭头就走。

法庭上，除了三位法官和记录员外，双方的亲友都出席了，一方衣着鲜亮，打扮入时，一方朴实无华，形成了鲜明的对比。

双方的律师简单陈述了案情，静好也做足了准备，拿出事先准备好的证据，“这是路边的摄像头拍下来的，很明显是撞了人后逃逸，如此伤天害理的行为应该严罚。”

是一段视频，杨军开着跑车开得飞快，将人撞飞后，没有停下来，而是飞驰而去，雨太大，看不清杨军当时的表情。

等她说完，苏流年不慌不忙地开口，“首先我要说明一下，死者莫名其妙地躺倒在地上，当晚风大雨大，视野受到了极大的限制，我的当事人没有看到，只以为是撞到了路障，没有下车查看是他的错，但构不成犯罪。”

不愧是金牌律师，想出来的理由天衣无缝，非常合理。

米静好的脸色变了变，“照你这么说，撞了人还有理了，人家是主动送上门给他撞的，他还委屈了？”

什么没看到，这种鬼话骗谁呢？

苏流年神情淡然，气场强大，仿佛一切尽在掌握中。

“客观地来说，我的当事人也是受害者，他本来开得好好的，却遭受这种无枉之灾，事后他也很有诚心的做了弥补，主动投案，也主动提出赔偿死者家人，所以恳请各位法官判我的当事人无罪。”

一句无心就能撇得干干净净？连牢都不用坐？米静好第一个不答应。

“杀了人，还无罪？这样的逻辑不敢认同，苏流年先生，你也是大律师，请不要助纣为虐。”

苏流年冷冷淡淡地看着她，像看着一个陌生人，“意气用事并不能帮你打赢官司，米律师，做事不要这么激进。”

这话刺痛了米静好，大为恼怒。

“在你眼里，法律是什么？是你赚钱的工具？还是满足你欲望的手段？”

法官愣了一下，这是不是跑题了？这么重的火药味，有点不对劲。

苏流年不但不生气，反而云淡风轻，“这是人身攻击，辩不过才会撒泼。”

何为举重若轻？这就是，短短几个字，就将对方打得溃不成军。

米静好勃然大怒，谁是泼妇？“苏流年，这些年那么多案子，你可曾后悔过？”

没头没尾的一句话，却让苏流年微微眯了眯眼，“我问心无愧，每一桩案子都完美处理得很好，不后悔。”

米静好眼中闪过一丝怒气，完美？！哼，他用别人的血泪铺就了他的名声。

“呵呵，法律面前人人平等，不是有钱就占道理……”

两人对峙，言语交锋，你来我往很是激烈，恨不得打倒对方。

法官再也听不下去了，一拍桌子，“够了，这是法庭，要吵出去吵。”

有没有搞错？这到底是为公还是为私？

怎么吵得这么没素质？他们之间的绯闻到底有几分真？

苏流年眼神一闪，取出一份资料，双手奉给法官。

“法官先生，这份证据我本来不想拿出来的，但对方既然不想罢手，那只能这样了。”

法官看了后脸色都不一样了，交头接耳，轻声讨论。

米静好有种很不好的预感，“这是什么？”

苏流年落落大方地递了一份复印件给她，“这是死者的解剖报告，死者生前得了绝症。”

“那又如何？”米静好的脑袋乱糟糟的，下意识地看向受害人的老公吴谓，吴谓脸上浮起一丝悲伤，看来早就知道此事。

苏流年又扔出一颗炸弹，“这一份呢，是××保险公司的保险书，投保人是死者，受益人是她的老公，所以这是一桩骗保案。”

如一道惊雷在静好头顶炸开，她整个人都不好了，脑袋一片空白，不敢置信。

吴谓的情绪很激动，大声怒吼，“不是，你胡说八道，这全是伪造的，我老婆没有买保险。”

苏流年挑了挑眉，嘲讽地一笑，“伪造？你以为这是哪里？这是法庭，有专门的验证部门，每一份证据都能确保真实无误。”

他转过头向法官行了一礼，严肃地开口，“我请求验证科严查真伪。”

这要求合情合理，法官自然一口答应了，“好，休庭半小时。”

米静好第一时间冲向吴谓，板着一张俏脸，“为什么不早告诉我？”

吴谓一脸的紧张，很是慌乱，“米律师，你一定要相信我，我妻子是得了重病，但买保险，我真的不知道，而且据我所知，病重的人不能买保险吧。”

米静好怔了怔，说得挺有道理，但是以她对苏流年的了解，他行事滴水不漏，不可能伪造证据，知法犯法罪加一等。

身为一个知名律师，有名有利，什么都有了，怎么可能为了一个案子赔进自己的前途，那也太傻了。

一想到这，她头痛欲裂，“恐怕十之八九是真的。”

吴谓呆若木鸡，“可我不知道，我老婆从来没提过。”

米静好揉了揉眉心，这些证据的出现太过意外，要调整一下计划。

“出事当晚，她有什么奇怪的举动？或者有什么暗示？”

吴谓呆呆地回想，茫然地摇头，“我不记得了，脑袋全乱了，但我老婆不是那种人。”

话虽如此，但他的语气都是虚的，恐怕连他都在怀疑吧，米静好无奈地翻了个白眼，有种被打败的感觉。

越想脑袋越疼，索性去洗手间洗把脸，站在镜子前，她轻拍自己的脸颊，给自己加油，一定能行的。

身后响起微冷的声音，“米静好，你输定了。”

静好的身体一僵，看着镜中的苏流年，却没有回头，“不到最后一刻，谁知道呢？”

事事无绝对，什么事情都可能发生。

苏流年撩起衣袖，拧开龙头洗手，“你盲目的自信显得很愚蠢，让人不忍直视。”

米静好心里不痛快，冷哼一声，“没人请你看，苏流年先生，别想的太多。”

苏流年默了默，洗完手抽出手纸，细细擦拭，举止优雅又自信，“后悔吗？”

米静好抹脸的手顿了顿，清冷的声音响起，“我从不回头。”

就算再痛苦，也不会回头看一眼。

苏流年微微颔首，气宇轩昂，“这是个好习惯，继续保持。”

米静好双手插进裤袋，眼珠转了转，“其实我蛮佩服你闭着眼睛说瞎话的本事，黑白颠倒，明知杨军在事发当天清楚地意识到撞了人，却没有下车，你还帮他掩饰……”

男子高大的身影压过来，气势不凡，带来无尽的压力，米静好的心跳的飞快，身体朝后退，却发现靠在墙壁上，退无可退。

她气弱不已，却强自镇定，“你干吗？不要过来。”

苏流年的手灵活如蛇，一探手就将静好裤袋里的手机拉出来，轻轻松松落在他手里，“手机开了录音？想当呈堂证据？这手段也太稚嫩了，多学着点。”

他嘴角微扬，满满是嘲笑，删掉录音，将手机放在大理石台盆上，洒脱地挥挥手，像打胜仗的将军大摇大摆地走了。

看着他远去的身影，静好捂着怦怦乱跳的心脏，“混蛋。”

半个小时后重新开庭，法官当庭给出了鉴证报告，“证据都是真实的，死者确实买了很多保险，是有一个月前，跟一个叫江前的保险经纪买的。”

苏流年事先做过功课，也知道这个人的存在，按照流程应该让这人出庭作证。

法官一纸令下，江前很快被带进来，是个中年男子，穿着黑色的西服，看着很精明能干。

苏流年率先开口，“江先生，你和钱娟是什么关系？”

江前有些紧张，声音干巴巴的，“她是我的客户，在我手里买过保单。”

苏流年一双黑眼紧紧锁定他，“帮她做手脚欺骗公司，仅仅是客户？”

“她……”江前脸色变了几变，深吸了口气，“是我以前的邻居，但我不知道她得了重病。”

苏流年咄咄逼人，非常地强势，“你不可能一点都不知道。”

江前额头全是冷汗，有些气虚，“我是真的不清楚，是我工作疏忽，没有细查，毕竟都不是外人。”

这是个人情世界，不可能一板一眼，熟人想买保险，他当然是欢迎的。

苏流年微微皱眉，越发的气势逼人。“以你对她的了解，她有可能故意骗保吗？”

“这个……”江前脸色苍白，汗珠将额头的发打湿了，“我是真的不知道，我们不是很熟，她也不可能将这种事情告诉我。”

苏流年眼睛微眯，浑身散发着强大的气势，“你撒谎，她不可能事先不打听情况，有没有异动……”

一声清脆的笑声打断他的话，静好浅笑盈盈，“笑话，谁买保险不事先打听清楚？又不是你，钱多没处花。”

这话说得好有道理，但苏流年的脸黑了，淡淡地道，“米律师，我还没有问完。”

米静好转向法官，清丽的面容严肃至极，“法官先生，我反对这种诱供手段，这是对死者的不尊重，对我当事人的又一次伤害。”

“我只是追问真相，何来的诱供？江前，你应该知道钱娟的家庭情况，她买这么多保险，你就没有怀疑过？”

“我……”江前不停地擦汗，情绪在崩溃的边缘，“是有些怀疑，但是……”

不等他说完，苏流年就直接做出结论。“所以我们完全理由相信，这是一桩骗保案，而我的当事人是那个倒霉蛋。”

米静好气得不行，这人太过独断专行，霸道过头了，“事发当天，被告喝了酒，而且喝多了，我也有理由相信，这是醉驾撞人案，撞了人后逃逸，性质恶劣，我的当事人当天忽然发病，而面对横冲直撞的醉驾无力气躲开，才造成了悲剧的发生，所谓的骗保我们不承认，请法官记住一点，撞人是事实。”

她一语说中关键，撞死人才是重点。不管什么样的理由，都不能脱罪。

苏流年面色清冷，居高临下地看着她，目光如电，“喝酒？有人能证明这一点吗？”

米静好的气息一弱，但很快反应过来，毫不客气地反驳，“我查过他当天的行踪，晚餐是在金元大酒店，这是他们一桌的结账清单。”

她拿出一堆资料，递给法官，苏流年也看到了，嘲讽地勾了勾嘴角，“这算什么证据？点几瓶酒不表示我当事人喝了，这是两个不同的概念，不要混淆了。”

他轻视的语气激起了静好的好胜心，“我有人证，当时同桌的人说过，杨军整个晚上都在喝酒，喝得醉熏熏的。”

苏流年气定神闲地反问，“那人证呢？让他上庭啊。”

静好郁闷地抿紧嘴唇，那证人本来答应她作证的，昨天还好好的，今天早上就联系不上，不用脑袋想都知道发生了变故。

她还是棋差一着，但她不会就此认输的。

“我会尽快联络上证人，到时……”

苏流年抓住机会，强势辗压，“信口开河的话少说，如今铁证如山，别再浪费精力。”

两人针锋相对，电流啪啪作响，气氛极为紧绷。

吴谓忽然想起一事，猛地叫起来，“等一下，我忽然想起一事，我老婆有每天写日记的习惯，心里的想法都会记录下来。”

静好眼睛一亮，这是个很好的缓冲点，或许柳暗花明呢。

苏流年眼睛都没有眨一下，直接就反对，“谁敢保证她真实地记录下来？人总有选择性遗忘症，保护自己是一种本能。”

静好却不这么看，“不，作为一个母亲，她会真实地记录下心路历程，因为那是唯一留给孩子的东西，她会珍惜最后的遗言。”

不光是去世的母亲，活着的孩子也是，那是直通心灵的桥梁，最生动最形象的纪念品。

在漫长的岁月里，每当想念去世的家人，就翻出来看看。

苏流年目光炯炯有神，凛然气势油然而生，“心路历程？恐怕她更想在孩子心里留下一个完美的母亲形象，我觉得没有这个必要，如今的证据足够了。”

静好嘴角勾了勾，扬起一抹微凉的弧度，似是嘲讽，又似悲伤，复杂的无法用言语形容，“什么叫没必要？想死和意外死是两种不同的概念，人命关天，岂能如此草率？苏律师，你的职业操守呢？还是你怕了？”

“我怕？”苏流年怔住了，大家也愣住了。

静好仰起尖尖的下巴，露出挑衅的神色，“怕输啊，掩饰真相就是心虚的表现。”

苏流年深深地看了她一眼，“既然如此，我让你输得心服口服，法官先生，我请求下次再开庭。”

法官早就等这一句话了，“请求同意，退庭。”

他们走得利落干净，没有跟两方当事人说一句话，好像早就等着这一刻了。

杨军心事重重，坐着发呆，不知在想些什么，眼神呆滞。

江明月怒火冲天，极为不满，大声呵斥，“苏律师，你疯了？怎么能提出那样的请求？你这是跟米静好串通好了？想害我儿子？我警告你，我儿子要是有个闪失，我跟你没完。”

要不是苏流年是城中最好的律师，她都不想请他。

苏流年不以为忤，慢条斯理地整理东西，头也不抬，“要是不相信，尽管另请高明。”

他态度自信洒脱，反倒是江明月的脸左一块红，一右块青。“妈，不要再说了，我相信苏律师，只是我也很想知道原因。”

苏流年高深莫测地说道，“暂时的退一步，是为了未来进两步。”

静好的手一顿，竖起耳朵细听。

江明月硬生生地忍了下来，“你是说，情势逼人，你不得不提出来？好博取法官的好感？”

她一边说一边看向静好，神情怪怪的。

苏流年一点都顾忌，“不是太笨，孺子可教。”

江明月还是有些不服气，“可法官说不定会当庭判下来，省了我们许多事。”

为了这事，她晚上都睡不好，瘦了好几斤。

苏流年淡淡一笑，气定神闲，“这种案子没有只开一次庭的先例，中间要反复地拉锯，各种资料的递交，这仅仅是个开始。”

镇定又悠然的态度，太有说服力，江明月信心大增，“那这案子有多大的赢面？”

苏流年长身玉立，整理好文档，略一沉吟，“以我的经验，九成，如果没意外的话，稳赢。”

他很笃定，似乎一切都在掌握中，苏流年就是这么自信的男人。

本来吧，静好沉默不语，把自己当成路人，但听了这话，忍不住插了一句，“话不要说得这么满，意外总在不经意间发生。”

江明月怒气蹭蹭往上冲，怒目相视，“米静好，我劝你不要跟我们杨家作对，否则后果自负。”

她第一眼就不喜欢眼前这个女孩子，就是一个祸根。

“这是威胁？”米静好浅笑盈盈，已经有了极强的气势，“知道威胁一个律师是什么罪吗？”

“你……”江明月被彻底激怒了，高高挥起手。

苏流年的眉头一皱，身形刚动，就见米静好冷冷一笑，面露凛然之色。

“要是你敢动下手，保管你坐上几年牢。”

江明月的手僵在半空中，脸色铁青，内心挣扎的厉害。

杨军一把拉住他妈，“妈，够了，不要闹了，我们走。”

江明月顺着梯子往下走，只是脸上挂不住，临走前，还不忘扔下狠话，“别高兴得太早，我一定会赢。”

在一个律师面前叫嚣，简直是不知死活，静好双手抱胸，轻描淡定地掐回去，“人要有自知之明。”

东南亚餐厅，装修得极具异国风情，热情的舞曲欢快跳跃，听得人心情飞扬。

两个出色的男子坐在角落里，有一搭没一搭地聊着天。

江霁云的心情很不错，似乎还沉浸在新婚的喜悦中，聊了几句，就察觉到好友的情绪不高，“流年，怎么不高兴？听说今天的官司很完美，把小米打得哇哇叫。”

他已经听说他们分手了，但始终问不出原因，明明很恩爱很有默契的一对，怎么说分就分？

年轻人的世界，他看不懂了。

苏流年挑了挑眉，凉凉地吐槽。“你这么说，就不怕你老婆让你睡书房吗？老婆奴。”

江霁云也不是好惹的，当场反击，“你以后也会是老婆奴，别高兴得太早。”

两人的交情太好，说什么都没有顾忌。

苏流年举着红酒摇了摇，俊美的脸一派漫不经心，优雅而不羁。

“没有女朋友，哪来的老婆？”

说到这，江霁云立马来了精神，“你和小米到底是怎么了？”话刚说出口，对面的家伙就站了起来，扭头就走，江霁云连忙一把拽住他，暗暗惊讶，“喂，走什么走，别提都不能提吗？”

要知道苏流年是个我行我素，特立独行，心理素质无比强大的人。

他没有忌讳的事情和人，不管说什么都不会生气，顶多就不客气地掐回来。

苏流年的脸色发黑，“我不想听到她的名字。”

江霁云呆了呆，随即眼睛一亮，“流年，你也太小气了，不会是被甩的那个人吧。”

看着他八卦的脸，苏流年的手好痒，好想抽他几下。

他的沉默让江霁云震惊不已，瞠目结舌，“不是吧，我猜对了？天啊，我要昭告天下，让全世界都知道高冷的苏流年遭报应了。”

他别提有多兴奋了，哎哟，谁让苏流年视女人为无物呢，不知伤了多少女人的心。

没想到向来高傲的不可一世的冰山也有这么一天，太逗了。

苏流年嘴角直的，他交了什么损失？朋友失恋了，不但不安慰，反而笑得这么开心，作势要掐江霁云的脖子，“找死。”

“哈哈哈。”江霁云笑声雷动，顺势躲闪到一边。

这一番动静惊动了店里的客人，坐在窗边的年轻女子眼睛一亮，对着镜子补了补妆，迫不及待地走过来。

“苏流年，怎么是你？你也来这里吃饭？太巧了，一起啊。”

是杨海伦，她打扮得青春亮丽，笑容娇羞，眉眼含情。

一股酒味直扑而来，苏流年微微蹙眉，高冷地拒绝，“不方便。”

杨海伦像是没听到，拉开椅子一屁股坐下来，含情脉脉地看着心爱的男人，“苏流年，恭喜你打赢了官司，不愧是我喜欢的男人。”

她一副有荣与焉的模样，很是骄傲，恨不得昭告天下般的那种骄傲。

苏流年对她没有什么好感，更不喜欢她说话的语气，好像他们之间有什么不可告人的关系。

“你喝多了，去醒醒酒。”

杨海伦的笑容一僵，但很快恢复过来，被拒绝多了，厚脸皮也练出来了，她睦珠一转，借着酒意娇滴滴的示爱，“苏流年，做我的男人吧，我会对你很好很好的，我家公司缺一个男主人，只要你答应跟我结婚，我立马将股权转到你名下。”

这话一出，所有人都惊呆了，这么说真的好吗？这是婚姻买卖？

米静好一进来就听到这句话，一股酸意涌上心头，“苏流年，你什么时候堕落到靠女人上位了？”

跟在她后面的陈岚要笑不笑的，强忍着笑意，哈哈，这语气好酸哟。

杨海伦的神情一僵，随即愤怒得直瞪眼，“你们不是分手了吗？怎么还会出现？你们难道藕断丝连？苏流年，要做我的男人，一定要忠诚，不能在外面花天酒地，不许跟那些乱七八糟的女人勾勾搭搭。”

米静好嘴角抽了抽，这什么女人啊？“哈哈，忠诚。”

情敌相见，分外眼红，杨海伦气愤得直瞪眼，“你笑什么？被抛弃的女人就该检讨一下自己，不要再来死缠着我们家流年。”

一口一声我们家，语气亲昵，米静好听得很不是滋味，索性不鸟她，“点菜了吗？我肚子好饿。”

转移话题转得有些硬，在座的都是明辨秋毫的法律人，苏流年深深地看了她一眼，意味深远。

米静好只觉两道炙热的视线盯着她的头顶，她却不敢抬头，像蜗牛般缩着，她暗暗怪自己不争气，但是，有什么办法呢？

气氛有些僵滞，陈岚冲江霁云使了眼色。

“早就点好了。”江霁云主动为她解围，叫来服务生，“上菜吧，麻烦动作快点。”

他还主动加了一句，“今晚有限量草莓派，对了，是流年点的，似乎某人最爱吃的。”

米静好的身体一僵，忍不住抬头看了苏流年一眼，两道视线在空中相会，火花撞碰，那双黑眸沉不见底，却炙热无比。

杨海伦见状眼中闪过一丝嫉妒，很用力地拉扯椅子，“我最喜欢吃草莓派了，谢谢流年。”

陈岚看不下去了，她特意组织了这场饭局是想说合苏流年和静好，这半路杀出来的程咬金让她无法忍。“杨小姐，我们没有请你一起吃饭的意思。”

杨海伦打死她都不肯走，她就是要搅局，怎么着？

“我来请客，就当是谢谢苏流年帮我弟弟打赢官司。”

米静好忍不住吐槽，“你们姐弟感情什么时候变得这么好了？前不久还恨不得咬死对方呢。”

据说，杨家如今大乱，没啥能力的杨海伦母女得到了公司主营权，跟不甘心失败的于思思在公司斗得很欢腾，各有助力，年度的大戏悄然开场了。

杨海伦母女虽然赢了官司，但未必会笑到最后，说句实话，她并不看好。

杨海伦也不是省油的灯，骄纵的性子受不得半点委屈。

“我忽然想起来，我弟很喜欢你，还狂热的追求过你，你这么伤害他，真的太残忍了。”

她装的天真无邪的插刀，但静好根本没放在心上，“维持法律的公平公正，是每个法律人的责任，任何感情都要为法律让步，当然你这种人是不懂的。”

身为法律人，她愿意用一生去维护公平公正四个字，这是她踏入这一行的初心。

“感情为法律让步？”苏流年微微蹙眉，声音清冷，“真是新鲜的说法，我不敢苟同，感情是感情，法律又是另外一回事。”

两人的视线又一次在空中交会，一个清冷如水，一个炙热如火，相互纠缠，眼中只有彼此。

杨海伦又一次跳出来，“我家流年对我这么维护，我好开心，嘻嘻。”

众人闻言齐齐翻了个白眼，花痴，真烦人啊。

杨海伦不以为耻，反以为荣，只要得到自己想要的男人，所有的努力都是值得的。

她伸出纤纤玉手去勾苏流年的胳膊，娇滴滴的撒娇，“流年，我们什么时候见家长？我迫不及待地想嫁给你。”

苏流年冷冷的伸手一挡，“这是性骚扰，我有权告你。”

“……”这么不解风情，真的好吗？

静好眉眼弯弯，笑得很甜，“啊哈哈，这么饥渴？多找几个男公关，你们杨家不差钱。”

杨海伦恼羞成怒地瞪了静好一眼，掩面逃离。

她一走，气氛一下子轻松多了，大家都放松了许多，吃吃喝喝，很是融洽。

陈岚插针引线极力撮合两人，但两人不怎么感冒，态度都淡淡的，不跟对方说话，刻意保护一定的距离。

陈岚试了几次，索性放弃了，随便吧，爱咋地就咋地，都是成年人了。

吃完正餐，服务生送上热气腾腾的草莓派，直接用刀子切成四份，一一送到客人面前。

香喷喷的味道勾的米静好垂涎三尺，迫不及待的开吃，不一会儿就吃完了。

她吃东西很快，但很斯文，吃到好吃的美食，享受地眯起眼睛，一脸的满足，看的人心都化了。

陈岚每次跟她吃饭都又爱又恨，总在不知不觉中吃撑了，木有办法，光是看着她吃的满足开心的样子，就好想抢她的东西吃。

有一个吃货朋友，好忧伤。

“小米，真有这么好吃？”

“对呀。”静好眼睛亮晶晶地盯着她手里的那一份，口水直流，她还想吃，怎么破？“你吃不吃？不吃给我。”

就是这样，每一次都让陈岚觉得手里的东西好好吃，不吃就会被人抢走，“噗哧，我吃啊。”

果然好吃，争抢的东西就是好吃！

静好抿了抿小嘴，讨厌，就会逗着她玩。

她托着下巴，眼巴巴地看着好友吃东西，可怜兮兮的。

忽然一份完整的草莓派出现在她面前，她愣了一下，下意识地看向坐在一边的苏流年，苏流年把玩着手机，神情淡然，像是什么事情都没发生过，只是面前的盘子空空的。

静好咬了咬嘴唇，犹豫了一下，低头咬了一口草莓派，香甜的滋味在嘴里化开，心却酸酸甜甜，既想笑又想哭。

他永远是最疼她的人，每次都会将美食让给她，可是……

她没有抬头，所以错过了苏流年眼中一闪而过的如释重负。

天气阴沉，灰灰暗暗的，淅沥沥的小雨下个不停，如同静好此时的心情。

静好呆呆地看着窗外，下班时间下雨最讨厌了，她把车子送去保养，只要想到打车就觉得好虐。

敲门声响起，传来助理美美的声音，“米律师，苏律师来了。”

静好猛地回头，心慌意乱，“呃？什么？他怎么来了？”

声音戛然而止，她愣愣地看着站在门口的年轻男子。

苏流年微微一笑，气宇轩昂，“我想跟你谈谈案情，方便吗？”

人都来了，她还能说什么，指了指面前的椅子，“坐吧。”

室内只有静静的呼吸声，气氛紧绷，静好故作镇定地清咳一声，“有什么事吗？”

苏流年眉眼清俊，神情严肃地开口，“我想代我的当事人要求私下和解。”

“怎么和解？”静好神情微变，脸色不怎么好看。

苏流年拿起茶杯喝了一口，姿势说不出的优雅贵气，“我当事人愿意拿出一千万赔偿金，只求全身而退，事情已经发生了，谁都不想的，活着的人最重要，劝劝你的当事人吧。”

静好心底泛起一丝怒气，“如果我是当事人，宁愿不要一分钱，也不想放过肇事者，我要他付出代价。”

苏流年像看着一个不懂事的孩子，微微摇头，“就算付出代价又如何，他能开心？死去的人能复活？”

面对现实，为自己争取最大的利益，才是最重要的。

他的话很有道理，开的价格也很高，足够普通人衣食无忧一辈子，但是，静好心里发苦，“你不懂。”

说得轻巧，用钱就买了死者的命，但是，死者家属的痛苦和不甘岂是金钱能抚平的？

失去至亲的痛，只有经历过的人才知道。

苏流年很是耐心地说服她，“是你太年轻，太意气用事，凡事要从大局着想，为了孩子的将来着想，于情于理……”

静好的鼻子一酸，眼眶微红，“孩子只想要自己的父母好好地活着，永远陪着他们，就算用全世界来换，也愿意。”

用父母的命换一生的衣食无忧，有几个人能心安理得？

最起码她做不到。

苏流年微微蹙眉，面露沉思之色，她倔强的出乎他的意料，已经不能用愣头青来形容，“你不是当事人，不能代替他做主，听听他的意见，如果他不肯，我可以帮着说服他，尽快将此事了结掉吧。”

他觉得这是件小事，只要能用钱摆平的，都不算什么。

他微微侧脸，轻咦一声，“为什么用这种奇怪眼神看着我？”

似是愤怒，又似畏惧，又似悲哀，情绪太过复杂，苏流年都有些看不懂。

静好胸口快炸开了，悲凉而又痛心疾首，“你一直用这种说辞说服当事人家属和解的？”

她不敢想六年前的事，一想就心口疼得厉害。

苏流年心中浮起一丝异样，“你什么意思？”

静好乌黑的双眸闪过一丝痛苦，“或许你巧言善辩能暂时说动当事人家属，但是，伤害是永远也没法抹去，心结永远不会消失，那份痛苦会如影随形，伴随终生。”

身为亲历者，她比谁都有这个资格。

家破人亡，从无忧无虑的天堂一下子跌进深不可见底的地狱，灾难毁掉不仅仅是肉体，而是信念和爱。

苏流年费尽心机想要和解，只是为了她，结果她不领情，还说了一大堆怪话，不可理喻。

“米律师，请你专业点，不要扯那些没用的，也不要自我代入，更不要代替当事人发声，那没有意义。”

静好深吸了口气，“好，那听听当事人家属的意见。”

她当场拨通了吴谓的电话，启用了免听键，苏流年刚跟他谈条件，就被对方激动地拒绝，“一千万？对方肯出这么多钱？不，我是说，不管对方出多少钱，我都不接受，不和解。”

苏流年早就料到他是这种反应，不慌不忙地劝说，“你理智些，为了你的孩子，孩子要用到很多钱，有了钱能过得好点，能接受更好的教育，甚至能出国留学，将来毕业了也能做点小生意，启动资金也有了……这全是现实，我想尊夫人在天有灵，也是这么想的。”

“够了，我不想听。”吴谓直接挂断了电话。

但是，苏流年很有信心，没有第一时间挂断电话，本身就说明了问题，“再沟通几次就没问题了，这事我来处理，别担心，下班时间到了，我请你吃饭。”

看着他自信满满的表情，静好心里很不舒服，“没胃口，你跟杨小姐去吃吧。”

苏流年嘴角勾了勾，溢出一丝温柔的笑意，“你还在吃醋？我和她没什么，是她自作多情，我可没有回应过。”

静好垂下眼帘，掩去内心的波动，“你和她之间的事我不关心，不好意思，我今晚有约了。”

苏流年宠爱地伸出手，想摸摸她的脑袋，“别闹了，好吗？好好，这几天我浑身难受，没有你在我身边，我很不习惯，很想念你……”

深情温柔的声音在室内轻轻响起，生生撕裂了静好的心，她也好想他，但是，她没有那个资格想他。

天上的父亲看着她呢。

门被重重推开，一道身影像风般卷进来，“静好，我来接你下班，咦，苏律师也在？你们在谈公事？下班时间到了，有什么事明天再说。”

苏流年定睛一看，脸色顿时铁青，“你怎么在这里？”

沈默脸上挂着温煦的笑容，“我约了静好吃饭，苏律师要不要一起去？”

苏流年猛地回头，紧紧盯着静好，“这是真的？”

“是。”静好不敢抬头，无意识地抠着手心。

苏流年像被人打了一拳，身体轻颤，“好，很好。”

看着远去的背影，静好张了张嘴，愣了半晌，脸上浮起一丝淡淡的痛苦。

第十四章

包厢都被订光了，沈默订了临窗的位置，能看到外面美丽的江景，灯光璀璨，一闪闪的点缀着夜色。

热气腾腾的菜如流水般送上来，坐在沈默对面的中年女子戴着眼镜，身着正装，很是威严，见状连连摆手，“太破费了。”

沈默很是热情，笑容满面地道：“老师您难得来一趟，这是应该的，您千万不要客气。”

这是他和静好高三的班主任严静，看似威严，其实是个很负责的好老师。

静好尽管心情不好，但掩饰得很好，热情地给她夹菜，“是啊，老师您对我的好，我都记着呢，以后要多联系啊。”

她最艰难时，这位严老师伸出援手帮过她，影响她很深，让她很是感恩。

严静看着眼前的年轻男女，满眼的欣慰，“没想到兜兜转转，最后你们还在一起，这是上天注定的缘分啊，沈默，你可要好好珍惜，不要惹静好伤心。”

她是看着这两个孩子长大的，高三时遮遮掩掩的恋情她看在眼里，也帮着打过掩护，当然希望看到开花结果。

他们很般配，郎才女貌，都是好孩子。

沈默深情款款地看着静好，“那当然，我不会再辜负她。”

静好微微一笑，恬静如三月的暖风，“老师，他哄你玩呢，我们只是普通朋友。”

沈默的神情僵住了，满满是失落。

严静呆住了，“啊，我记得你们当年很要好，高三时压力那么大，都没有分开，怎么就分了？”

她并不是很了解他们上大学后的情况，只是偶尔听到几句，没想到他们真的分手了。

静发像是没看到他们的失落，笑得云淡风轻。“没有感觉了嘛，缘起缘灭，很正常。”

“太可惜了。”严静也知道感情的事情不能勉强，唯有一声叹息。

在不远处，两个衣冠楚楚的男人盯着他们看，其中一人惊讶地瞪大眼睛。

“咦，苏律师，那不是你的女朋友吗？那个男的是谁？我怎么觉得像在见家长？这是错觉吗？”

“走吧。”苏流年收回视线，表情冷冷的。

同事遥遥虚指，“喂，怎么这样？不过去吗？”

苏流年面如沉水，他们果然是约会，“我们分手了，她的事我不关心。”

同事瞥了他一眼，笑得古里古怪，“那事务所里的女员工有福了，估计又要春情萌动，哈哈哈。”

“闭嘴。”苏流年率先进入包厢，同事紧随其后，门刚刚合上，几乎同一秒，静好的视线看过来，发现空无一人，不禁自嘲地笑了笑，太敏感了，谁会看她呢。

午后的阳光照进来，照在身上暖暖的，米静好伸了个懒腰，揉了揉肩膀，坐的身体都僵硬了。

她起身活动了一会儿，喝了几口水果茶，又拿起卷宗翻看，做最后的审查，再过几天又要开庭了，不能出半点漏子。

电话铃声响起，她随手接起来，是吴谓的电话，“米律师，我决定接受和解。”

如一道惊雷在静好头顶炸开，震惊地反问，“你说什么？”

吴谓似乎很心虚，“你不必劝我了，律师费我会加倍给的，就这么决定了。”

他直接挂断了电话，再打过去已经关机。

静好气得直拍桌子，不怕神一样的对手，就怕猪一样的队友。

就这么放弃了？不想为妻子讨回公道？

她精心准备的材料都成了废纸？

一股怒气在胸口旋转，不上不下的，把她憋屈坏了，直接拨出一个电话，“苏流年，你挺有本事的，居然这么轻易就说动了我的当事人，真了不起。”

她气得声音都变了，恨不得抓花对方的脸。

苏流年气定神闲，“小菜一碟，谢谢夸奖。”

“你……”米静好听着没有温度的声音，一阵悲哀涌了上来，“混蛋。”

眼见就要开庭了，当事人都妥协了，她这个律师还能怎么着？一连几天找吴谓父子，都没有找着人，把她气得够呛。

突然手机一亮，静好一看屏幕上吴谓的名字，立马接起来，不等她开骂，吴谓绝望无助的声音响起，“米律师，请你帮帮我。”

帮他？怎么帮？静好气不打一处来，“帮我拟和解书？抱歉，你去找苏流年吧。”

吴谓连忙否认，“不，我要告那个杨军王八蛋，告他坐一辈子牢。”

忽如其来的情势逆转让静好有些反应不过来，“发生了什么事？”

吴谓因愤怒而颤抖的声音透过话筒传到静好耳朵里，“他派人把我妻子的遗相砸了，是当着我儿子的面，儿子都被吓坏了，我这辈子都不会原谅他的。”

“什么？”静好惊呆了，这也太下作了，怒气蹭地往上冲，“我马上过来。”

她拿起包包窜出去，在路上还通知了苏流年，等她到达时，苏流年的车正好赶到，两人相视一眼，不约而同冲进去，只见一室的狼藉，家具被砸了一地，那张遗相撕成无数片，小小的孩童趴在地上，专注的拼着遗照，一张又一张碎片，在他手里渐渐成形。

吴谓呆呆地看着儿子，满眼的泪珠，后悔莫及。

静好呆呆地看着那个孩子，居然不敢走进，她从孩子的眼中看到了恨和荒芜，这只是一个六岁的孩子啊。

在他身上，她仿佛看到了自己的影子，曾经无助绝望又充满恨意的自己。

她将所有的怒气都发泄到身边的男人头上，“苏流年，你干的好事，这就是你包庇罪犯的后果，你是不是很高兴见到这一幕？”

“我没想到……”苏流年也很震惊，对孩子来说，这一切太过惨烈。

静好心口疼得厉害，气得哇哇大叫，“没想到什么？你早该想到的，杨军那种人就该死。”

苏流年茫然四顾，隐隐感觉不对劲，“他本来很有诚意和解的。”

也是杨军主动提的赔偿金额，说是要给孩子多点保障，这说明他是诚心悔过，怎么一转身就闹了这么一出？

静好手指着满室的狼藉，气得眼眶都红了，“这些是什么？砸吴家？撕遗照？还当着小孩子的面，怎么可能这样？这会给孩子带来一辈子的阴影，这些你都没想到？”

她就是一个最好的例子，而出事时她已经成年，心智健全，都差一点崩溃，可这个孩子呢，才六岁啊。

苏流年面色很难看，“你先不要激动，我会调查清楚。”

“我很失望。”静好扔下这四个字，再也不看他一眼，冷漠的背影写满了控诉。

苏流年呆呆地站了很久，像座千年不化的冰山，忽然转身就走，不一会儿外面响起跑车发动的声音，轰鸣声如雷。

一个小时后，苏流年砸开杨军的家，杨军母子神情紧张，似是早就猜到了他的来意。

三个人静静地坐着，谁都没有吭声，室内弥漫着尴尬不安的因子。

苏流年左看右看，始终看不懂，“真是你做的？”

没有理由啊，对方都答应和解了，会不会另有隐情？

出乎他的意料，杨军回答得很痛快，“是。”

江明月的身体一抖，红艳艳的嘴唇动一动，却不知为何将话咽了回去。

苏流年不愿相信自己看走了眼，但事实就摆在眼前，沉声问道，“为什么出尔反尔？”

杨军闭了闭眼，双手掩脸，情绪很是烦躁，“我烦死了那些流言蜚语，烦死了别人异样的眼光，一出门就指指点点，本来想用钱了断，结果发现没用，全怪那个女人忽然杀出来，是她把我害成这样的，我要报复，我后悔给钱了。”

这就是理由？听着很不合理，但有些人任性妄为，行事全凭喜好，不需要理由。

苏流年发出一声沉重的叹息，“我开始后悔接这个案子了。”

他对当事人只有一个要求，就是配合，照着他的剧本走，任何自作主张的行为都是一种犯蠢。

“你想退出？”杨军头也不抬，看不清他的表情，“可以，反正我有的是钱，没有钱摆不平的。”

说着嚣张跋扈的话，却没有昔日的蛮横，没有气势可言，好像变了个人般。

江明月的反应最激烈，猛地扑过来，紧紧拉住苏流年的衣袖哀求。

“苏律师，你不能中途退出，拜托，我儿子不是坏人，全世界都知道你是坚持到底的人，每桩案子都有始有终，请继续帮帮我们母子。”

苏流年一个用力，抽回自己的衣袖，神情淡漠如雪，“想要继续，可以，但我有一个条件，必须向那对父子道歉，求得他们的谅解。”

杨军猛地大叫起来，“都这样了，还道什么歉？”

江明月将儿子推到身后，脸上浮起一丝坚决，“好，我答应了。”

“妈。”杨军在后面大叫。

但江明月充耳不闻，可怜兮兮的求情。“苏律师，请你相信我，我一定会求得他们的原谅。”

苏流年什么都不想听，语言有时候是最苍白无力的，“有了结果再来找我。”

白天发生的事情让静好久久不能平静，深更半夜都睡不着，烦躁得很想抽人，怎么破?

外面黑漆漆的一片，没有一点月光，天上也没有星星，静好披着外衣坐起来，随手抽出一本法律书翻看，但是心不安，一个字都看不进去。

手机铃声划破寂静的夜晚，静好拿起手机一看，是个陌生号码，这么晚了，谁会打来？骗子电话深夜也是不打啊。

她犹豫了一下，接起电话，是个陌生男人的声音，“米小姐，请问认识苏流年大律师吗？”

静好呆了呆，什么情况？“呃，请问是哪位？”

“我是L5酒吧的调酒师，苏流年律师喝多了，叫着你的名字，所以麻烦你带他回去。”

静好又一次傻眼了，有些晕菜，“啊，他身边没有其他人吗？”

一个人深夜买醉不是理智冷静的苏大律师会干的事啊，画风不对。

“他一个人过来的，麻烦快点。”

电话挂断了，似乎对方很忙，静好听着嘟嘟的短音，眉头紧锁，“喂喂。”

她挣扎了几分钟，最后还是放心不下，换了一套衣服匆匆地赶往L5酒吧。

她直接冲向吧台，果然看到了那道熟悉的身影，不禁暗暗松了口气。

苏流年趴在吧台柜上，两眼紧闭，面色潮红，浑身酒气，明显是喝醉了。

一股无明火涌了上来，米静好揪住他的耳朵，用力一扭。

“苏流年，你怎么喝成这样？快醒醒，醒醒啊。”

一边的调酒师吓了一跳，看似温温柔柔的小女生，骨子里这么凶残野蛮，吓死宝宝了。

苏流年被痛意唤醒，微微睁眼，露出一个傻乎乎的笑容，“好好，你终于来了。”

米静好的鼻子一酸，松开手摸了摸他的脸，好烫，怎么喝这么多？

“麻烦帮我叫车，谢谢。”

酒吧的保安帮着静好将人高马大的苏流年塞进车子里，静好已经累出一身热汗，气喘吁吁。

一路开着车，静好不停地看向两眼紧闭的昏睡男子，既担心又难过。

明知不该喜欢他，但情难自禁的心疼他，为他担心。

车子在他楼下停住，米静好扯开安全带，刚想扶起苏流年，却被迷迷糊糊的男人推了一把，“不要理我，谁都不要理我，让我一个人静静。”

痛苦的声音在寂静的夜色中回响，似远似近，米静好轻抚他潮红的面容，心口隐隐作痛，“遇到问题不想着解决，却跑去喝酒，我很失望。”

苏流年的神智不是很清楚，眼前一片模糊，浑身难受，但那道清凉又熟悉的抚摸缓解了不适，“失望？你是好好？别动，让我好好看看你，我很想你，这些日子我很难过。”

他真的喝醉了，清醒的时候绝不会说出这种话。

静好的眼泪都快下来了，“为什么？”

苏流年按着脑袋，摇摇晃晃，越发的迷糊，“好多不顺心的事，官司不顺，我女朋友跟别人跑了。”

米静好惊呆了，当着她的面乱指控，太令人发指。

“我跟谁跑了？”

苏流年紧紧抱着她，在她怀里蹭来蹭去，委屈的嘟囔，“那个小白脸，长的特别讨厌，我不喜欢，你也别喜欢他。”

高冷的男神一下子变成了缠人的小孩子，静好有些接受无能，等清醒过来，发现自己被抱得喘不过气。“喂，放开我。”

“我不放，你是我的，我的。”他像个生怕被人抢走心爱玩具的小孩子，死抱着不放，昏暗的路灯打在他脸上，透着一丝委屈，一丝悲伤。

米静好呆呆地看着他，两行清泪滚落下来。

夜越来越深，夜色迷离，雾气丝丝缕缕升起来，整座城市都被轻雾笼罩。

律师事务所，众人各司其职，忙得不可开交，电话铃声不断，一派忙碌的景象。

静好洁白的十指在银色的键盘翻飞，一边看着手头的资料，一边接电话，忙得恨不得多长几双手。

随着名声越来越响，来找她的人更多了，虽然挑案子极为谨慎小心，但还是积累了好几桩案子，要忙的事情太多了。

美美的声音猛地响起，“苏律师，苏律师，你不能乱闯。”

随着她的声音，门被重重推开，一道身影飞快地冲进来。

是苏流年，他一如既往的打扮得体，西装笔挺，头发梳得很整齐，鞋子锃亮，但是，眉宇间有一丝不易察觉的焦躁。

静好坐着不动，白皙如玉的面庞沉静又淡然，“苏律师，你好像闯我办公室都养成习惯了。”

苏流年眼中含着一丝淡淡的希冀，“昨天……是你送我回去的？”

他醒来时好好地躺在床上，是裸着睡的，他仿佛记得她的声音，她的味道，她的气息。

还有那些火热激情的片段，想想就浑身滚烫。

静好的心一跳，却没有闪避，淡淡地颔首，“是，我们送你回去的。”

别看此时表现的镇定如常，其实内心很崩溃，很羞窘，他抱着她又亲又摸，上下其手，差一点就失身了，关键时刻，他吐得稀里哗啦，才没有继续下去。

嗯，她绝对不会承认，她有一点失望！

“你们？”苏流年有些错愕，难道记错了？

“我和沈默。”静好睁着一双明净的大眼，“有什么问题吗？”

苏流年心底闪过一丝失落，在心里叹气，他自作多情了，“看来是我喝多了，米律师，抱歉。”

他果断的转身就走，来时匆匆，去也匆匆。

美美呆呆地站在门口，“怎么这么快走了？你们又吵架了？”

静好收回视线，压下那股沮丧，“没有什么好吵的，把下午的时间空出来，我约了人。”

“有重要约会？跟男的？”美美立马八卦起来，两眼晶晶亮。

静好揉了揉额头，都是不省心的家伙。“别想太多，出去工作吧。”

事务所长长的走廊铺着红色的地毯，踩在上面悄无声息，苏流年失魂落魄地往前走，转角处没注意碰上迎面走来的，“不好意思，是我走路不小心……”

“没关系。”李淑娟好不容易站稳脚步，一看对方，顿时眼睛瞪大，怒气冲冲的喝道，“苏流年，是你？你怎么在这里？”

她的怒气来得太忽然，苏流年摸不着头脑，很有涵养地点了点头，扫了对方两眼，“您有点眼熟，我们见过面？不知怎么称呼？”

他风度翩翩，很是客气，没有太高冷，主要是初见面就让他感觉亲切，好像见过般。

李淑娟恶狠狠地瞪着他，愤怒至极，“我这辈子都不想见到你，麻烦你远离我们母女。”

事隔多年，但这份愤怒和怨恨依旧深植于心中。

他虽然不是杀夫凶手，却帮凶手逃脱法律的惩罚，也是她的敌人。

苏流年有些不悦，没见过这么不讲理的，“这位大婶，你是不是误会了，我可不认识你的女儿。”

追他的女孩子很多，但他向来不假辞色，保持距离，除了某人外。

他脑海里闪过一丝灵光，猛地睁大眼睛，盯着李淑娟猛打量。

六年前李淑娟和苏流年打过交道，知道对方有多可怕，多难缠，“不认识？你……算了，不要再来这个律师事务所。”

纵然再恨，她也有顾忌，没法豁出去大闹。

六年前没闹，六年后怎么闹得起来?

“等一下，你女儿是这个律师事务所的?”苏流年终于抓住了其中的要点，不敢置信，“你是静好的妈妈?”

虽然天天陪着静好去医院送汤送饭，却从来没有见过静好的母亲，只因她不喜欢。

既然被认出来了，李淑娟也没有什么好躲的，该躲的人是眼前的苏大律师。

“是，我警告你不要缠着她，否则我不会放过你的。”

苏流年怔怔地看着她，百思不得其解，“你为什么对我有这么大的成见?难道我们之间有什么恩怨?我们应该没见过……”

一块记忆碎片闪过，他顿时大惊失色，“你姓李，李淑娟?”

李淑娟冷冷的嘲讽道，“你总算想起来了，我老公是米国忠。”

如一道晴天霹雳砸中苏流年，眼前一黑，“不可能，我不相信这么巧。”

静好是米国忠的女儿?怎么会这样?巧的让人心惊。

但是，也只有这个理由才能解释米静好的异状，痛苦又隐忍的眼神。

原来如此!他终于知道了真相，却……

李淑娟恨极了他，要不是他，她老公就不会死得那么冤枉，要不是他，她们母女不会形同陌路。

“你当年说的那些话，我一直记得清清楚楚，这辈子都忘不了，像你这种爱拿钱砸人的人渣不配跟我女儿在一起。”

她可爱又善良的女儿怎么就遇到这种极品男人?

苏流年的心一阵剧痛，“她什么时候知道的?”

他无法想象那个纯粹又倔强的女孩子知道时，是一种什么样的心情?

痛苦?绝望?但是，她从来没跟他提一个字，为什么?

以她爱憎分明的性子，怎么可能选择沉默?

李淑娟将他一把推开，愤怒的浑身直哆嗦，“我为什么要告诉你?反正你给我记住，你们之间隔着一条人命，我老公的命!”

如被击中了要害，苏流年的脸色刷的全白了，心口被无数把刀慢慢割着，疼得没法呼吸。

原来，他们之间有着无法逾越的鸿沟，这才是分手的真相！

敲门声又一次响起，“静好，是我。”

熟悉的声音入耳，米静好飞奔过去开门，果然见到母亲熟悉的面容。

“妈，你怎么来了？你刚出月子啊，太乱来了，不用看孩子吗？叔不说你？”

她一边将母亲拉进来，一边不动声色地看向长廊，应该没撞见吧。

李淑娟紧紧拽住女儿的胳膊，“过来报销治疗费，找主治医生签个字，你跟苏流年分手了？”

其实前面都是借口，后面那句才是重点，她主要是来查探女儿的感情生活。

太担心这个女儿了，怕她感情用事，更怕她受打击一蹶不振，但现在看来，她过得好好的，气色也不错。

米静好眼神坚定明亮，“是，分了。”

李淑娟长长地吐出一口气，终于放下高悬的心，“我知道你是个懂事的孩子，不会让我失望的，那我走了，有什么事打我电话。”

她只停留了几分钟就匆匆离开，风风火火，行色匆忙。

静好追了出去，“吃了饭再走吧。”

李淑娟放下一重心事，又挂念着刚出生的小女儿，归心似箭，“我不放心你妹妹，有空常回来看看。”

“好。”

酒吧内，灯光迷离，处处弥漫着暧昧的气息，昏暗的灯光下，双双对对抱在一起扭动，劲爆的摇滚乐勾起众人心中的激情。

越夜越激情！

苏流年坐在角落里，一杯接着一杯狂喝，几乎是不受控制的猛灌。

坐在对面的江霁云看呆了，不可思议，在他的印象中好友是个很自持克制的人，没见过他失控的样子。

可这一会儿却喝的天昏地暗，发生什么大事了？

“流年别喝了，真是疯了，到底有什么想不开的？喜欢小米就去求复合。”

他想来想去，只有这桩事不如意，至于事业是风生水起，名声在外。

苏流年两眼通红，眼神迷离，痛苦地轻喃，“不可能了。”

江霁云又是一呆，向来得意志满的苏流年何时变得这么脆弱？这么不自信？

“不试怎么知道？听我的劝，她是喜欢你的，只要诚心诚意，她会……”

苏流年有苦难言，憋得难受，“不会，老江，我终于知道什么叫出来混的，总要还的。”

六年前的一个举动，造成了今天的果，自己酿的苦果只能自己吞，谁都帮不了他。

江霁云越听越迷糊，“你说什么？我怎么听不懂？”

苏流年举起酒杯一口喝光，“我没有脸面对她，我……”

她面对着他时，在想什么？是恨？是怨？

好友眼中的懊恼和悔恨，江霁云都看在眼里，暗暗担心，“你做了对不起她的事？不是吧？没想到你是这样的男人。”

他努力挑动气氛，但收效不大，苏流年眉头紧锁，像灌水般喝个不停。

江霁云抢过他手中的酒杯，“别喝了，明天还要上庭呢。”

苏流年一双黑眸亮得出奇，痛苦之色溢于言表，“我想喝醉，醉了就什么都不想，可是，醉不了啊，江霁云，你教教我，怎么办？”

江霁云受不了地摇头，“算了，我陪你喝。”

晚上十一点，米静好已经躺在床上了，接过江霁云的电话时，很惊讶，“学长，这么晚了有事吗？”

江霁云也喝多了，有几分醉意。

“来 KU 酒吧，苏流年喝多了，吐得厉害，还念着你的名字。”

米静好的身体一僵，眼中闪过一丝难受，声音却平静无波，“我不过来了，你早点拉他回家。”

在江霁云看来，苏流年和静好各方面都合适，又是同行，有共同语言，很是般配，怎么就走到这一步？

“你们到底是怎么回事？有什么话就说开了，这样下去对大家都不好，不如我做个调解人，早点和解？”

静好看着白色的天花板，微微苦笑，“据说男人失恋的期限是一个月，一个月后他就龙腾虎跃，精神焕发，彻底把我忘掉，另结新欢了。”

说到最后，她的语气有些酸涩。

江霁云听了出来，越发的奇怪，明明有感情，为什么还要分开？

“到底是为什么？”

有些事情只能自己承受，静好淡淡地道，“学长，别管我们的事，我和他没有缘分。”

江霁云握着手机，若有所思，一转头就看见苏流年惨白的脸，头皮一阵发麻，“苏流年，你全听到了？”

“没有缘分。”苏流年的脸色复杂的无法用言语形容，长长一声叹息，似有数不清的痛楚，“是啊，六年前就注定了结局。”

“你又说胡话，走，跟我回去。”

三天后，爆出一条大新闻，已故商业巨子杨震霆之子杨军召开记者招待会，向公共道歉，更向受害人家属道歉，场面很大，请了上百家媒体采访。

杨军满含热泪向受害人家属鞠躬道歉，求原谅，并愿意做出相应补偿，言语诚恳，诚心忏悔，场面十分感人。

不仅如此，杨军还当场向慈善基金会捐钱捐物，并许下诺言，有生之年都会做善事，以偿前罪。

一时之间舆论变了风向，纷纷帮杨军说好话，扭转了大家对他的看法。

一夜之间，杨军彻底洗白了，一洗以前暴虐的纨绔形象，成了富二代的榜样。

同一时间，陪同杨军出席的苏流年律师当场宣布，不再担任杨军的辩护律师，请杨军另请高明。

一石激起千层浪，现场一片哗然。

静好也非常惊讶，呆呆地看着屏幕上的照片，说不出是什么滋味。

他疯了？他知不知道自己在做什么？

以她对他的了解，这场记者招待会是出自苏流年的手笔，威力很强大。

但是，毫无预兆的退出，不像是苏流年的为人。

很明显，他事先没有跟任何人商量，端看杨军震惊的表情，就知道了。

电话铃声响起，她顺手一接，陈岚激动万分的声音在耳边响起，“天啊，你看到新闻了吗？苏流年脑子被撞坏了？还是被外星人控制了？他知不知道后果？”

静好内心很不平静，但没有表露出来，“双方都有重新选择的权利，谁都不例外。”

不管是当事人，还是律师，只要一方不想合作，都可以提出中止合同，这是行业规则。

陈岚的声音猛地拔高，“可他是苏流年！”

静好不禁哑然了，是啊，就凭他是苏流年，足以秒杀所有的理由。

苏流年，名牌大学一毕业就进入知名律师事务所，二年后升级股东，三年后一跃成为一线知名大律师，四年后坐上了 S 市律师界第一把交椅，这些年所到之处，所向披靡，战无不胜。

他每接一桩案子前都反复考量，一旦接了，就不会中途放弃，一战到底，非赢不可，这份魄力和狠心是他成功的原因之一。

所以，他迅速上位，得到了很多当事人毫无保留的信任。

谁都知道，一旦请到苏大律师，就意味着赢定了，这是所有人的共识。

一旦打破这种共识，后果不堪设想，信心的溃退是很可怕的。

陈岚不停地碎碎念，情绪高亢无比，“你能猜到他的心思吗？我特别好奇，估计全世界都想知道原因。”

静好的心口有些堵得慌，“我怎么可能知道？又不是他肚子里的蛔虫，你让学长劝劝他吧，这个头不能开。”

要放弃很容易，但重建信心不知要花费多少时间。

陈岚也是同行，当然知道严重性，“打过电话，关机中，谁都找不到他，真是愁人。”

“您拨打的电话已关机。”又是这一句话，静好烦躁地扔下手机，愁眉苦脸，他到底在哪里？

忽然脑海里闪过一道灵光，她一跃而起，飞奔出去，不一会儿出现在苏流年楼下的咖啡店，店很小，只放了几张桌子，但布置得很温馨。

踩着楼梯一步步走上去，那些往事如涌水般涌上心头，他曾经说过，每当烦心时，就来这里静一静坐上半天，喝杯咖啡，吃一块甜得发腻的蛋糕。

楼上更小了，只放了两张木头桌子，一抹熟悉的身影映入眼帘，静好长长地舒了口气，原来他在这里。

清俊的男子看着窗外，微微蹙眉，似乎在想些什么。

她悄无声息的走过去，坐在他对面，苏流年猛地惊醒，呆了呆，眼中闪过一丝惊喜，“你怎么知道我在这里？”

“知道有多少人在找你吗？”静好没好气地白了他一眼，“能不能别这么幼稚？”

高冷又骄傲的苏大律师，不适合悲春伤秋哟。

苏流年目不转睛地看着她，眼神说不出的复杂，似是想念，又似痛苦。

静好的心一紧，有些紧张，看样子是遇到大事了。

“你要退出？是真的吗？”

明知道不该靠近，不该关心，不该多问，但就是情难自禁。

她不求在一起，只希望他好好的。

清澈的明眸流露出关心之色，掩饰不掉，苏流年心里发酸，“是。”

静好百思不得其解，“为什么？”

苏流年垂下眼帘，喝了一口咖啡，冷掉的咖啡好苦，苦得直皱眉头。

“忽然觉得没意思。”

这样的解释怎么可能说服静好，在一起的日子很短，但对他有一定的了解，“有始有终，全力以赴是你接案子的原则，你这样砸自己的招牌半途而废，形同于自杀，让别人怎么还敢把案子给你？”

他那么聪明的人，怎么可能不懂这些？但为什么还坚持？

苏流年把玩着打火机，面无表情，“你不是不想我接吗？”

静好急得直拽头发，“这是两回事，接了就要负责，一路走来不易，不要轻易砸了自己金字招牌。”

快疯了，她为什么要说这些话？鸡皮疙瘩都起来了。

苏流年深深地看着她，“为什么要劝我？”

静好愣了一下，尴尬的视线乱飘，“哪怕只是个普通人，我也会这么说，而我不怕任何挑战，对手越强大，越能激发我的潜能，我不会输的。”

言不由衷的话，听着很不对味，但她还能说什么？

“你很好很好。”苏流年不禁苦笑，是他没有福气，是他一手摧毁了自己的爱情。

气氛太过凝重，静好喘不过气来，“赶紧振作起来，好好投入工作中，不要让大家失望。”

“包括你吗？”苏流年有些动容。

静好心虚莫名，支支吾吾，耳根子悄悄地红了，“我也不希望曾经喜欢过的人跌到泥地里，我也没什么面子，对吧。”

晕，说的什么鬼话，词不达意，扣分。

苏流年怔怔地看了她许久，仿佛要记下她的模样，“好，我听你的，一起吃饭吧。”

静好闭了闭眼，挥了挥手，“不了，我约了人，你……少喝酒，对身体不好。”

心口一阵阵刺痛，跌跌撞撞地离开。

“好。”他眼睁睁地看着那个娇小的身影消失在眼前，一股无力涌上来。

第二次开庭的时间到了，静好和吴谓在门口碰的头，第一眼就看出吴谓很紧张，双脚都在抖。

她在心里轻轻叹了口气，带着他进入法院，一路上陪他说话，分散他的注意力，缓解他的压力，但没啥用。

“不要紧张，深呼吸。”

吴谓也不想的，感觉很丢人，明明不是第一次来啊，怎么还是这么紧张？好

“米律师，你是不是觉得我特别没用？说话不算数，说变就变。”

这些天他的心情起伏不定，特别压抑，心口像压了块大石头，做什么都不对劲。

再这样下去，他要疯了！

静好特别理解他的心情，普通人打官司，心理压力大，情绪不稳定。

“怎么会？一时的妥协并不代表永久的妥协。”

吴谓的心好受多了，只想尽快做个了断。

“谢谢你，我不会让你失望的。”

开庭的时间还早，静好去了一趟洗手间，出来时撞上一个人，“哟，这不是米静好吗？听说跟苏流年分手了？不能再抱大腿，很失望吧。”

这话太尖酸刻薄了，静好定睛一看，是许久不见的吴兵律师。

两人交过手，吴兵输得很惨，他心里不平衡很正常，但这么说话就过了。

她也不是柔弱的性子，当场顶回去，“前辈，你今天没刷牙吗？好臭。”

吴兵四处扫了几眼，态度越发的不堪，“没有苏流年护着你，看你以后还怎么嚣张。”

静好微微摇头，很看不上他，打官司有输有赢，赢要赢得漂亮，输也要输得有风度。

“我觉得吧，人要勇于面对失败，不要始终耿耿于怀，那不利于进步。”

这话刺痛了吴兵，气得面红耳赤，“你什么意思？”

要论嘴皮子功夫，静好不输给任何人，“败在我这个后辈手里，也是一种激励，一种光荣，前辈，我这人最大方最善良，如果你想要感谢，我会接受。”

吴兵冷冷地瞪着她，眼露凶光，“光会耍嘴皮子，有什么用？米静好，

你以后的案子我都会接。”

这是法院，静好不担心安全问题，这种地方谁敢动手？闹出了事，大家脸上都不好看，也给法官们留下了不好的印象。

她嘴角微勾，笑得云淡风轻，“想一雪前耻？但恐怕是屡战屡败，屡败屡战的节奏，前辈，为了表示尊重，我一定会全力以赴打败你的，到时可不要哭哟。”

吴兵气得肺都快炸开了，“好，我等着看……”

也不知是故意还是无意，他经过她身边时，重重一撞，静好没有防备，手中的黑色公文包拉链没有拉上，里面的文件倾倒出来，洒了一地。

静好直翻白眼，太没有风度了，她蹭下身体捡资料，心里很是郁闷。

吴兵蹲下来帮着捡，嘴里还假惺惺的表示，“不好意思，我不是故意的。”

明明是故意的，静好气得扭过头，不想看这么恶心的家伙。“我能理解失败者的不甘，前辈，心态很重要，要豁达。”

这嘴脸也太难看了，啧啧啧，这江湖很小的，真要多出一个敌人吗？

吴兵阴沉着脸，将手里的文件往地上一扔，扭长而去。

“哼。”静好彻底无语了，这什么人呀？

开庭的时间到了，双方面对面坐着，面色各异，气氛很是诡异。

苏流年面无表情，最沉得住气，一身黑色西服衬的他修长又挺拔，俊朗无双。

明明能靠脸吃饭，偏偏要用才华说话。

在静好的胡思乱想中，开庭了，法官第一句话就是，“问最后一次，你们真的不想和解吗？”

静好和吴谓相视一眼，吴谓坚决地摇头，“不想。”

这些有钱人都是吃人的老虎，吃人不吐骨头，反复无常，他哪里这些人的对手？

法官的视线落在米静好身上，只见她一袭白色的套装，简洁大方，利落又干练，身形轻盈窈窕，肌肤如雪，五官精致，让人眼前一亮。

“原告律师，你有什么想说的？”

静好不玩虚的，开门见山，“我手里有受害人的日记，在日记里受害人写下了很多东西，我想大家看了就会明白真相……”

她特别有底气，手里握着最重要的证物呢。

只是当她手伸向公文包，脸色忽变，在包里乱翻找，吓出一身冷汗，双眼瞪得大大的。

苏流年微微蹙眉，不动声色地看了她几眼，隐隐有一丝担心。

吴谓本来就紧张，这下子脸色更苍白了，“怎么了？米律师。”

“日记在哪里？怎么不见了？”静好有些慌乱，又气又急，“我早上明明清点过，怎么可能找不到？”

见鬼了，好好放在包里的重要物证不翼而飞，这怎么回事？

吴谓的身体一震，脸色灰败，眼中一阵阵发黑。

坐在底下的江明月却得意地笑了，笑得那么嘲讽，那么轻慢。

“你说什么？日记丢了？有没有搞错？我都怀疑有没有日记本这一回事，只是拖延时间的把戏。”

吴谓不甘心地轻敲桌子，“我亲手将日记本交给米律师的，确有其事，我们没有做假。”

江明月极为嚣张，扯着嗓子尖叫，“那东西呢？在哪里？”

在争吵声中静好长长地吸了口气，当机立断，“鉴于丢失重要证物，我请求法庭推迟开庭。”

只有找到证物，才有赢的希望，没有证物，屁都不是。

但是，她知道法官批准的机率不大，本身是她自己的错，被告方也不会答应。

只要一想是她的一时疏忽，导致输了官司，她就懊恼不已。

果然不出她的所料，江明月张牙舞爪，气势汹汹，“你认为法庭是你开的？你想推迟就推迟？我第一个不答应。”

静好眉头一皱，淡淡地道，“江女士，这不是你家的公司，法官们也不是你家的员工，请注意一下语气。”

这话太戳心肺了，江明月下意识地看向法官们，法官们的脸色不怎么好看，她的心一惊，“法官同志，我希望当庭审判，不要再拖下去了。”

苏流年面容平静，态度很稳定，“法官们自有考量，江女士，麻烦你保持安静。”

这话莫名地触中江明月的雷点，她当场就发作了。

“苏流年，你为什么帮着她说话？就因为她是你的旧情人？别忘了，你收了我们的钱，就该为我们考虑。”

法官们不约而同地皱了皱眉头，这女人也太嚣张了，也不看看场合。

一直沉默不语的杨军眉头一皱，“妈，够了，不要说了，法官先生，我也请求推迟庭审。”

这话一出，全场皆惊，大家都茫然不已，这是什么意思？

他是被告，情况对他有利，如果没有意外的话，赢面很大，但为什么要放弃？

江明月更是惊讶地尖叫，“你说什么？”

杨军闭了闭眼，面色沉重，“这是我欠她的。”

欠那个惨死的女人一个公道，欠可怜无辜的孩子一个公道。

江明月快要气疯了，浑身直哆嗦。

“你这个蠢货，同情敌人，就是伤害自己，你想去死吗？”

她的情绪失控了，当场疯狂尖叫，大骂不止，法官受不了地皱眉，叫来庭警，“叫嚣法庭，拖出去。”

两名庭警上前抓起江明月就往外走，江明月拼命挣扎，四肢乱挥，“放开我，放开，我不答应，听到没有？别人说的都不算数，法官你们不要听杨军的，他年纪小不懂事，被人蛊惑了。”

她恶狠狠地瞪着苏流年，将所有的怨气都记在他头上，但苏流年神情不变，像是没看到般。

法官的视线也看了过来，“辩方律师，你怎么说？”

苏流看目光清亮，气定神闲，“我支持当事人的任何决定。”

“那就择日再开庭。”法官直接拍板了。

江明月刚走到门口就听到这个结果，双脚一软，差点摔倒在地，整个人都不好了。

“凭什么这么对我们母子？肯定有黑幕，我要投诉。”

她歇斯底里的发作，但没人理她，任由她发疯。

等法官一走，静好长长吐出一口气，抹去额头的冷汗。

万幸，她还有一次机会。

“苏流年，谢谢。”她很诚心的道谢，若他存心不想让她翻盘，有的是招数。

苏流年深深地看了她一眼，面无表情地开口，“这是杨军的决定，与我无关，你的东西扔在哪里？想得起来吗？”

米静好思来想去，只有一个可能性，“是吴兵。”

她几乎包不离身，连上厕所都随身携带，特别小心谨慎，但还是出了错。

苏流年想起上次吴兵恼羞成怒的放话，眉头一蹙。

“要拿回来恐怕有难度，他不是个好对付的人。”

米静好狠狠握拳，在空中挥了挥，面露坚毅之色，“那也得拿回来。”

法院是个很安静的地方，庄重肃穆，没人敢大声说笑。

吴兵走在长长的走廊上，挟着一只黑色公文包，心情很不错，今天没有他的官司，过来办点小事。

这会儿办完了打道回府，他下意识地握紧手中的公文包。

忽然一道人影不知从哪里窜出来，直直的挡住他的去路，“前辈，我来拿我的东西。”

她特别理直气壮，手心向上，伸手要东西，坦坦荡荡。

吴兵猝不及防，脸色变了几变，“你说什么？我是不是听错了？我跟你又没有旧情，你的东西在我手里？难道这是想引起我兴趣的把戏？你长的不赖，我可以考虑一下。”

这是转移话题，米静好清楚地意识到这一点，心中多了几分把握。

“刚才在洗手间门口，你故意撞我，将重要证物偷偷拿走了，这构成了偷窃罪，干扰司法罪。”

她也不绕圈子，直截了当，对付这种老奸巨猾的家伙，必须这么做。

吴兵恼怒不已，死丫头，新人就要有新人样，一点规矩都不懂，他当场板起脸，“有证据吗？这可是很严重的指控。”

米静好气呼呼的怒斥，“前辈，你知道洗手间门口的摄像头坏了，可是，人算不如天算，我手里有你偷东西的证据，我直接拿去给法院院长和审判长看，相信他们会给我一个公道。”

她一口一声前辈，似乎很礼貌，但谁都听得出来是满满的鄙视，冲动的性子一览无余。

吴兵的脸色一变，心思转了几转，诈他？他是不会上当的，摄像头坏了，当时又没有第三个人在场，他怎么说都行。

“去吧，谁怕谁呢，这种信口开河的话谁会信？”

“呵呵，前辈的运气遇到我就不好了。”静好嫣然巧笑，举起一枚如纽扣般大小的东西，“忘了告诉我，我新买了无线针孔摄像机，正在调试中，你很幸运的入镜了，恭喜你前辈，奉送最新鲜出炉的靓照。”

小巧嫩白的小手夹着一张照片，随意又悠闲，好像是无关紧要的事，但她嘴角的笑意深长，似乎胜券在握。

吴兵惊鸿一瞥，是一张他的近照，浅色的西装，头发抹的锃亮，是今天的打扮衣着。

他的脑袋一热，不好，这是真的。见四下无人，他恶狠狠的伸手抓向静好，“东西乖乖拿出来。”

静好一闪身避开他的攻击，义愤填膺的怒斥。

“做梦，你这个卑鄙小人不配当律师，我要请求律师协会扣销你的律师执照。”

她刚出社会，身上的执着和冲动刻在她骨子里，容易热血沸腾。

吴兵眼露戾气，凶狠的眼神瞪着她，将她一步步逼到角落里，“米静好，你太冲动了，居然先来找我，既然来了，就别想全身而退。”

这是最偏僻的一条道，特别安静，没有人经过。

静好吓了一跳，下意识地朝后退，后背靠到墙壁上，避无可避，紧张的声音都发抖了。

“你想干什么？我劝你不要乱来，这是神圣的法院，还有，知法犯法罪加一等。”

吴兵就是想要这种效果，早就想将她踩在脚底下，一雪前耻，他看着娇弱惶恐的女孩子，非常的开心，她也有今天！

她的冲动性子早就领教过，他根本没有多想，“不交是吧？好，剥光你的衣服，看你藏到哪里，米静好，不如这样，我也给你拍张裸照留作纪念？真是个好主意。”

他不光是说说吓唬一下，还在考虑实际操作的可能性。

拿住一辈子的把柄，任他为所欲为，想想就很美妙。

这丫头是苏流年的女人，要是任他摆布，岂不是羞辱了苏流年？

静好知道他口碑差，但没想到会渣成这样，不禁惊呆了，“禽兽不如，欺负女人不是东西。”

吴兵越想越兴奋，这就是得罪他的下场，“这只能怪你运气不好，米静好，你不该跑来找我的。”

他狞笑着伸出罪恶的双手，还没碰到米静好，一声巨响猛地响起。

“砰。”

“住手。”熟悉的声音在身后响起。

吴兵的身体一震，猛地回头，倒吸一口冷气，吓得声音都变了，“院长，审判长，你们……”

他整个人都不好了，天啊，怎么办？

法院的院长和第一审判长年近半百，头发微白，此时俱冷冷地看着他，像看着什么恶心的生物。

一个高大英俊的男子快步走过来，将静好拉到自己怀里，小心翼翼地摸摸她的脸，冲她使了眼色，“还好吗？”

静好眼眶一红，像被吓坏了身体抖个不停，晶莹剔透的眼泪哗啦啦地流下来，哭得很伤心，“吓死我了，我差点被人欺负了，呜呜，天底下怎么有这么恶心的男人？不仅偷我的物证，还要强迫我拍裸照，呜呜。”

院长和审判长的脸色更黑了，冷冷地瞪着吴兵，丧心病狂，平时人模人样的，骨子里男盗女娼，连同行都不肯放过，简直是行业的败类。

吴兵瞠目结舌，一颗心往下沉，这才意识到自己栽了，而且栽得很惨。“苏流年，是你干的好事！”

“我从来不知道你是这么龌龊的小人，我耻与你为伍。”

“院长，这是一个圈套啊，是他们联手安排的圈套，我是无辜的。”

“我都录了音，衣冠禽兽，看你还怎么狡辩。”

吴兵眼前一片漆黑，身体一软，无力的倒下去，心里只有一个念头，完了！

当静好从他公文包里翻出那个熟悉的蓝色日记本，兴奋的两眼晶亮，“就是这本笔记本，果然是他偷走了，太过分了，怎么这么贱呢？”

回去的路上，静好心情大好，笑容不断，轻抚着日记本不放，“苏流年，谢谢你帮我出主意，谢谢你将那两位带来。”

两人又一次合作，配合默契，效果也是杠杠的。

其实她根本没有证据，也没有什么微型摄像机，只是存心诈一诈，没想到对方立马中招了。

不得不说，苏流年对人心的把握精确而犀利。

苏流年开车很稳，双手修长有力，“我有些后悔了。”

静好的笑容一僵，抿了抿嘴唇，“什么？”

后悔帮她了？也对，他们是对手！

苏流年低沉的叹息声在狭小的车内回响，“不该让你亲身涉险。”

“哪里危险了？我又不傻，斗不过会跑。”静好侧头看向他，眼中飞快闪过一丝情意，“再说了，不是有你吗？我知道你不会让我出事的。”

苏流年的眼神一闪，避开她的视线，心里一片苦涩。“你不要误会，我只是基于公平公正的原则，想堂堂正正的赢你。”

静好心底划过一丝失落，低下脑袋，声音很是沉闷，“不会，我懂。”

下班时间一到，静好和美美相约去新开的餐厅试菜，装潢得很雅致，气氛幽静，很有情调，一间间隔断隔出一个个小空间，保证了隐秘性，客人插多的。

静好叫了一份猪排饭和水果沙拉，细吞慢咽，不由自主的走神，脑海里不停地浮现苏流年那晚的表情，心情有些莫名地低落。

明知不可能，多想无益，但就是控制不住，只要一空下来，就会想起他。

想要忘记一个人，需要多久？

一道轻笑声引起了她的注意，美美举着手机笑得可开心了，“听说吴兵那家伙被吊销了律师执照，再也当不成律师了，罪名是故意提供虚假证据，威胁利诱他人作假供，哈哈哈。”

朋友圈里全在刷这条消息，个个点赞，大快人心。

静好嘴角微勾，这罪名是苏流年提供的？

“你也不喜欢他？”

美美撇了撇小嘴，“谁会喜欢他？自以为是，看不起人，以为自己是第一帅逼，呵呵。”

“咦，那是谁？好眼熟啊。”

静好顺着视线看过去，不禁怔住了，是于思思和江明月，她们有一个共同的名身份，杨震霆的女人。

以前是情敌，水火不相容，如今却坐下来言笑晏晏，感觉怪怪的，静好眼中闪过一丝莫名的光芒。

杨军母子又一次走进法庭的大门，心情依旧很复杂，很紧张。

苏流年将他们带到休息室，做最后的检查，其实吧，他想让杨军认罪，争取轻判，但江明月打死都不肯，只接受一个结局，无罪释放。

这是两人最大的分歧，没办法调和的冲突点。

两人又一次陷入僵局中，杨军左看看，右瞧瞧，左右为难，愁眉苦脸，他耳根子软，是被宠大的孩子，一遇到事情就没有主见，别人说什么就什么。

这也是杨震霆生前犹豫不决，没有尽早立下继承人的真正原因。

一个没有主见的老板，要么被人架空，要么被赶下台。

门被重重推开，一个轻盈的身影款款走进来，是米静好，身着一套黑色的套装，严肃又干练。

她也不打招呼，直接走到桌子面前，将一个金色U盘放在杨军面前，一声不吭扭头就走。

突如其来的举止，让室内的三个人都呆住了，江明月的嘴巴最快，“米静好，你什么意思？”

静好没有多看她一眼，淡淡地道，“杨军，这个给你，就当是谢谢你上次的人情，但一码归一码，上了法庭我不会留情的。”

扔下这句话，她推门走了出去，留下三个面面相视的人。

江明月看米静好做什么都不顺眼，也不觉得她会帮助他们母子，“神经病，莫名其妙，拿来，我去扔了。”

她的手伸得很长，但苏流年的手更快，眼明手快将U盘抢到手，江明月没好气地瞪了一眼，“苏律师，你干吗？”

苏流年神情肃穆，将U盘插进电脑，不一会儿，就出现一段视频。

是江明月和于思思面对面坐着，靠得很近，面带笑容，像是好久没见的好友，两个人的气质截然不同。

一个精明能干的女强人，一个性感迷人的小野猫，完全不同的风格。

杨军不敢置信地看向自己的母亲，表情古怪。

江明月也傻眼了，这不是上次在餐厅吃饭时的场景吗？这衣服她只穿过一次呢。

只听视频中江明月的声音响起，“吴兵的事我管不了，又不是我让他去偷证物的。”

第一句话就是个大雷，砸的杨军找不着北，脑袋晕乎乎的，吴兵偷日记本怎么跟他妈扯上关系了？

于思思面带笑容，亲切又热情，“我也是这个意思，我们就当没这回事吧，倒是杨军的官司恐怕又要起波澜，不管如何，他都是老杨唯一的儿子，我不希望他有事。”

江明月长长叹气，“哎，他像吃错了药，事事听苏流年的，我的话不怎么管用，我都后悔请他了，要是结果不能让我满意，我不会让他好过的。”

听得出来，她对苏流年的不满已经到达了顶峰。

于思思垂下眼帘，掩去眼底的不屑。

“你事先也不打听清楚对方律师是谁，哎，米静好可不是省油的灯，跟苏流年又是那种关系，你可要小心点，多做点准备。”

江明月一听这话，不禁急了，“那我该怎么办？我都不知道该找谁帮忙了。”

她靠着男人舒舒服服过了一辈子，直到杨震霆忽然去世，她没有了靠山，没有了精神支柱，整个人都惶惶不安。

儿子的意外出事，更让她的不安到达了顶点，整个人快崩溃了，精神敏感到了极点，稍有风吹草动，她就反应激烈。

于思思安慰了几句，她很会说话，短短几句就哄的江明月感动的直掉眼泪，引以为知己。

她实在太需要安慰了。

于思思轻拍她的肩膀，忽然想起一事，“我认识一个国外归来的大律师，很有能量，关系硬，非常有本事，专为五百强跨国公司打官司，能力超级强大，十个苏流年都比不上一个他，要是你能请到他，就什么都不用愁了。”

听她夸的天花乱坠，江明月不但不怀疑，反而兴奋的两眼放光。

“真的吗？太好了，你帮我引见一下。”

于思思微微蹙眉，很为难的样子，“DracoMalfoy眼高于顶，一般官司看不上眼，除非有打动他的东西。”

听她这么一说，江明月更来劲了，“我给钱，只要他开口，再多的钱我都给，只要能让我儿子无罪释放，我什么都答应。”

她就这么一个儿子，将来还指望着他养老呢。

于思思眼中闪过一丝不易察觉的冷笑，“我只能帮着问问。”

隔着屏幕，依旧能感受到那份冰冷的寒气。

但视频中的江明月一点都没有意识到，“谢谢你了，没想到你是这么热心的人。”

看到这里，苏流年嘴角勾了勾，眼中闪过一丝淡淡的嘲讽。

于思思笑得很温柔，很好看，跟平时的女强人形象相差极大，“你一定要看住杨军，让他不要认罪，打死都不能认，否则死定了。”

“我知道。”

杨军看着屏幕上的母亲，嘴巴张得老大，能塞进一个鸡蛋。

坐在他身边的江明月越看视频，越觉得不对劲，好像哪里怪怪的，但来不及细想，扑过去拔出U盘，紧张得直摆手，“不要看了，有什么好看的，也不知哪里弄的东西，P的真像一回事，苏律师，我从来没这么说过。”

她推的干干净净，不肯得罪了眼前的男人。

毕竟那个DracoMalfoy律师只是初步接触中，人家还没有做最后的决定，不过她很有信心！

苏流年像白痴般看着她，被她的智商惊呆了，“这个叫DracoMalfoy的律师，是海外通缉的罪犯，想不想知道他做了什么？”

如一道晴天霹雳砸下来，江明月身体一晃，条件反射般脱口而出，“什么？”

怎么可能是罪犯？明明是很知名的国际大律师。

苏流年的表情冷冷淡淡，有一丝嫌弃，一丝不屑，“和对方律师勾结，出卖自己的当事人，害自己的当事人无辜判刑三十年，差一点被枪毙，事发后枪击办案人员，逃逸多年。”

江明月的脸色刷的全白了，不敢相信自己的耳朵，“不可能，你瞎说。”

“自己看。”苏流年在电脑上捣鼓了几秒，刷出一个页面。

江明月瞠目结舌，拼命揉眼睛，她一定是看错了，怎么会在通缉网站看到DracoMalfoy的照片呢？这不科学！

但是，现实就摆在眼前！

“怎么会这样？她怎么可能将这种人介绍给我？她到底安的什么心？”

杨军脸色很苍白，伸出手，“妈，U 盘拿来，我倒要看看她还有什么花招？”

他本是飞扬娇纵的性子，但父亲死后，没有了遮风挡雨的大树，经历了人情冷暖，性情大变。

视频继续中，不一会儿换了个场景，于思思躲在角落里打电话，面有得意之色，“都搞定了，她挺好骗的本来就头脑简单，哪是我的对手？”

“都怪老头子偏心，同样是儿女，他却偷偷给杨军那浑小子留了那么多好东西，还想瞒天过海，哼，我不会让他们好过的。”

说着说着，于思思脸上露出浓浓的恨意，“这一次要让他们母子家产散尽，还要让他们家破人亡。”

如一道晴天霹雳砸在身上，江明月呆呆地看着屏幕上恶毒的女人，浑身发抖。

“不不不，这不是真的。”

她以为于思思是真心想帮助杨军，也相信了对方的诚意，她真是傻透了，差一点点害死了自己的儿子。

她早该想到的，于思思那种厉害的角色怎么可能是善良之辈？以前要不是有杨震霆压着，恐怕没有了他们母子的活路。

为了利益，为了金钱，不择手段，好可怕。

苏流年微微摇头，却不同情她，她是个糊涂人，就没有清醒过。

“这就是与虎谋皮的下场。”

还想联手将大房母女拉下来，扶自己的儿子上位，呵呵，没有那个脑子，偏偏心比天大。

江明月全身战栗，惊惧交加，吓出一身冷汗。

“苏律师，上次去吴谓家捣乱是我安排的，也是于思思给我出的主意，我真是傻透了，居然相信她的鬼话，我儿子是替我顶罪，他虽然有些纨绔，但人不坏，对我很孝顺，是天底下最好的儿子……”

她越说越激动，眼眶都红了，流下了伤心的眼泪。

杨军担心地抱着她，轻拍她的后背，成熟了许多。“妈，不要说了，苏律师，那是我干的，我妈糊涂了。”

他已经失去了父亲，不想再失去母亲，母亲再糊涂，也是他最亲的人。

苏流年眉眼清俊如画，声音沉稳，不见一丝波澜，“我早就猜到了。”

杨家母子呆了呆，相视一眼，原来他们的一举一动都瞒不过别人的眼睛，不愧是金牌律师。

江明月的态度发生了360度的转变，诚惶诚恐地看着他，敬畏有加，“现在怎么办？苏律师，你一定要帮帮我，阿军不能有事。”

她发现这世上没有靠得住的人，除了自己的儿子。

苏流年懒得跟这种眼光短浅的无知妇人计较，直截了当的给出答案，“认罪吧。”

铁证如山，闭着眼睛否认事实，只会让法官反感，对杨军很不利。

但是，江明月不能接受，她要的是无罪辩护，儿子的全身而退，没有半丝损伤。

“不行，我儿子没罪，他才是受害者，苏律师，我相信你有这个本事，你不是第一次打这种官司，求你了。”

苏流年的脸色一沉，猛地站起来往外走去，“你们慢慢商量，在开庭前给我一个答复。”

“苏律师，你别走啊。”

他在外面转了一圈，努力平复心情，可是，再怎么努力，也无法让他平静下来。

是，他不是第一次接这样的案子，但他已经为此付出了代价！

人，真的不能只考虑眼前！

静好一眼看到站在风口的英俊男子，心里一紧，蹭蹭蹭的将他拉进来，“苏流年，你怎么傻站在这里？不冷吗？”

但话一出口她就后悔了，到底在干什么？怎么就控制不住自己的关心呢？

保持距离啊啊啊！怎么就记不住？！

苏流年神情莫测，深深地看着她，“你恨我吗？”

静好的心脏猛跳，不自觉地紧张起来，声音干干的，“……不。”

不管是不是真话，苏流年都满足了，在心里轻轻叹了口气，“进去吧，时间差不多了。”

法庭上，气氛凝重，第三次开庭了，省了许多细节，一上来静好就陈述了案情，并请求法律的制裁。

法官目光炯炯地看向杨军，“被告，原告律师的指控你承认吗？”

“我……”杨军犹豫了一下，还是没有考虑好。

认？还是不认？这是个大问题！

江明月格外固执，横眉竖眼，态度很不好，“我们不认罪，儿子，我就算倾家荡产也会救你出去。”

“苏律师。”杨军的心情很混乱，何去何从，始终没有一个答案，很彷徨不安。

苏流年神情深幽，“你自己做决定，不后悔就好。”

除了他自己，谁都帮不了他。

杨军咬了咬牙，脸上浮起一丝决绝之色，“我承认，是我撞死了她，是我没有停下车子救她，全是我的错。”

江明月身体一软，脸色惨白如纸，整个人都崩了，“儿子，你是不是疯了？太傻了，怎么就不听我的话？”

三个法官面面相视，不约而同地暗松了口气，终于认罪了。

他们看向苏流年的眼神充满了惋惜和同情，长年保持不败纪录的神话破灭了，不知有多少人失望。

对苏流年来说，这是最致命的打击，意味着多年积攒下来的声望一朝尽毁。

哎，他不该接这桩案子的，可惜了。

“被告律师，你还有什么想说的吗？”

苏流年像是没察觉到，神情淡然，从容不迫地抽出一份资料，递了过去，“有，这是一份车辆检测报告，上面清楚地写着，刹车有问题。”

如同一颗重型炸弹在头顶炸开，所有人都震惊了。

“什么？”米静好震惊的瞪大眼睛，这是真的吗？

苏流年侃侃而谈，自信优雅，“也就是说，事发当天，出事的车辆刹车被人为地破坏，正因为如此，我的当事人才没办法控制车速，才会撞上了死者，更没有办法停下车，当时的他也在生死边缘，这就是所有的真相。”

不是不想下车，而是没办法下车。

米静好心神大震，表示怀疑，“为什么不早点拿出来？”

苏流年坦坦荡荡，气定神闲，“警察正在秘密调查中，有些证据不能提早曝光，请大家谅解。”

这牵扯到警方，大家还有什么可说的，这一消息得到证实后，最后的结果很快就出来了。

主法官庄重的宣布，“本法庭宣判，被告杨军过失致人死亡罪名成立，判处三年有期徒刑，剥夺政治权利三年，判被告赔偿原告家属五百万现金，立时执行，如有异议者，于 15 日内提出上诉，退庭。”

最后的结果在意料之外，情理之中，众人的表情都很奇怪。

杨军瘫软在椅子上，面色灰扑扑的，一动不动，眼神呆滞，不知在想些什么。

而吴谓泪如泉涌，双手捂着脸，无声地哭泣，悲喜交加。

苏流年仿若无人般收拾东西，米静好看了几眼，犹豫了一下，抱着公文包走过来，“你们要上诉吗？”

当事人还在发傻，江明月眼中闪过一丝恨意，毫不犹豫地开口，“要，我儿子不能坐牢，怎么可以？米静好，你这么欺负我们母子，我不会……”

她没办法接受这样的结果，离她的要求相差太远。

三年啊，整整三年，漫长的看不到头。

“妈，够了，米律师没有错。”杨军像刚从睡梦中惊醒般，猛地回神，

“米律师，我不上诉，虽然输了官司，但这是最好的结局。”

他不是不害怕，但同时重重松了口气，不用再整天提心吊胆。

江明月气怒攻心，高高举起巴掌，但看着面色苍白的儿子，手悬在空中，怎么也挥不下去。

“哇。”一声她抱着儿子哭开了，哭得很伤心。

苏流年的视线落在静好身后，“你们呢？”

吴谓狼狈地擦去眼泪，如释重负的同时，浑身疲倦，“我想早点结束，回归平静的生活，好好将儿子抚养长大。”

他太累了，几乎将所有的力气耗尽，打官司太折腾太耗精力。

大仇得报，本该开心的，但他好累，心累，身累。

杨军一脸的歉疚，“将来遇到困难，可以来找我。”

他会尽力弥补的，纵然是无意的，但死在他车下，是不争的事实。

两道视线在空中相遇，矛盾，纠结，痛苦，吴谓面如沉水，坚决的开口，“有生之年，我们父子都不想再见到你。”

是，那是一场意外，但他没办法宽恕，没办法不介怀。

心爱的妻子再也活不过来了！

静好的鼻子一酸，默默地走了出去。

苏流年的身体一震，眼中飞快地闪过一丝痛苦，但很快消失了，几乎没人察觉。

一场官司下来，所有人都大伤元气，静好也很累，目送吴谓离开，只感觉浑身疲惫，手指都不想动弹。

一道悠悠的声音在身后响起，“原来这就是你当年的心情。”

“你说什么？”静好惊呆了，猛地回头，不敢置信，“你全知道了？”

是谁告诉他的？她闭口不谈的事情终于掩不下去了？

苏流年眉眼隐隐有一丝悲痛，痴痴地看着她，“当时的你有多痛，是怎么熬过来的？我不敢想象。”

他懊恼不已，虽然不是他一手造成了米家的悲剧，但他难辞其咎。

米静好闭了闭眼，犹然记得上天入地求助无门的悲凉和绝望，那一年，她的人生翻天覆地，全然变了样。

“都过去了。”

苏流年心痛如绞，想伸手抱抱她却不敢，“真的过去了？”

“我……”静好不敢睁眼，豆大的泪珠滑落，“没办法原谅那个坏蛋，他害死了我爸，还害得我们全家分离，家不成家，我也恨你，恨你助纣为虐，恨你……”

一声声恨，如淬毒的箭，直射苏流年的心口。

“对不起。”她的眼泪永远是他的致命伤。

他知道说什么都无济于事，伤害已经造成，结局已经注定，但还是忍不住想说。

“要是早知道会有今天，我……不会接那个案子，会做个……好人等着你的到来。”

可惜，太迟了，一切都迟了。

“苏流年。”静好挥泪如雨下，捂着嘴痛哭失声，仿佛要将积压多年的伤痛哭出来，娇小的身体缩成一团，无助极了。

苏流年面色惨白，忍不住将她拥入怀中，“对不起，对不起。”

法院门口聚集了一大波媒体，紧紧地盯着出口，交头皆耳，议论声不断。

在众人翘首以待中，一个高瘦挺拔的身影出现在大门口，眉眼清俊，但面有倦色，气色不佳。

媒体们一拥而上，将他围住，七嘴八舌的采访。

“苏律师，你有生之年第一次输了官司，是不是很难受？”

“苏律师，你是不是后悔接了这桩案子？”

“苏律师，因为对手是前恋人，所以你是不是没尽全力？”

“面对这样的结果，你是怎么想的？”

落井下石是人性，雪中送炭少，锦上添花多。

当时是怎么疯狂的捧他，如今就怎么疯狂的踩他，一朝失势，人人都能踩上一脚。

苏流年怔了怔，随即面无表情地看着众人，一言不发。出奇地沉默。

媒体记者们问了半天，没有得到半点有用的信息，不禁大为沮丧。

其中一人冷言冷语的嘲讽，“苏流年，你也有今天，活该。你的好日子到头了，从此律师界再无神话。”

米静好远远地看着人群中那个面无表情的男人，很是心疼，更多的愤怒。

这些人疯了吗？太欺负人了！

她蹙眉想了想，快步走上去，“麻烦让让，别挡住路。”

众记者的注意力顿时移到她身上，那个特别讨厌的记者凑了过来，“米律师，恭喜你赢了这一场官司，赢了律法界的神话，你是不是特别得意？”

“得意什么？”米静好睁着一双圆滚滚的大眼，奇怪地反问，“人家赢了几百场官司的法律奇才，我只赢了几场而已，差得远呢。”

苏流年眼中闪过一丝亮光，亮如天上的星辰，他没有爱错人！

那记者有些难堪，“能打败苏流年，你有什么想说的？”

比起苏流年沉默不语，米静好配合多了，有问必答，态度谦和，落落大方。

“苏律师是个非常优秀律师，是我的前辈，我很钦佩他的才华和专业知识，花开花谢，日出日落，打官司有输有赢都是寻常事，没什么好惊讶的。”

她努力想抹平不良的影响，不想看到他受人奚落的样子。

他是苏流年啊，骄傲得不可一世的男人啊！

那记者的问题特别刁钻尖锐，“米律师，你们曾经是恋人，苏律师是不是放水了？”

米静好却没有被激怒，她已经历练出来了，沉静如水，“我们都是专业的法律人，处事公平公正讲究原则，也知道全力以赴是最大的尊重，谢谢。”

看似温和，却坚决的给予反驳，不得不说，跟律师玩嘴皮子游戏，不是个好主意。

气氛有些尴尬，另一名女记者跳出来解围，“两位一起拍张合照吧。”

米静好欣然答应，主动致意，“好啊，苏前辈，一起呀。”

看着明艳动人的笑脸，苏流年压抑消沉的心绪一下子好多了，这就够了！

“咔嚓”一声，两个人相互凝视的一幕被永久地记录下来。

静好哪里都没去，回家睡大觉，实在太累了，睡得迷迷糊糊，听到手机叫个不停，一遍又一遍，像催命似的，摸索着接起电话，“喂。”

是美美欢快的声音，“米律师，大家为你准备了庆功宴，快下来，我们在楼下等你。”

静好揉了揉眉心，感觉脑袋都疼了，至于这么开心吗？还庆功宴呢，不想去怎么破？

但不去不行，她随意挑了白色毛衣和牛仔裤，不施脂粉跑下去楼。

一帮子同事嘻嘻哈哈围了上来，“恭喜恭喜，我们的女神，你好棒。”

恭喜声不断，像过节般热闹，气氛很是热烈。

静好有些茫然，搞什么鬼？这反应太夸张了，至于吗？

难道是被苏流年压得太苦了？这么一想，也能理解了。

一群人又去了日料店，吃吃喝喝，其乐融融。

静好虽然笑着，却没有半点喜色，感觉置身于事外，打赢一场官司而已。

身边的美美捧着手机看得津津有味，表情精彩绝伦，静好忍不住凑过来瞄了一眼，“看什么呢？这么专注？”

美美微微侧身，让她看得更清楚，“苏大律师这次名声大损，估计损失惨重。”

静好的脸色一变，气得不轻，“当事人纷纷要求解决代理合同？这些人怎么回事？不就输了一场吗？太势利了。”

什么叫法场毒药？会不会说人话？

以前将苏流年捧成神话，这会儿成了毒药？这变得也太快了。

坐在对面的老板之一神清气爽，如同去掉了头上的紧箍咒，“太天真了，冲苏流年律师去的人，都指着他打赢官司，有落差很正常。”

所以说，这场输掉的官司对苏流年的影响很大。

美美轻轻叹了口气，有些惋惜，“高处不胜寒啊。”

“有这么严重吗？”静好越看脸色越差，想骂人的心都有了。

网上一边倒的冷嘲热讽，对苏流年大加指责，挖出以前的事，骂他太缺德，唯利是图，冷血没人性。

苏流年的名声一落千丈，成了人人喊打的坏蛋，好像不骂几声就不能表示出大义凛然的高尚品格。

气得她直瞪眼，暗暗咬牙，全是小人。

老板看多了人情冷暖，看得比较开，“当然，他被人捧上了神位，如今跌下来，摔得很惨。不过不用担心他，他有实力，不会消沉下去的。”

另一名同事在后面接了一句，“就怕他心态不对，就此沉沦。”

静好越听越担心，她真没想到会这么严重，怎么办？

“嘟。”一声声长音，却没人接听，静好急得团团转，小脸涨得通红，忧心忡忡。

“怎么不接电话呢？急死人了？不会想不开吧？”

那家伙又不是机器人，总有脆弱的时候。

她脑海里灵光一闪，拨通了江霁云的电话，“学长，苏流年跟你在一起吗？他不接电话。”

江霁云语气焦灼，“我也在找他，找到了会告诉你的。”

他来不及多说什么，直接挂断电话，静好瞪着手机心急如焚，纠结了半天，将手机一扔，撸起袖子上网掐架了。

特意开了个小号，跟众网友掐得天昏地暗，一力敌千军，将所有的怒气都发泄在那些无知的愚蠢人类身上。

一连几天都没有消息，静好整个人都不好了，烦躁不安，人到底去哪里了？

吃饭发呆，走路发呆，开会也发呆，整天魂不守舍。

“米律师，米律师。”美美叫了她半天，她才回过神，不好意思地冲会议室的同事挥挥小手。

“对不起，我走神了。”

得，发呆都这么理直气壮。

老板看不下去了，“要是身体不舒服，就请假休息一两天。”

“我……”静好刚想拒绝，口袋里的手机大震动，她立马站起来，双手捂着捂子往外奔，“哎哟，我肚子疼，去厕所。”

众人嘴角直抽，装也装得像点，耿直少女伤不起。

看着屏幕上闪烁的名字，静好深吸了口气，接起电话，“喂。”

“是我。”熟悉的声音传入耳朵里，静好的眼眶一下子湿了。“苏流年，你去哪里了？为什么不接电话？知不知道大家很担心你？”

太过分了，好想抽他一顿。

男子清朗含笑的声音悦耳动听，“请我吃饭。”

静好有些反应不过来，“呃？什么？”

苏流年的情绪挺高，“你欠过我人情，就用一桌美食抵销，四荤四素一汤，你看着办吧。”

什么情况？米静好一头雾水中，让她做饭？当还人情？还要做那么多菜？想累死宝宝啊。

男子温柔的声音响起，“我在家里，要去接你吗？”

静好脑袋晕乎乎，下意识地摇头，“不用，我马上过来。”

她急冲冲地往外走，满心满眼都是那个男人，全然忘了请假。

提着大包小包的东西上楼，刚想敲门，门开了，苏流年迎了过来，接过她手里的东西，示意她先进去。

静好紧张地看着他，见他气色不错，精神奕奕，跟往常一样，不禁长长吐出一口气，没事就好。

“苏流年，你这些日子在哪里？好歹告知一声吧。”

苏流年给她倒了一杯椰汁，笑吟吟地道，“去了一个江南小镇，挺安静的，手机忘了带，让你担心了，对不起啊。”

他语气很轻松，不见一丝颓丧，静好悬在空中的心落地，一股怒气涌了上来，狠狠瞪了他一眼，一把抢过椰汁仰头喝光，“谁担心你了？”

还是这么直率热血，苏流年微微一笑，她没变，真好。

就喜欢这么纯粹的人儿，没有被金钱和世俗染黑。

厨房干净明亮，像样板房里的摆设，一尘不染，也没有一丝味道，估计很久没开火了。

静好随手给自己扎了个丸子头，配上圆滚滚的脸，很是可爱呆萌。

她撩起衣袖，露出雪白纤细的胳膊，围上围裙，开始处理食物，一个人在厨房忙得团团转，恨不得多长几只手。

苏流年倚在厢房门口，眼睛一眨不眨地盯着她看，忽然走上前，“我来帮你。”

也不知是不是故意的，他哪是帮忙，分明是添乱的，静好哭笑不得，“你就坐着等吃吧，大少爷。”

“我喜欢陪你。”他的声音压得低低的，静好没听清，询问地看过来，雪白的俏脸明艳动人。

苏流年的心微微发酸，“不行，怎么能让你一个人辛苦？我来洗菜。”

静好微微摇头，将切好洗干净的小排在油里翻炒，香气慢慢溢出来，放入煲锅里慢慢熬，苏流年忍不住停下来看她，柔美的侧脸肌肤如雪，粉白的耳坠莹润可爱，钻石耳钉闪闪发亮。

忽然很想抱抱她，亲亲她，但是，他不能！

小小的厨房弥漫着饭菜的香气，忙碌的女人，是他想要的家居生活，温馨又有爱，只是这样的场景是一场梦境，梦醒了，全成了空。

一股酸涩堵在胸口，不上不下，难受得要命。

静好的动作麻利，一个小时后就整治出一桌子饭菜，色香味俱全，令人垂涎三尺。

苏流年迫不及待地夹了一块肥瘦相间的红烧肉，好吃得舌头都快吞下去，“好吃，我会很怀念的。”

“怀念？”静好的筷子一顿，嘴唇抿了抿。

“是啊，以后估计没机会吃到你做的菜，来，你也吃，多吃点。”

米静好的心口一堵，张了张嘴，但到嘴的话硬是咽了回去。

苏流年温柔地看着她，不停地给她夹菜，不一会儿就堆在小山，“先吃饭，你也饿了。”

饭桌上很安静，保持着最高的品质，静好低头苦吃，不敢抬头，不敢停下筷子，用食物堵住自己的嘴。

不能多问，不能哭，那只能吃吃吃！

“那个人已经死了。”他没头没尾地扔出一句。

“什么人？”米静好茫然看向他，说什么呢？

“张金龙。”苏流年似乎很饿，只顾着吃吃喝喝，但紧抿的嘴唇泄露了他此时的心情。

米静好捏紧筷子，脑袋都快爆炸了，张金龙，撞死爸爸的那个司机，一个暴发户。

“怎么死的？”

苏流年忙着盛汤，状似随意，“一年前，车速太快撞到路边的大树，当场死亡。”

“恶有恶报，这就是报应。”她恶狠狠地骂了一声，却没有半点喜悦之情，只觉得心累。

明明该开心的，但为什么连笑都觉得困难？

苏流年的动作一僵，眼中飞快地闪过一丝浓浓的无奈，又是一片尴尬的寂静。

默默吃完饭，将碗筷往洗碗机一塞，苏流年泡了一壶茶，静好切了一盘水果。

喝着茶，吃着水果，静好心情好多了，环视四周的环境，她来过几次，但每次都坐坐就走，没有细看。

是一套三居室的房子，黑白两色为基调，欧式的装潢，简单大方又不失时尚，很适合他的性子。

耳边响起男子的声音，“这房子怎么样？喜欢吗？送给你当结婚礼物。”

结婚礼物？静好的心扑突一声，随即鼻子发酸，往事有多美好，现实就有冰冷。

以为会登上幸福的彼岸，却发现只是一场梦境，梦醒后春梦了无痕，只有无穷无尽的悲凉和遗恨。

她默默取出红色的锦盒，送到他面前，右手抖得厉害，“苏流年，现在没有意义了。”

求婚的热闹场面还记忆犹新，但人事全非，不复旧模样。

如果当初早知是这样的结局，还会接受这枚戒指吗？

没有答案！

苏流年的眼睛一阵刺痛，酸涩无比，这是他精心挑选的求婚戒指，花了一个月的时间，但最终被退了回来。

斩断了两人之间的最后联系，从此以后，你走你的阳关道，我走我的独木桥。

“我知道，但还是想试一试，你这辈子都不会原谅我？”

“或许。”静好紧紧盯着水果盘，掐住自己的手心，隐忍而又痛苦，“我也不知道。”

谁都不知道明天会发生什么，时间是治愈一切的良药。

或许，哪一天她回想起这段感情，云淡风轻地笑笑，说一声，释怀了。

苏流年紧握住叉子的手青筋勃起，胸口疼的快炸开了，却什么都说不出口。

气氛僵滞，仿佛时间都静止了，静好知道该走了，但双脚像粘在地上，怎么也动不了。

这是最后的晚餐！

不知过了多久，苏流年嘴角勾了勾，划出一道微凉的弧度，“杨军可能会找你帮他打官司，你……”

静好不可思议地瞪大眼睛，像见了鬼般，她是不是听错了？“找我？什么官司？他的胆子够肥的，就不怕我公报私仇吗？”

真是醉了，这年头活久见。那家伙的脑子不好使吗？

苏流年很看好她的未来，连打几场官司，她已经历练出来了，是个很成熟的律师，名声在坏，口碑极佳。“你是个很有原则，也很有法律操守的好律师，不找你找谁？”

静好略一沉吟，猜到了几分，“对方是谁？”

整桩车祸案，最该负责的是隐在身幕后的黑手。

苏流年的消息很灵通，“恐怕你猜不到，是乔梅。”

静好呆了呆，万万没想到是她，看着很低调的一个贵妇人，背地里这么阴险。

但转眼一想，完全合乎情理，也有作案的动机。

积了几十年怨恨一旦爆发，实在可怕。

她忍不住叹息，“那位杨先生要是地下有知，不知会不会后悔惹了这么多桃花债。”

两人泛泛的聊天，东拉西扯，全是些不相关的人和事。

静好受不了越来越尴尬的气氛，面露浓浓的惆怅，“我们之间好像除了谈论案情，没有别的话可说。”

别的都不敢说，生怕触雷点，好辛苦，再这样下去，她会憋屈坏的。

苏流年垂下眼帘，掩去太多复杂的情绪，率先站了起来。

“我送你回去吧，天很晚了。”

“好。”

一路上，谁都没有开口说话，沉默相对，静好转头故作看窗外，看着两边飞驰的风景，心情越来越沉重。

昏暗的灯光打在柔美的脸上，忽明忽暗，多添了几分宁静。

车稳稳地停在静好楼下，谁都没有动作，静静地坐着，空气中弥漫着淡淡的伤感。

不知过了多久，苏流年清朗的声音响起，“以后多动脑，不要一急就咬人，要沉住气。”

“不管发生什么事，都不要急躁，总有办法解决的。”

“多喝水，早晚多穿一件衣服，尽量不要加班，工作是做不完的。”

“多做运动，不要犯懒，多约人出去玩，不要一个人闷在家里。”

似是最后的赠言，事无巨细，细细叮嘱，仿佛要将一生的话都说尽。

静好的喉咙像塞了盐块，疼得厉害，眼眶通红，一个字都说不出来。

说什么都是错！

苏流年深情的轻抚她的脸颊，修长的大手微微发颤，“米静好，你是个好女孩，会幸福的。”

但，她的幸福与他无关！

天底下最悲哀的是，明明相爱却不能相守。

静好心痛如绞，豆大的泪珠在眼眶里打转，紧紧咬住嘴唇，仰起脑袋，不肯让眼泪掉下来。

在最后的时刻，只想留给他最美好的回忆。

希望他每当想起她时，只记得她快乐开心的模样，而不是哭哭啼啼，可怜兮兮的样子。

她强忍泪水的模样让苏流年很心疼，“别哭，我喜欢看你的笑容，充满了生机和阳光。”

她倔强又固执，容易热血冲动，没有他在旁边看着，怎么放心？

“苏流年。”她努力扬起笑容，笑得甜美纯净，但一双明眸朦胧如春雨。

“进去吧。”苏流年目送她离开，轻轻低语，“米静好，再见。”

声音很轻，但前面的那条身影浑身一震，僵立当地。

“苏流年。”米静好猛地回过头，冲过来踮起脚尖吻向他的嘴唇，唇很凉，很薄，他僵直着身体一动不动，两颗滚烫的泪珠落在他脸上，疼得他身体一颤。

“再见。”她退后几步，深深地看了他最后一眼，扭头狂奔，泪水在冷夜中飞舞，迅速消散在风中。

这是最后的别离，真正为这段感情画上句号，从此，是两个不相关的人。

过去的种种，只是一段刻骨铭心的过程，如两条线交叉在一起，片刻的汇合后，走向各自的命运。

爱过，恨过，痛过，但始终不悔。

昏暗的灯光下，一条身影拖得很长，透着缕缕忧伤，似浓似淡。

陈岚着急地握着手机，听着一声声撕心裂肺的哭声，心揪成一团。“静好，你别哭啊，到底怎么了？”

相识多年，从未见过好友哭的如此凄惨，仿佛失去了全世界，痛彻心扉。

米静好哭得眼睛都肿了，双手发麻，泣不成声，“我跟他分手了。”

每一个字都耗尽她的力气，艰难到了极点。

“他？谁？”陈岚有些迷糊了，“苏流年？你们不是已经分了吗？”

话音刚落就反应过来，恋人之间的分分合合很正常，断不掉又不能在一起，纠缠不清，最是伤人。

静好软软地趴在床上，浑身无力，哭得脑袋都疼了，“彻底分了，阿岚，我的心好痛。”

陈岚的心酸酸的，能感同身受，柔声安慰，“哭吧，哭出来就好了，我家小米这么优秀，将来会找到更好的男人。”

有缘无分，无可奈何，这才是最感伤的。

静好一手捂着脸，泪水止不住地流，“可再好也不是他。”

陈岚知道她是个固执死心眼的女孩子，喜欢一样东西会一直不变。

但是，此时说什么都是苍白的。

相爱不能相守，是天底下最无奈的事，但有什么办法呢？

不管外界怎么抨击苏流年，他都没有回应，置之不理，态度出奇地沉默，好像是不相关的人。

一反常态让人摸不着头脑，一时之间纷纷扰扰，说什么的都有。

夜深人静，忙完一天的工作，静好睡不着，忍不住打开电脑搜索，看着屏幕上熟悉的面容，忍不住轻抚上去，思念如潮水般涌上来。

想他，想他，还是想他！

爱入骨髓，一闭上眼全是他的音容笑貌，让她怎么能忘？

手机铃声响起，惊醒了发呆的静好，是李淑娟，她在电话里笑得格外开心，“那人真的倒霉了？哈哈哈，好，太好了。”

六年的积怨终于报了，能不高兴吗？

静好深感刺耳，很是不舒服，“幸灾乐祸恐怕不好吧？”

李淑娟冷下声音，“你还念着他？你要记住……”

又是老生常谈，让她铭记仇恨，但是，她真的好累，恨一个人太耗精力了。

“他不是害死爸爸的凶手。”

“那也是帮凶之一。”

每次都这样，没说上几句就不欢而散，两个人说不到一块去。

母女情有了间隙，说什么都不对，静好紧紧握着手机，眼眶酸涩不已。

亲情，爱情，她统统处理得一团糟，好失败！

静好迅速地消瘦，下巴越来越尖，婴儿肥的脸瘦成了瓜子脸，让大家都误解她整容了。

她很心烦，天天失眠，但满腹的愁苦无处可诉，只能憋在心里。

她上班第一件事就是追着看事件的最新风向，有时还会披上马甲战斗，但这一切处理得很低调，从不张扬，没人知道她做的事。

同事们只当她漠不关心，从不在她面前提，她也乐得装糊涂。

只是每每想起那个人，一颗心隐隐作痛。

以后只能遥遥地远望，默默地思念？！

敲门声响起，静好立马关掉页面，坐直身体，“进来。”

美美领着一个年轻女孩走进来，静好一看就认出了是苏流年的助理，ROSE，挺有个性的女生，对苏流年有种盲目的崇拜。

ROSE 板着俏脸将一把扇子送到她面前，态度不咋地。

静好呆了呆，忽然想起一事，苏流年写得一手好字，最喜欢在扇面题字，是他的一大爱好，却从不肯送人。

“这是苏流年让你送来的？”

“是。”ROSE 脸色很不好看，心中怪她太绝情，在苏流年最困难的时候，选择了分手，置身事外不闻不问，也太现实了。

这样的恋人早分才是王道，可怜苏大律师看不开，唉。

她到底有什么好的？长的顶多好看点，但漂亮的女人还少吗？

“是不是发生了什么事？”静好的心一沉，慌乱地打开扇子，苍劲有力行如流水的几行字映入眼帘。

人生若只如初见，
何事秋风悲画扇。
等闲变却故人心，
却道故人心易变。
骊山语罢清宵半，
泪雨霖铃终不怨。
何如薄幸锦衣郎，
比翼连枝当日愿。

是她最喜欢的一首词，曾经求他送这样一幅字给他，却被他嫌弃喻义不好，直接拒绝。

却在分手后得到了这样的礼物，满满是诀别之意。

她的心莫名地惊慌，着急地催促，“快说啊。”

ROSE 没好气地白了她一眼，很是不满，“苏律师今天十一点的飞机，说是去深造留学，但我知道，他不会再回来了。”

美美倒抽一口冷气，下意识地看向上司，天啊。

“你说什么？”静好脸色大变，“再说一遍。”

ROSE 一肚子的火气，“都怪你，要不是你的出现，苏律师就不会遇到这些事，就不会远走天涯，全是你的错。”

她也不会失去一个好上司，想想就生气！

静好的身体一晃，眼前一片漆黑，“不可能的，我不信。”

“爱信不信。”ROSE扔下这句话，气呼呼地跑了。

静好呆呆地坐着，像是失了魂般，眼神呆滞。

“米律师，你……”美美忧心忡忡，朝夕相处，她知道米律师是个极重情义的人，并不是表现出来的冷淡绝情。

静好脑袋炸开了锅，疼得厉害，无力地挥手，“让我一个人静静。”

为什么要离开？为什么？

她没有什么奢求，只是想跟他生活在同一天空下，呼吸相同的空气，仰望相同的星空。

偶尔遇上，看上一眼，她就知足了。

可他居然想走，这怎么可以？她该怎么办？

不知坐了多久，办公室的门被重重撞开，陈岚像阵风般冲进来，一把拽住静好的胳膊狂摇。

“静好，静好，出大事了，苏流年要去国外，几年内都不会回来。”

静好面色惨白，一双乌黑的大眼没有了生气，“我知道了。”

脑子只有一个念头，他要走了，要走了，再也见不到他了！

“那你还傻坐着？”陈岚急得直跳脚，将她一把拉起来，“快去追他啊。”

“追？”静好呆呆地看着她，好像听不懂似的。

陈岚心里暗暗发愁，在后面使劲推她，“既然放不下就去挽留，比起那些恩恩怨怨，我觉得爱更重要，活在当下，想爱就爱，不要让自己后悔终生。”

她说的好有道理，但是，静好只有苦笑，“我和他隔着太多的事情，我们不可能。”

陈岚快要急死了，“相信天上的米伯父也希望你能幸福，希望你能快乐，活着的人更重要，小米，不要困在过去的恩怨中，走出来吧，爱能化解一切。”

真是皇帝不急，急死太监，阿呸，她才不是太监呢。

她真的希望静好能得到属于自己的幸福！

“能吗？”静好第一次听到这样的话，不禁愣住了。

“当然能，你老实地回答我，苏流年跟别的女人结婚生子，你会嫉妒吗？”

“我……”静好语塞了，光是听听就想骂人，完全不能忍。

她不能忍受苏流年爱上别的女人，跟别的女人亲热，那会让她想杀人！

陈岚语重心长地劝道，“小米，你要是不能当机立断，将来会后悔的，苏流年是做错过事情，但他尽力弥补了，你为什么不能原谅他？”

人生本来就艰难，不如对自己好点！

不用将来，现在她都有些后悔，但是……静好过不了心里那道坎！

“要是没有那件事，该多好啊。”

“那你也遇不上他了，不是吗？”陈岚深知她的心结，绞尽脑汁劝道，“这是命运的安排。”

静好如被一道惊雷砸中，命运的安排？是，她说得很对，如果没有那件事，她肯定去做医生了，那就遇不上苏流年！

“遇到一个真心喜欢的人不容易，小米，你要考虑清楚，有些错过了，就再也不可能回头。”陈岚看了看腕表，眉头紧皱，“快来不及了。”

静好脸色大变，忽然想通了，既然是命运，那就勇敢地接受，不管将来如何，现在的她不想错过那个男人。

她猛地冲出去，不管不顾地在街头狂奔，左顾右盼，出租车呢？怎么打不到？

越是心急，越是没车经过，她急得直跳脚，来不及了，啊啊啊。

一辆红色跑车在她身边停下来，陈岚探出脑袋，“快上车。”

静好飞快地拉开车门坐进去，刚坐稳，车子如箭般飞出去。

国际机场时尚又宽敞，行人匆匆，上演着无数悲欢离合，聚散两依依，欢笑和眼泪齐飞。

两个出色的男人面面而站，长身玉立，鹤立鸡群，吸引了无数女人的视线看过去。

登机的广播响起，一名神情淡然的男子拉起行李，“我走了。”

江霁云一把按住他的行李，视线落在他身后，面有急色。

“再聊几句，这一别不知何时才能相见，我舍不得你。”

那丫头怎么还不来？真是要命！

苏流年轻拍他的肩膀，沉静如水，淡淡的打趣道，“又不是去外太空，至于这么腻歪吗？这可不像你的风格，有事联系。”

他非常的洒脱，该处理的事情都处理好了，他没有什么牵绊，除了她。

只有远远地离开，才能彻底忘记她！对大家都好！

一股离愁涌上心头，浓烈的化不开，面上却云淡风轻，神情自若。

江霁云不禁急了，“再等等，等五分钟。”

他心急如焚地看向进口，怎么还不来？这是最后的机会啊！

见他神色着急地看向身后，苏流年若有所思，回头看了一眼，似是渴望，又似企盼，但更多的是不抱希望。

“等？好，就等五分钟。”

他是何等聪明的人，却不动声色陪江霁云闲聊，江霁云心里装着事，有一搭没一搭地聊，频频走神，好几次都没接住话。

时间一点一滴地流逝，登机的广播一次又一次的响起，整排候车位都走空了。

江霁云不时地看手机，连发几条信息，都没有回音，急得他恨不得挠墙。

苏流年默默看在眼里，心中划过一丝怅然，“再不走就来不及了，霁云，你多保重。”

他深吸了口气，头也不回地离开。

这一回，江霁云怎么也拦不住他，眼睁睁地看着他走进安检口。

唯有一声长长叹息，终是无缘，奈何奈何。

瘦长的身影刚消失在眼前，江霁云揉了揉眉心，心里堵得慌，一分钟后，米静好像失控的火车头奔过来，跑得满头大汗，气喘吁吁，左顾右盼，“人呢？苏流年呢？”

江霁云惋惜不已，“怎么才来？他刚进去，早来两分钟就好了。”

“走了？！”

静好如泄了气的皮球，无力地跌坐在椅子上，还是来迟了。

沮丧得想哭，鼻子酸酸的，她无力地靠在椅背上，双手捂着雪白的小脸，呜呜。

一颗心像被挖走了一块，空空落落，两颗豆大的眼泪滚落下来。

这就是最后的结局？！

一道清朗的声音在身后猛地响起，“米静好。”熟悉的让人想流泪。

静好如被雷击中般身体一震，猛地回头，瞬间眼睛亮如星辰，眼里倒映着那个俊美优雅的男人，她含着热泪，嘴角却徐徐漾起一抹醉人的笑容，那么美！